Brandmord

Kriminalroman

Alexa Thiesmeyer

EDITION
LEMPERTZ

Impressum

Math. Lempertz GmbH
Hauptstraße 354
53639 Königswinter
Tel.: 02223 / 90 00 36
Fax: 02223 / 90 00 38
info@edition-lempertz.de
www.edition-lempertz.de

1. Auflage – August 2018

Text: Alexa Thiesmeyer
Autorenfoto: Udo Giesen
Umschlaggestaltung: Ralph Handmann
Satz: Wolfgang Otten
Lektorat: Eva Weigelt, Philipp Gierenstein
Titelbild: Fotolia

Printed and bound in Germany

ISBN: 978-3-96058-205-2

Alexa Thiesmeyer ist am Bodensee geboren, zog in zartem Alter mit den Eltern den Rhein hinab und blieb in Bonn hängen, wo sie aufwuchs und mit Ehemann, Kindern, Enkeln und Vierbeinern tiefe Wurzeln schlug. Sie absolvierte dort auch Studium und Ausbildung zur Juristin mit deutlichem Hang zum Strafrecht und zur Kriminalistik und arbeitete als freie Journalistin und Dozentin einer Krankenpflegeschule. Aus Leidenschaft für die Bühne war sie zudem im Bereich Amateurtheater tätig, was seinen Niederschlag in zahlreichen Komödien, Sketchen und Satiren fand, die in Deutschland, Österreich und der Schweiz aufgeführt werden. Inzwischen sind mehrere Kurzkrimis und Kriminalromane hinzugekommen.

Brandmord

Kriminalroman

Alexa Thiesmeyer

Die wichtigsten Personen des Romans

Aus dem Pappelweg:
Ella und Mattes Borke (Haus Nr. 1)
Renate, Clemens und Roland Müllenbach (Nr. 2)
Birte Beerlauch-Kannenschütter und Peter Beerlauch (Nr. 4)
Lisa von Axfeld und Curd Lemon (Nr. 6)
Gudrun und Konrad Rüttelfalk (Nr. 8)
Pascal Heckes (Mieter der Souterrainwohnung in Nr. 8)
Jasper Weber (unbebautes Grundstück Nr. 3)
Bolli, der Hund, und ein gestreifter Kater

Sonstige:
Ulrich Cöllner, Jagdpächter
Manuela Ansbach, seine Tochter, frühere Kundin Lemons
Herr Mörike, früherer Kunde Lemons
Irina Breuer, junge Friseurin aus Rheinbach
Jenny, ihre Kollegin
Frau Schneider, Hausgenossin von Irina
Frau Hotzscheid, Jaspers Vermieterin
„Oma“, Jaspers Großmutter
Leocardia Lemon, Curds geschiedene erste Ehefrau
Michael Lemon, ihr ältester Sohn

Die Ermittler:
Freddy Stieger, Privatdetektiv
Pilar Álvarez-Scholz, eine Freundin
Kriminalhauptkommissarin Sabine Ahrbrück
Kriminaloberkommissar Jan Möller

Im Morgengrauen

„Schlimme Träume sterben nicht."

„Liebe Frau Rüttelfalk –"

„Tosen, Bersten, Höllenlärm, Hitze, Qualm. Verkohlte und geschrumpfte Leichen überall …"

„Sie sprechen vom Krieg, von den Brandbomben. Das war furchtbar, ich verstehe. Doch jetzt ist nur wichtig, was heute Nacht –"

„Wohin entkommen durch meterhohe Feuerwände, wohin? Solche Todesangst, wir waren Kinder!"

„Frau Rüttelfalk, bitte …"

„Wir haben überlebt, weiß der Himmel, wie. Aber Gott danken? Das schafften wir nicht. Unsere kleine Schwester war tot, mein Bruder Konrad verletzt, Mutter dem Wahnsinn nah und Herbert, ihr Großer, in Russland an der Front, Vater seit Stalingrad vermisst."

„Bitte, versuchen Sie, sich zu konzentrieren."

„Die Jungs in den englischen Bombern waren blutjung, nicht viel älter als Konrad, etwa so wie Herbert. Alt genug zum Töten. Das kann offenbar jeder, wenn er meint, er muss."

„Frau Rüttelfalk, wie war das heute Nacht?"

„Schreien Sie nicht so, ich bin nicht schwerhörig. Also gegen halb vier wurde ich wach. Ich glaubte, ein Geräusch gehört zu haben, und zog meinen Morgenmantel über. Konrad schlief im Zimmer nebenan und schnarchte so gleichmäßig wie selten. Im Haus war es sonst still. Einen Moment lang dachte ich, unten ist der Kaminofen an. Es roch danach, und ich meinte, die Wärme zu spüren. Da hörte ich draußen was krachen. Dann Knistern und Brodeln. Heller Schein fiel durchs Flurfenster, das zum Nachbarhaus hinausgeht. Dort leckten Flammen übers Dach, und aus den Fenstern quoll dichter Qualm. Und ich schrie, ich

schrie! Konrad wachte auf, war aber zu nichts zu gebrauchen. Ich lief zum Telefon. 112, die Nummer hat man ja im Kopf. Gottlob ist das Paar von drüben übers Wochenende weggefahren, wenigstens das, dem Herrn sei gedankt."
„Frau Rüttelfalk …"
„Weshalb schauen Sie mich so an? War … War doch jemand im Haus?"

(Gudrun Rüttelfalk, 84, Zeugin, im Gespräch mit Kriminalhauptkommissarin Sabine Ahrbrück)

1

SONNTAG

Peter

Jede Veränderung in seinem Leben löste eine seltsame Unruhe in ihm aus, als geriete der Boden unter ihm ins Wanken. Als wäre da nichts mehr zum Festhalten und jegliche Sicherheit in Frage gestellt.

„Stell dich nicht an“, erklärte Peter seinem mürrischen Gesicht, bevor er den Flurspiegel von der Wand nahm und in eine Wolldecke wickelte, um den vergoldeten Stuck des alten Rahmens zu schützen. „Das wird keine Überquerung des Atlantiks, sondern ein Umzug in die Eifel.“

Allerdings der erste Umzug nach achtzehn Jahren, und beim letzten hatte die räumliche Entfernung keine zweihundert Meter innerhalb der Bonner Südstadt betragen, von der Königin die Kaiserstraße, von einem gelben Gründerzeithaus in ein braunes. Und nun Eifel. Randlage zwar, aber dennoch Eifel mit Wind und Wetter. Die Gegend gehöre fast noch zu Bonn, hieß es immer, mit dem Auto ein Katzensprung ins Zentrum, trotzdem würde das Leben dort draußen ein anderes sein. Weit weg von den gewohnten Läden, Museen und Kneipen, die er bisher zu Fuß erreicht hatte.

Morgen in der Frühe sollte der Möbelwagen anrollen. Schränke, Kommoden, Regale und Schreibtische waren ausgeräumt, die Sachen in Kisten verpackt, die Bilder abgehängt. Nur ihre Orchideen wollte Birte selbst befördern. Heute noch.

Sie sammelte die Pflanzen, deren zarte Blüten an langen Stängeln wippten, von den Fensterbänken ein und stellte sie auf dem Terrazzoboden des Hausflurs zusammen. Peter half ihr, die

Töpfe behutsam in Körbe und Wannen zu verstauen, nach draußen zu tragen und in den Volvo zu laden. Doch seine Bewegungen wurden zögernder, als spiele er ernsthaft mit dem Gedanken, alles rückgängig zu machen. Als wäre das noch möglich.

„Was hast du?", fragte Birte.

Das Haus war gekauft. Mit Unterschrift und Siegel des Notars. Hatte er es zuletzt nicht ebenso gewollt wie sie? Grundsätzlich jedenfalls, wenn auch nicht in diesem Tempo. Bessere Luft, weniger Lärm, Blick auf Felder und Waldränder, mal einen Reiher sehen, Rehe, einen Bussard. Im Garten sitzen, den Duft von Wiesen riechen, Stille erleben. Nein, nicht Einsamkeit, man war dort nicht allein. Man hatte Nachbarn. An den Wochenenden würden Freunde aus Bonn und Köln zu Besuch kommen, und der Sohn, der ein Studium in Berlin begonnen hatte, konnte sich dort vom Großstadtstress erholen. War doch alles bestens, oder?

Zunächst hatte es Peter maßlos überrascht, dass Birte, die sich stets als Stadtmensch bezeichnet hatte, plötzlich den Wunsch äußerte, auf dem Land zu leben und in die Eifel zu ziehen. Sie schien es kaum erwarten zu können, die 30 Kilometer zwischen Wohnort und Arbeitsplatz täglich zweimal zurückzulegen, fünf Tage die Woche. Und dieses eine Nest musste es sein, ohne Laden, ohne Kneipe, die schläfrige kurze Sackgasse, das nichtssagende Häuschen, *mitten in der Idylle*, wie sie sagte. Womöglich waren die Nachbarn spießig, vielleicht blieb der Besuch aus und wahrscheinlich vergaß der Sohn sie da draußen gänzlich, abgesehen davon, dass einem das geballte Grün mit der Zeit auf den Wecker gehen konnte. Birte besaß nicht mal das richtige Schuhwerk für so viel Natur, und mit Geduld hätte sich ein besseres Objekt gefunden. Das Interessanteste an dem Haus war noch das seitliche Küchenfenster, durch das man auf das Nach-

barhaus mit dem runden Turm blickte, der wie ein dicker Pilz aus dem Parterre herauswuchs, mit Fenstersimsen aus bunter Keramik, ein ungewöhnliches, originelles Bauwerk. Ausgerechnet das fantasielose graue Ding daneben, dieser peinliche Kontrast, hatte es Birte angetan. Doch Peter war ein lieber Mann und hatte die Zweifel zum Schweigen gebracht. Nun wurden sie wieder laut. Als hätten sie hinterhältig auf den Zeitpunkt gewartet, an dem es kein Zurück gab.
Anscheinend erwartete Birte keine Antwort auf ihre Frage. Sie rückte die Orchideentöpfe in der Wanne zurecht und warf die Heckklappe zu. Ihre Wangen waren gerötet, ihre Augen blitzten. „Fahren wir."
Peter hielt den Seufzer zurück, der aus seiner Brust ins Freie drängte, nahm hinterm Lenkrad Platz und startete den Volvo. Über die Reuterstraße gelangten sie zur Autobahn 565. Die Häuser der Stadt verschwanden rasch hinter ihnen, sie durchquerten den Kottenforst. Bald breiteten sich die Felder und Ortschaften der Voreifel vor ihnen aus. Birte saß auf dem Beifahrersitz und summte eine Melodie, irgendwas Flottes, Fröhliches. Peter hatte ein schlechtes Gewissen, weil er sich nicht so freute wie sie. Doch als die Eifelberge näher rückten, glimmte auch in ihm ein Funken Vorfreude auf. Der Himmel spannte sich über die Landschaft wie ein blauseidenes Tuch, das Laub der Büsche und Bäume leuchtete rot und golden im Licht der tief stehenden Sonne. Jeder Strauch am Straßenrand schien eigens dafür angestrahlt, ihm den Umzug schmackhaft zu machen. Es würde alles gut werden. Wunderschön. Bestimmt.
Auf einer der vorderen Höhen, auf die sie zuhielten, lag das Dorf. Am Ortsausgang von Altendorf stieg das Gelände bereits an. Obstplantagen links und rechts der Landstraße, Weideland und herbstlich bunter Wald. Nun fuhren sie durch Hilberath, das wie ihr Dorf zu den verstreuten Höhenorten der Stadt

Rheinbach zählte, dann durch grünes Hügelland. Der Volvo glitt am Parkplatz „Tor zur Eifel“ vorbei, wo Menschen mit Rucksäcken und Wanderstöcken vor geöffneten Kofferräumen standen. Birte summte lauter. Peter pfiff dazu und ließ sein Fenster herunter. Ja, wirklich, hier fühlte man sich frei, hier ließ sich durchatmen, fernab von Hektik und Stress.
Die Straße schlängelte sich in weichen Bögen durch die Wiesen und bot einen Ausblick über die rheinische Bucht bis zum fernen Horizont, an dem Peter die Stadt Köln vermutete. In einer Kurve ging es abwärts, dort standen die ersten Fachwerkhäuser des Dorfs. Hier bogen sie rechts ein, passierten ältere Häuser, die neugotische Kapelle aus Backstein und freistehende Einfamilienhäuser aus neuerer Zeit. Schließlich erreichten sie die kurze Stichstraße, den *Pappelweg*. Das zweite Haus rechts, das graue, unscheinbare mit den knorrigen Apfelbäumen drum herum, war das ihre.
„Nein!“, schrie Birte gellend.
Peter zuckte zusammen. „Was ist?“
„Hier zieh ich nicht hin! Lass uns umkehren! Sofort!“
Er lachte laut auf, so verblüfft war er. Die Wende kam zu plötzlich.
„Du lachst? Siehst du das nicht?“
Er war schon dabei, den Wagen rückwärts in die Parkbucht zu bugsieren. Nun blickte er nach vorn, wo sieben oder acht Menschen zusammenstanden, jüngere und ältere.
„Die Leute sind Nachbarn, denen wir uns gleich vorstellen können.“
„*Die Leute*? Bist du blind?“
Zuerst fiel ihm der Geruch auf, dann sah er es auch: verkohlte Dachsparren, leere Fensterhöhlen, rußgeschwärzte Mauern. Das schicke Nachbarhaus glich einer Ruine. Der obere Teil des Turms war vollständig ausgebrannt.

Ella

An einem solchen Tag konnte man nicht ins Haus gehen und irgendwelchen Kram erledigen. Ella Borke, die in der Nummer 1 auf der anderen Straßenseite wohnte, nahm an, dass alle, die vor dem Unglückshaus standen, das die einen als *Pappelburg*, die anderen als *Zumutung* bezeichnet hatten, genauso fassungslos waren wie sie selbst, kaum in der Lage, das Geschehene zu begreifen:

Ihr Ehemann Mattes in dem viel zu grellen T-Shirt und, links und rechts bei ihm eingehakt, ihre zehnjährigen Zwillinge; das rundliche Paar Renate und Clemens Müllenbach aus Nummer 2 mit dem blassen, schlapp wirkenden 25-jährigen Roland; ferner der kaum ältere, aber temperamentvollere Pascal Heckes aus dem Souterrain von Nummer 8 mit der glimmenden Zigarette zwischen den Fingern und natürlich seine Vermieterin Gudrun Rüttelfalk, die in der Nacht die Feuerwehr gerufen hatte, sowie ihr fast neunzigjähriger Bruder Konrad, der sich abseits hielt und seinen Kopf hin und her bewegte, als könnte er nicht glauben, was er sah.

„Da kommen die Neuen“, sagte Gudrun und setzte ihre Brille auf, was anscheinend dem Zweck diente, die beiden, die in dem Volvo mit Bonner Kennzeichen saßen, gründlich in Augenschein zu nehmen. „Sie ist Lehrerin, er Schriftsteller.“

Dass die bisherige Besitzerin der Nummer 4, die 93-jährige Gisela, in ein Pflegeheim übergesiedelt war und ihr Sohn das Haus verkauft hatte, wusste Ella. Wie alle hier hatte sie die neuen Bewohner mit Spannung erwartet. Doch jetzt vermochte sie ihren Blick kaum von Konrad abzuwenden. Er schien sein Kopfschütteln nicht einstellen zu können und die Fremden, die aus dem Wagen stiegen, nicht zu beachten.

„Mit Feuer hat er ein Problem“, flüstere Gudrun ihr zu. „Das kommt vom Krieg.“

Diesen Satz kannte Ella seit ihrer Kindheit, er war verknüpft mit Worten wie Fliegeralarm und Luftschutzkeller, bezog sich auf den Beinstumpf des Großvaters, die Brandspuren an der Bibel und die alljährliche Panik der Großmutter, wenn das Silvestergeknalle losging. Seit ihre Großeltern tot waren, kannte Ella außer den Rüttelfalks niemanden, der die Schrecken des Zweiten Weltkriegs erlebt hatte, einer der Gründe, weshalb die beiden ihr so viel bedeuteten.

Die *Neuen* näherten sich zögernd. Der Mann mochte um die fünfzig Jahre alt sein, hatte volles mittelblondes Haar, das einen silbrigen Schimmer aufwies, und wirkte in seiner ausgewaschenen Jeans und den hochgekrempelten Hemdsärmeln ziemlich lässig. Die etwas jüngere Frau trug ein schmal geschnittenes rotes Kleid, hatte große dunkle Augen und ein ebenmäßiges Gesicht mit makelloser Haut, perfekt eingerahmt von glattem, tiefbraunem Haar. Eine Schönheit.

Sicherlich war dem Paar bewusst, dass herzliches Willkommen und muntere Begrüßung nicht in Betracht kamen. Nicht nach so einem Vorfall, nicht nach so einer Nacht. In dem Nebeneinander von Finsternis und gleißendem Scheinwerferlicht war außer einer stattlichen Anzahl Feuerwehrleute und Polizisten sowie den Löscharbeiten mit Schläuchen, Spritzen und ausgefahrener Drehleiter zwar wenig zu erkennen gewesen, weil die Straße in düsteren Rauch gehüllt war und der Morgen langsamer zu grauen schien als sonst. Aber unter all den Fahrzeugen und kreiselnden Blaulichtern waren ein Rettungswagen und ein Notarztauto auszumachen, später tauchte der schwarze Wagen eines Beerdigungsinstituts auf. Die Feuerwehr war noch geraume Zeit beschäftigt, uniformierte Polizisten sperrten das Grundstück der Nummer 6 und den Straßenrand, wo verkohlte Holzteile und zersplitterte Ziegel herumlagen, mit rotweißem Band ab. Es sei ein Glück, dass die Flammen nicht auf die Nachbarhäuser übergegriffen hätten, sagte man den Anwohnern. Die Brandursache werde noch ermittelt. Ella schwante, dass dies nicht alles war. Ihr war elend zumute, ihr ging so viel durch den Kopf.

„Peter Beerlauch", sagte der eingetroffene Mann. „Meine Frau Birte Beerlauch-Kannenschütter. Morgen ziehen wir ein." Er warf seiner Frau, um deren Mund es zuckte, einen fragenden Blick zu, als wäre er sich nicht sicher.

Der Reihe nach reichten alle den beiden die Hand und stellten sich vor, ernst und gefasst, wie auf einer Beerdigung.

„Die ganze Belegschaft des Pappelwegs, bis auf Lisa von Axfeld und Curd Lemon." Renates Doppelkinn bebte, als sie den französischen Namen nasal ausklingen ließ. „Sie sind gestern zu einer Theaterparty nach Bochum gefahren, und wir wissen nicht …" Sie schluckte.

„Und Jasper fehlt, der gehört auch dazu", sagte Gudrun. „Er ist fast täglich hier." Sie deutete zur anderen Straßenseite, auf das unbebaute, von allerlei Kraut bewachsene Grundstück und den windschiefen, mit Plastikplane geflickten Schuppen, von dessen Wellblechdach eine FC-Köln-Fahne wehte, das Rot verblichen, das Weiß fleckig, der Rand zerfranst.

„Warum Jasper ausgerechnet heute nicht hier ist?"

Die Frage mit der anzüglichen Betonung kam von Pascal, der, obwohl noch keine Dreißig, fast immer Sakko, Hemd und Krawatte trug. Mit dem vorgestreckten Kinn, der Stupsnase und dem spöttischen Zug um die Lippen sah er ziemlich frech und anmaßend aus, was Gudrun, die ihren Mieter offensichtlich wie einen Sohn oder Enkel liebte, ebenso wenig zu stören schien wie sein penetranter Geruch nach Zigarettenrauch.

„Ist das nicht merkwürdig?", fügte er hinzu.

Niemand erwiderte etwas. Dass Jasper seit Freitag nicht aufgetaucht war, hatte auch Ella bemerkt. Womöglich überlegten jetzt alle, ob er krank oder verdächtig war.
„Dieses Haus“, wandte sich Renate erneut an die Beerlauchs, „hat Curd vor ein paar Jahren für sich und Lisa gebaut, er ist Architekt. Richtfest und Hochzeit fielen zusammen. Ein rauschendes Fest.“
Peter Beerlauch sah zu den stehengebliebenen Resten der Dachbalken empor, die wie magere schwarze Finger in die Luft ragten, Mahnmale vor dem blauen Himmel.
„Schlimm.“
„Schlimmer“, sagte Mattes. „Es kam jemand zu Tode.“
Die neue Nachbarin zuckte zusammen. Sie machte eine halbe Drehung, als wollte sie zurück zum Auto rennen. „Nein“, flüsterte sie. „Nicht.“
Sie zitterte, als ob sie fröre. Ihr Mann zog sie sachte an sich heran. Netter Typ, dachte Ella.
„Hoffentlich niemand aus Curds Familie“, sagte Renate. „Wer auf der Bahre lag, war nicht erkennbar.“
„Vielleicht ein Freund, sonst hätte Curd den Hund nicht dagelassen“, meinte Mattes.
Ella mochte nicht reden. Schweigen schien das einzig Angemessene. Mattes fiel das immer schwer, während sie nicht anders konnte. Ihre Kehle war wie zugeschnürt. Curds Hund, den die Feuerwehrleute aus dem Keller heraufgetragen hatten, saß jetzt in ihrem Haus hinter der Tür. Gebibbert hatte er, die Rute zwischen den Hinterläufen eingeklemmt, das Fell pitschnass vom Löschwasser, das die Kellertreppe hinuntergeflossen war, unter der er sich verkrochen hatte. Ella hatte das Tier zu sich genommen, abgetrocknet und gefüttert. Sie war froh gewesen, irgendwas tun zu können. Es war ja Wochenende, da hatte sie Zeit.

Wieder näherte sich ein Auto, ein grauer, unauffälliger Opel. Es war derselbe, mit dem frühmorgens die Beamten der Kriminalpolizei vom Polizeipräsidium aus Bonn gekommen waren. Sie hatten alle gefragt, ob sie in der Nacht irgendwas bemerkt hätten, bevor das Haus brannte. *Wie denn?*, hatte Ella entgegnet. Weder Mond noch Sterne waren dagewesen, und im Pappelweg gaben nur zwei Laternen ein schummeriges Licht, die eine vorn an der Ecke, die andere ganz am Ende. Wenn man nachts am Fenster stand, konnte man hier leicht Gespenster sehen. Aber das hatte Ella für sich behalten.
„Schon wieder die Kripo", sagte Clemens.
Ella meinte, ein schwaches Stöhnen zu hören. Ihr fiel auf, dass er bisher geschwiegen hatte. Er sah schlecht aus und hatte dunkle Ringe unter den Augen. Das Unglück schien ihn furchtbar mitzunehmen. Oder war er krank? Überarbeitet? Die braune Strickjacke stand ihm nicht, gab ihm ein typisches Rentner-Aussehen. Dabei war er noch berufstätig und bemüht, sich fit zu halten, wenngleich es seiner Figur nicht viel nutzte, jedenfalls fuhr er oft mit der Sporttasche los.
Der graue Wagen hielt am Straßenrand. Auf dem Rücksitz saß die schöne Lisa, ein dunkles Tuch ums blonde Haar geschlungen und wie immer perfekt geschminkt. Die Augen hielt sie gesenkt. Auf ihren Lidern schimmerte es blaugrün.
„Die Polizei geht wohl von Brandstiftung aus", sagte Mattes.
„Hier ziehe ich nicht hin!"
Das klang nach Panik. Glaubte die Frau Beerlauch-Sowienoch, ein Feuerteufel ginge von Haus zu Haus? Davor hatte hier wahrscheinlich jeder Angst. Auch in Ellas Innern rumorte die Furcht. Es kostete Mühe, sie nicht hochkommen zu lassen.
„So etwas kann doch auch anderswo passieren", meinte Renate und legte ihre pralle Rechte auf den schmalen Arm der Frau.

„Es ist natürlich ein Schock für uns alle. Aber wir helfen Ihnen, sich hier einzuleben."
„Danke", sagte Peter Beerlauch.
Seine Stimme hatte einen warmen Klang, der den Ohren gut tat. Offenbar neigte er nicht dazu, sich übermäßig aufzuregen. Während seine Frau stocksteif am Bordstein stand, öffnete er den Kofferraum des Volvos und hob eine Wanne voll prächtiger Orchideen heraus.
Die beiden Kriminalkommissare, eine Frau und ein Mann, stiegen aus dem Opel. Der Mann, ein wahrer Hüne, hielt Lisa die Wagentür auf.
„Wieso ist sie allein?", flüsterte Gudrun. „Wo ist Curd?"
Die Dreiergruppe ging auf die beschädigte Pappelburg zu. In der eingetretenen Stille schien das Klacken von Lisas hohen Absätzen das einzige Geräusch weit und breit zu sein.
Ella hätte Lisa gern in die Arme genommen. Aber die Frau des Architekten wirkte unnahbar, sah niemanden an und hielt die Augen starr auf ihr Haus gerichtet. Ella wurde bewusst, wie wenig sie die Schauspielerin kannte, die infolge ihrer Engagements an verschiedenen Bühnen oft unterwegs war. Auf der Straße sah man meist nur den viel älteren Curd mit dem Hund. Wenn Lisa das Haus verließ, stieg sie stets sofort in ihren Porsche. Allenfalls winkte sie kurz, bevor sie um die Ecke brauste.
Die Beamten und Lisa blieben vor dem Absperrband auf dem Vorplatz zwischen Doppelgarage und Haustür stehen. Sie sprachen gedämpft miteinander, nicht zu verstehen für die Ohren neugieriger Nachbarn. Lisa hielt den Kopf vom Turm abgewandt, doch ihr Blick schien ab und zu den flachen Teil des Gebäudes zu streifen, der vom Feuer unberührt war. Ella kam es so vor, als strahlten die Mauern des Turms noch Wärme aus.
„Wenn sie ohne ihn herkommt", raunte Gudrun, „bedeutet das wohl …" Sie verstummte.

Mattes kniff die Augen zusammen. „Curd hat gesagt, er bräuchte mal ein ruhiges Wochenende. Es könnte sein, dass er …"
Alle standen ganz still. Das Grauen der unausgesprochenen Gedanken schien in jedem eine Starre auszulösen. Keiner von ihnen rührte sich, als Lisa und die Kriminalbeamten noch einmal an ihnen vorbeigingen. Sie hatten das Innere des Hauses nicht betreten. Vielleicht bestand Gesundheits- oder Einsturzgefahr, oder es gab noch Spuren zu sichern.
„Könnten wir jetzt zum Präsidium zurückfahren, um Ihre Aussage aufzunehmen?", wandte sich die Beamtin mit dem Pferdeschwanz, die auch Ella befragt hatte, leise an Lisa. „Wir vermitteln Ihnen gern einen Seelsorger oder –"
„Ich brauche nur ein Hotelzimmer", unterbrach Lisa schroff.
Sie blieb stehen, drehte sich um und blickte nacheinander jedem ins Gesicht: Ella, Mattes, den Zwillingen, Renate, Clemens, Roland, Gudrun, Pascal, den Beerlauchs und schließlich Konrad, der noch abseits stand. Sie holte tief Luft.
„Damit ihr es wisst: Das Opfer ist mein Mann."
Der Ton einer Anklage. In Ellas Kopf erhob sich ein Sausen, ein schauderhaftes Gefühl. Als hätte Lisa gesagt, Ella, nur Ella sei schuld. Ja, sie hätte es verhindern können. Wenn sie nur begriffen hätte! Eine unverzeihliche Dummheit.
„Ach, Lisa." Aus Gudruns Augen lösten sich Tränen und rannen ihre knittrigen Wangen hinab. „Wir dachten, ihr seid beide in Bochum."
„Curd wollte in Ruhe arbeiten", sagte Lisa. „Und früh zu Bett gehen. Er fühlte eine Grippe kommen und meinte, es sei vernünftiger, hier zu bleiben, einen heißen Grog zu trinken und viel zu schlafen." Sie verzog das Gesicht. „*Vernünftiger*!"
„Mein Beileid", wurde mehrstimmig gemurmelt. Die jungen Männer und die Kinder schauten zu Boden, die älteren

Nachbarn blickten Lisa an, mitfühlend, traurig, seufzend. Renate ergriff Lisas Hand. Die Witwe zog sie zurück.
„Curds Schlafzimmer war im Turm. Das hat der Täter gewusst.“ Lisas klare Stimme entgleiste ins Raue, Heisere. Sie räusperte sich und bedachte jeden einzelnen mit einem flammenden Blick. „Es war Mord.“
Sie wandte sich ab und folgte den Beamten, die weitergegangen waren, als wollten sie sich von der vorschnellen Annahme eines Mordes distanzieren.
Ella nahm die weit aufgerissenen Augen der neuen Nachbarin wahr. Für eine gänzlich Fremde reagierte sie extrem. Na gut, sie waren alle in einer Ausnahmesituation – verstört, nicht wissend, wie sie damit umgehen sollten. Die Neuen hatten sicherlich gemeint, in eine Idylle zu ziehen. Und nun das. Ein Brand, ein Mord und Nachbarn, die allesamt verdächtig waren. Der Umzug ins Grüne musste sich anfühlen wie ein Alptraum.

Peter

Es war eine merkwürdige Heimfahrt unter dem bewegten Abendhimmel voller rosa, gelber und grauer Wolkenfetzen, die der Westwind vor sich hertrieb. Sofern man überhaupt von *Heimfahrt* sprechen konnte, wenn man ein letztes Mal dorthin fuhr, wo man achtzehn Jahre gewohnt hatte und in wenigen Tagen eine andere Familie einziehen würde.
Birte hielt die meiste Zeit ihre Lippen aufeinandergepresst. Ab und zu entwich ihrem Mund eine Art Zischen, aus dem Peter immer die gleichen Worte heraushörte: „Ich ziehe da nicht hin.“ Er gab sein Bestes, um Argumente dafür aufzutischen, dass der Einzug in das Haus am Pappelweg die beste Idee war, die sie beide jemals gehabt hatten: Solide Bausubstanz, ausgewogene Proportionen! Herrliches Grundstück, unvergleichliche Ruhe,

wunderschöne Gegend! Sympathische Nachbarschaft, wie sie sonst nirgends anzutreffen war.
„Du redest Stuss", sagte Birte. „Selbst wenn du Recht hättest – dort ist ein Mord geschehen. Das ändert alles."
„Das muss kein Mord gewesen sein. Reines Pech ist viel wahrscheinlicher. Ein defektes Elektrogerät oder eine umgekippte brennende Kerze."
„Und dafür kommt die Kriminalpolizei?"
„Ich schätze, das ist immer so, der Fall muss ja erst geklärt werden. Aber selbst wenn es Brandstiftung war, bedeutet das nicht zwangsläufig Mord. Der Täter kann geglaubt haben, dass niemand zu Hause war, und wollte lediglich den verrückten Bau abfackeln, weil der ihm ein Dorn im Auge war."
„Dann war es einer von den Nachbarn. Ein Grund mehr, den Ort zu meiden. Wer weiß, was denen sonst noch missfällt."
Sie befanden sich schon eine Weile auf Bonner Stadtgebiet und fuhren über die Reuterbrücke, unter der ein Zug Richtung Süden ratterte.
Peter gab nicht auf: „Die Nachbarn machen einen netten und harmlosen Eindruck. Aber als erfolgreicher Architekt kann dieser Curd natürlich Neider gehabt haben, einen Konkurrenten, dem er einen Auftrag weggeschnappt hat und der ihm einen Denkzettel verpassen wollte, nicht ahnend, dass der Mann sich schlafend im Haus befand."
„Es war Mord", beharrte Birte. „Seine Frau meint das auch. Das hast du gehört."
Peter zuckte mit den Schultern. Sicher, es war ein schreckliches Unglück, ein furchtbarer Schock. Aber war es für sie beide wirklich so entscheidend, was im Nachbarhaus geschehen war?
„Birte, wenn jemand ein Hühnchen mit Herrn Lemon zu rupfen hatte und im Zorn zu weit gegangen ist, hat das nichts mit uns zu tun. Wir können doch trotzdem –"

Birte schnellte hoch, ihr Ellbogen traf seinen Arm. „Du hast keine Ahnung!"
Der Wagen machte einen Schlenker, Peters Fuß geriet aufs Bremspedal. Hinter ihnen wurde heftig gehupt.
„Hast du mehr Ahnung?"
„Ach, du weißt ja nicht, was …" Schnaufend brach sie ab und biss sich in die Hand, die zur Faust geballt war.
„Zum Kuckuck, Birte, wer von uns beiden wollte unbedingt in dieses Eifelnest ziehen? Und ausgerechnet du machst jetzt so ein Theater!"
„Und ausgerechnet du, Peter, tust jetzt so, als wäre es dein innigster Wunsch, dort zu leben, obwohl du ständig gesagt hast, dir fehle da eine Kneipe und ein Laden und wir sollten nach was Besserem Ausschau halten. Das ist reine Schikane! Freu dich doch, dass ich jetzt einverstanden bin, sofort was anderes zu suchen!"
Sie waren an dem Haus in der Kaiserstraße angelangt. Zum Glück war unmittelbar vor dem Bereich, der mit Schildern für die Spedition reserviert war, eine Parklücke frei. Peter setzte den Volvo rückwärts hinein.
„Morgen früh kommt der Möbelwagen, Birte. Wir können nicht alles abblasen, nur weil im Pappelweg etwas Tragisches passiert ist."
„Erstens war es nicht irgendwo im Pappelweg, sondern direkt nebenan, zweitens können wir selbstverständlich alles abblasen! Wir müssen den Spediteur halt trotzdem bezahlen."
„Wir müssen raus aus der Wohnung. Übermorgen kommen die Anstreicher, und am Freitag ziehen die neuen Mieter ein." Das wusste sie doch alles, warum war sie plötzlich so kindisch? Was für eine groteske Diskussion! So hatte er sie noch nie erlebt. Er warf einen Blick zur Seite, als müsse er prüfen, ob die Frau auf dem Beifahrersitz überhaupt noch seine Birte war. „Willst du

die nächsten Wochen im Hotel verbringen? Die Möbel so lang einlagern?"
Birte stieß einen leisen Fluch aus. Sie betrachtete ihren Handrücken, auf dem der bogenförmige Abdruck ihrer Zahnreihe zu sehen war.
„Wenn wir uns in dem Dorf nicht wohlfühlen, können wir später immer noch was anderes suchen", fügte er versöhnlicher hinzu. „Vor allem sollten wir jetzt aussteigen."
Seine Gedanken eilten schon weiter zu den Dingen, die noch zu erledigen waren. Außerdem hatte er Hunger. Im Kühlschrank waren noch Gewürzgurken und Käse und im Brotfach ein Baguette.
Stunden später, beim Einschlafen, ließ er den denkwürdigen Tag im Stillen noch einmal an sich vorüberziehen. Plötzlich war Birtes Ausruf, dem er im Auto wenig Beachtung geschenkt hatte, wieder präsent: *Ach, du weißt ja nicht, was …* Sonderbar hatte das geklungen. Da hätte er nachhaken sollen. Nun war es zu spät, Birte schlief bereits. Wusste sie etwas, das er nicht wusste? Über die Anwohner, über die Verhältnisse dort? Oder hatte sie die Worte nur so daher gesagt, um zum Ausdruck zu bringen, wie misslich es war, dass sie beide nicht Bescheid wussten? Ja, so musste es sein. Und natürlich wurde ihr alles zu viel. Bis Freitagnachmittag hatte sie die Mittel- und Oberstufe des Beethovengymnasiums in Mathe und Physik unterrichtet; war völlig erledigt und reif für die Ferien nach Hause gekommen, hatte sich dennoch keine Pause gegönnt und sofort in die Packerei gestürzt, ständig betonend, wie sehr sie sich auf das neue Heim freue und dass sie für sonnengelben Anstrich sorgen wolle. Die Brandstiftung zum Auftakt war ein herber Schlag. Da brauchte er sich über seltsame Äußerungen nicht zu wundern. Ein Nachhaken würde alles nur verschlimmern.

Irina

Sie ließ das Handy in den Schoß sinken und starrte auf die schmierige Fensterscheibe und die Häuser der anderen Straßenseite, auf deren Dächer sich die Dämmerung herabsenkte. Mit einem Mal schien alles so unwirklich. Die ganze Umgebung, draußen und drinnen, der Rauch aus dem Schornstein gegenüber, die Taube, die vorbeiflog, das Summen der Fliege an der Lampe, sogar der Geruch der Bratwurst auf dem Küchentisch, der schäbiger aussah als je zuvor. Alles war verändert.

Die Nachricht, die sie erhalten hatte, war ein Hammer. Im ersten Moment hatte Irina geglaubt, der Hasi mache einen schlechten Witz. *Nacht. Feuer. Tod.* Wie dicke Steine waren die Wörter in ihr Bewusstsein geplumpst. *Brandstiftung. Mord.* Sonderbare Gedanken kamen da auf. Wurden zu einem wilden Knäuel aus Fragen und Vermutungen, die ihr Angst machten und so fremd waren, als hätte jemand anderes sie in ihren Kopf gestopft.

Das war ein ganz netter Mann gewesen, dieser Architekt. Sie hatte ihn auf der Baustelle in Merzbach gesehen. Er hatte auf dem Gerüst gestanden und ihr zugewinkt, so ein bisschen väterlich, verständnisvoll oder jedenfalls nachsichtig.

Warum war alles so kompliziert geworden? Sie hatte sich doch nur ein Haus gewünscht. Eins zum Drumherumgehen, kein Reihenhaus, das wie hundert andere aussah. Mit Säulenportal, offenem Kamin, Galerie und Terrasse mit Aussicht, Schlafzimmer mit Balkon, schmiedeeiserne Gitter. Ein Sehnsuchtshaus. Sie hätte es nie erwähnt, wenn der Hasi sie vor anderthalb Jahren nicht so gedrängt hätte. *Ich will dir einen Traum erfüllen, Täubchen, Geld spielt keine Rolle, ich hab genug auf der hohen Kante.* Da hatte sie ihm erzählt, wovon sie träumte: Raus aus der popeligen Dachwohnung, die im Winter zu kalt und im Sommer zu heiß war, weg von der naserümpfenden Frau Schneider und den anderen Mietern, raus aus dem Stadtkern von Rhein-

bach, wo jede Ecke sie an was erinnerte, das irgendwie dumm gelaufen war.
Der Hasi war ja so verknallt, wie sie es noch bei keinem Freund erlebt hatte. Nur durfte sie nicht drüber reden, es musste absolut geheim bleiben, alles, auch das Haus. Damit ging es gut voran, und mit dem Architekten war er ja ganz dicke. *Der macht mir das zum Freundschaftspreis, mein Täubchen.* Als der Mann beim Honorar auf Abschlagszahlungen verzichtete, meinte der Hasi sogar, er arbeite für ihn umsonst, hatte da aber was falsch verstanden. Nach den Handwerkern wollte auch der Architekt sein Geld. Eine gigantische, fünfstellige Summe. Irina konnte sowieso nicht mit Zahlen, hatte jedoch den Eindruck, der Hasi sei pleite, und das blöde Gefühl, sie sei an allem schuld.
Jetzt gab es für den Architekten nichts mehr zu wollen. Nicht mal für die Erben. Laut Hasi hatte sich das Büro in dem Turm befunden, wo die Flammen alles vernichtet hatten. Der Computer und sämtliche Aktenordner waren hinüber, inklusive aller offenen Rechnungen. Nirgends ein Beweis, dass noch was zu zahlen wäre, sagte der Hasi. Falls die Rechnung nicht in der Handtasche der Witwe oder in einem Banktresor auftauchte, müsste alles in Ordnung gehen. *Bald sind wir in unserem Nest, mein Täubchen.*
Ach, der ahnte ja nicht … Von wegen *unser* Nest. Es war *ihr* Nest, im Grundbuch stand nur sie, Irina Breuer. Geschenk fürs *Täubchen.* Das Grundstück war unbelastet, ohne Grundschulden oder Hypotheken. Es gehörte samt allem, was darauf war, ihr allein. Sie konnte damit machen, was sie wollte.
Fahrig wickelte sie eine Haarsträhne um ihren Zeigefinger. Vielleicht sollte sie ihm alles beichten. Das würde sich besser anfühlen. Sie benahm sich schofelig. Seit Weiberfastnacht war eben nichts mehr wie vorher, weil sie den Süßen kennengelernt hatte, den sie auch nicht vor den Kopf stoßen konnte. Nein, das

ging nicht. Und im Moment sowieso nicht. Sie hatte was gehört. Unten vor dem Haus. Das war er!

In einem Wirbel aus Freude und Aufregung hüpfte und trudelte sie zur Wohnungstür. Unfassbar, so glücklich zu sein! Schwungvoll landete ihr Daumen auf dem vergilbten Knopf des Türöffners, den nur noch ein Pflaster an der Wand hielt.

Es war inzwischen dunkel. Kevin schlief dank des Schnullers tief und fest, wie es sich für einen Zweijährigen gehörte. Zugezogene Gardine am Kinderzimmerfenster hieß: Die Luft ist rein. Der Süße kam immer nur im Dunkeln. Das war auch ganz geheim. Nicht mal das Licht im Hausflur durfte brennen, und Irina hatte schwören müssen, niemanden einzuweihen. Warum eigentlich? Das hatte sie nicht so ganz begriffen.

2

MONTAG

Peter

Der Möbelwagen hielt früher als angekündigt vor dem Haus in der Kaiserstraße. Hastig zog Peter Jeans und Poloshirt an, um die Tür zu öffnen. Birte föhnte sich noch die Haare. Dann ging alles sehr schnell. Die Männer der Spedition waren zu viert, bauten Schränke und Betten im Nu auseinander, schleppten Schubladen, Schranktüren, Rückwände, Lattenroste und Matratzen, Bilder und Spiegel, Koffer und Kisten ohne Unterlass in den geräumigen Wagen. Peter sammelte heruntergefallenen Kleinkram auf, Birte kehrte Dreck und Staub zusammen. Nach überraschend kurzer Zeit war die große Wohnung leer. Laut hallte jeder Schritt beim letzten Kontrollgang durch die hohen Altbauräume, in denen sie mehr als achtzehn Jahre gelebt hatten. Nun sah es hier aus, als wären sie nie dagewesen.

Sie fuhren mit dem Volvo vorneweg. Die ganze dreißigminütige Fahrt über schwiegen sie beide. Sie erreichten das Dorf und bogen in den Pappelweg ein.

„Polizei." Birte brachte es fast tonlos heraus, dieses erste Wort, das sie heute von sich gab. Dennoch hörte er deutlich den Vorwurf heraus.

Der hintere Bereich der Stichstraße war von Fahrzeugen zugestellt. Blau-silberne Polizeiautos mit neongelben Streifen, ein größerer Einsatzwagen, auch zivile Fahrzeuge. Ein Mann im weißen Schutzanzug kam in Begleitung des hünenhaften Kommissars, den Peter und Birte schon am Sonntag gesehen hatten, durch die Tür des unversehrten Gebäudeteils des Brandhauses.

Die hagere alte Dame mit dem glatten, grauen Haar und dem Namen Rüttelfalk stand in ein gestricktes Tuch gehüllt auf der Fahrbahn, offensichtlich bemüht, möglichst viel von den Vorgängen in Haus und Garten zu erkennen.
„Solche Neugier ist schrecklich", murmelte Birte.
Peter hielt vor dem Zaun des unbebauten Grundstücks. Er überquerte die Fahrbahn, um die Mülltonnen wegzuschieben, mit denen er am Vortag den Haltebereich für den Möbelwagen markiert hatte. Birte folgte ihm.
„Kriminaltechnische Untersuchung", rief Frau Rüttelfalk ihnen zu. „Spurensicherung. Ganz anders als damals, als die Bomber fort waren und den Feuersturm zurückließen. Da wusste man, wer's war."
Birte verzog die Mundwinkel. „Die tickt nicht richtig."
„Sie hat den Krieg miterlebt."
„Der ist seit mehr als siebzig Jahren vorbei."
„Man muss trotzdem Verständnis haben."
„Ach, meinst du? Für mich hast du keinen Funken Verständnis!"
So ähnlich hatte schon gestern Abend jedes Gespräch geendet. Peter zog es vor zu schweigen.
Der Möbelwagen nahm seinen Platz ein, die Hecktüren öffneten sich, und die Vier von der Spedition erweckten die stummen, kahlen Räume des grauen Hauses zum Leben. Schweres wurde rumpelnd abgesetzt, Holzteile fügten sich mit dumpfem Schlag zusammen. Ab und zu fiel etwas zu Boden, gelegentlich erklang ein Fluch. Birtes Freundin Monika hatte die Fahrt von Köln nicht gescheut, um zur Stärkung für alle einen Topf Suppe, eine Tüte Brötchen und eine Kanne Kaffee vorbeizubringen.
Am Nachmittag verließen die Polizeiautos den Pappelweg. Bald darauf verschwanden auch der Möbelwagen und Monika in ihrem Fiat. Peter und Birte blieben allein zwischen ihren Kisten, Koffern, Teppichrollen und all den Möbeln zurück, die in der

neuen Umgebung eigenartig fremd aussahen, als gehörten sie entfernten Verwandten.
Peters Augen glitten die Wände entlang. „Die Anrichte muss näher ans Fenster, findest du nicht?"
Birte zuckte mit den Schultern. Dem Karton mit den Töpfen und Pfannen versetzte sie einen Fußtritt, sodass er scheppernd zur Seite rutschte und den Weg zum nächsten Küchenstuhl freigab, auf den sie sich hinabsinken ließ.
Peter wandte sich ab, betrat das Wohnzimmer und öffnete eine der Kisten. Bücher! Auf ihren Anblick mochte er keinen Tag verzichten. Er räumte die ersten dreißig oder vierzig in das Eichenholzregal, das nun schon viel vertrauter wirkte. Durch die offenen Türen sah er Birte mit hängenden Schultern apathisch auf dem Stuhl sitzen. Sie starrte mit herabhängenden Mundwinkeln auf die Glasplatte des Küchentischs, als hätte man sie böswillig in eine untragbare Situation gebracht.
Ach, du weißt ja nicht, was … Plötzlich war in seinem Kopf wieder präsent, was Birte auf der gestrigen Rückfahrt ausgerufen hatte. Vor seinem inneren Auge flackerten die Silben wie eine Leuchtschrift, die sich nicht entziffern ließ. Es trieb ihn zurück in die Küche.
„Sag mal … Gestern im Auto …"
„Erinnere mich bloß nicht an gestern", fiel sie ihm ins Wort. Der Karton mit den Töpfen erhielt einen weiteren Tritt.
„Entschuldige, aber …"
„Bitte!"
Peter hörte Schritte vor dem Haus und blickte zum straßenseitigen Fenster. Und da klingelte es schon. Er ging zur Tür und öffnete sie.
„Herzlich willkommen!" Eine dralle kleine Hand reichte einen bunten Blumenstrauß über die Schwelle. „Auf gute Nachbarschaft!"

Das runde Gesicht über dem bestickten weißen Blusenkragen lächelte warmherzig. Die Nachbarin, die angekündigt hatte, ihnen beim Einleben zu helfen. Eine liebe, gemütliche Dame Ende fünfzig mit akkuratem Kurzhaarschnitt in Hennarot. Die nachbarliche Harmonie in Person. Warum sollten sie sich hier nicht wohlfühlen? Die Leute waren so nett!
„Danke, Frau …"
Sie winkte ab. „Nur Renate. Seit dem letzten Grillfest duzen wir uns hier alle."
„Ich heiße Peter. Birte ist in der Küche."
Renate wollte nicht eintreten. Sie sei erst vor wenigen Minuten von der Arbeit gekommen, und Mann und Sohn träfen bald hungrig wie die Wölfe ein, Clemens aus Köln, Roland aus Bonn, beide so unglaublich eingespannt. Da müsse was Warmes, Kräftigendes auf den Tisch, sie habe noch nichts vorbereitet, nicht mal die Koteletts aufgetaut. Ein anderes Mal gern. Aber wenn sie was helfen könne, sei sie jederzeit ansprechbar.
„Und beste Grüße an die liebe Birte".
Kaum war die Tür wieder geschlossen, vernahm Peter aus der Küche ein Stöhnen.
„*Die liebe Birte*! Dieses betuliche Muttchen kennt mich kein bisschen. Und nun sollen wir uns mit allen duzen? Das halte ich nicht aus."
Peter konnte sich das Lächeln nicht verkneifen. „Darf ich dich nochmal darauf hinweisen, dass du den Ort selbst ausgesucht hast?"
Er kramte in einer der Umzugskisten nach einer Blumenvase, fand aber nur Essgeschirr. Erneutes Klingeln ließ ihn innehalten.
„Großer Gott", rief Birte. „Geht das jetzt immer so weiter?"
„In einer Sackgasse mit fünf Häusern kann es nicht lange so gehen."

„Die kreuzen hier nur auf, damit wir sie für nett und harmlos halten", konterte Birte. „Und du fällst darauf herein."
Nie zuvor hatte Peter seine Frau so grantig und gereizt erlebt. Schweigend legte er den Blumenstrauß ins Spülbecken und ging zur Tür. Draußen stand das Paar aus Nummer 1. Die blonde Frau mit dem langen Zopf und den blaugrauen Augen hieß Ella Borke, daran erinnerte er sich, und den braungebrannten Mann an ihrer Seite, über dessen muskulöser Brust sich ein gelbes T-Shirt mit der Aufschrift *Bock auf Bauen* spannte, hatte sie am Vortag Mattes genannt. Beide mochten ungefähr Ende dreißig sein. Nun war noch ein Hund dabei, ein gedrungener schwarzgrauer Mischling mit Schlappohren und buschiger Rute.
Der zweistimmige Gruß des Paars war herzlich. Doch Peter spürte, dass noch etwas anderes kommen sollte.
„Tretet ein. Trinkt ihr einen Kaffee mit?"
Die drei blieben auf der Fußmatte stehen. Ella fasste die Hundeleine kürzer. „Kommt drauf an."
„Wenn es bei Ihnen nicht geht, müssen wir noch ein paar Adressen abklappern", erklärte der Mann namens Mattes.
„Kaffee geht immer", sagte Peter.
„Danke", sagte Ella, „aber das meinten wir nicht. Das Problem ist der Hund. Wir sind beide den ganzen Tag weg."
„Ach so, ihr sucht jemanden für euren Hund."
„Das ist nicht unser Hund."
Peter hörte, wie Birte sich hinter ihm näherte. Der Mischling blickte ihn aus samtbraunen Augen an, seine Rute pendelte langsam hin und her. Wenn ich ja sage, heißt das dreimal täglich Gassi gehen, dachte Peter, und im Haus auf Schritt und Tritt vier Pfoten hinter mir, die feuchte Nase in den Kniekehlen. Ständiger Müffelgeruch um mich, wenn ich am Laptop sitze und um Konzentration ringe. Bis zum nächsten Gassi. Und spielen will der sicher auch. Das Ende meiner Freiheit.

„Zugelaufene Hunde gehören ins Tierheim“, sagte Birte kühl. Sie trat neben Peter, hängte sich bei ihm ein und schien das Tier keines Blickes zu würdigen.
„Es ist anders“, erwiderte Mattes. „Das ist der Hund von Curd Lemon.“
Birte zuckte. „Seine Frau kann sich um ihn kümmern.“
Ella schüttelte den Kopf. „Lisa ist Schauspielerin und immerzu unterwegs.
„Es war immer nur sein Hund“, erläuterte Mattes, „und seit Curd sein Bonner Büro aufgelöst hatte, arbeitete er zu Hause. Wir dachten, bei einem Schriftsteller ist das ähnlich, Herr ...“
„Nur Peter. Ich habe gehört, man duzt sich hier seit dem letzten Grillfest.“
Mattes nickte. Ein optimistisches Lächeln überzog sein breites Gesicht. „Bolli ist ein guter Hund, er wird es euch danken.“
„Ich will ihn nicht im Haus haben“, sagte Birte.
Das Schwänzeln hörte auf. Das Tier ließ Rute und Ohren hängen, was nach tiefer Resignation aussah. Mattes' Lächeln erlosch. Ella seufzte und blickte auf ihre blauen Leinenschuhe.
„Selbstverständlich nehmen wir ihn!“, rief Peter aus.
Birte an seinem Arm versteifte sich. Das Paar auf der Fußmatte strahlte. Der Hund schwänzelte wieder und hob die Schlappohren an. Peter sah zur Seite und nahm Birtes eingekniffene Lippen wahr.
„Vorübergehend jedenfalls“, schränkte er die Zusage ein. „Und nun trinken wir Kaffee und regeln alles.“
Das zarte Murren neben ihm entging ihm nicht. Alles, was mit dieser Nachbarschaft zusammenhing, schien jetzt ein Riesenproblem zu sein. Sollte er mehr Rücksicht nehmen? Aber ein Hund brachte Lebensfreude ins Haus! Das musste Birte guttun.

„Was für ein Mensch war Curd Lemon?", fragte Peter, als sie alle vier vor den gefüllten Kaffeetassen um den Küchentisch saßen und die Fragen rund um den Hund geklärt waren. „Ich weiß nur, dass er Architekt war."
„Das sagt sich nicht in einem Satz", meinte Mattes. „Am besten weiß wahrscheinlich die alte Gudrun Bescheid. Curds Eingang ist ja nah an ihrem Haus, da bekommt sie einiges mit."
Peter bemerkte eine Bewegung unterm Tisch und dachte, es sei Bolli. Bis er sah, wie Ellas Stiefel sich dem Schienbein ihres Mannes näherte.
„Jedenfalls hat er –" Mattes fuhr zusammen und verzog das Gesicht, offenbar hatte der Stiefel getroffen. „Bei Curd war stets was los", fuhr er mit gerunzelter Stirn fort. „Aus seiner ersten Ehe hatte er drei Söhne, und jeder von denen hat ebenfalls drei Pänz, die oft beim Opi waren. Also, er war ganz beliebt. Nur nicht bei –"
„Das spielt keine Rolle", schnitt Ella ihm das Wort ab.
„Richtig", sagte Birte. „Wir wollen es nicht wissen."
„Die Kriminalpolizei hat es interessiert", gab Mattes zurück.
„Das ist was anderes, die müssen von Berufs wegen jedem Schwachsinn nachgehen, um die Stecknadel im Heuhaufen zu finden." Ella erhob sich und trank im Stehen ihren Kaffee aus. „Mattes, wir müssen kochen, meine Mutter kommt."
Nur nicht bei …, raunte es in Peters Kopf, während er die beiden zur Tür brachte. Er konnte schlecht nachfragen, wenn es Ella so wichtig war, dass den neuen Nachbarn nicht zu Ohren kam, was Mattes schon auf der Zunge gelegen hatte. Die meisten Leute klatschten gern über andere, doch Ella hatte wohl was dagegen. Sehr sympathisch, fand Peter, nur hatte es so verdammt krampfhaft gewirkt, als ob es sich um etwas handelte, dass tunlichst verschwiegen werden sollte.

Er kehrte in die Küche zurück. Birte stand vor der offenen Spülmaschine und warf die Klappe zu. Die Tassen und Teller klirrten. Ihn empfing ein zorniger Blick, der ihm durch und durch ging.
„Du bittest die Leute herein, ohne mich zu fragen, bietest ihnen Kaffee an, ohne mich zu fragen und übernimmst den Hund, obwohl ich dagegen bin! Und zur Krönung des Ganzen bist du neugierig wie der Reporter eines Klatschblatts! Was ist in dich gefahren?"
„Der Kaffee war eine Selbstverständlichkeit, und der Hund bietet mir die Chance, dreimal täglich in Begleitung durch Wald und Feld zu schweifen und im Haus immer Gesellschaft zu haben. Da du den größten Teil des Tages in der Schule bist, bedeutet er das Ende meiner Einsamkeit."
„Was für ein Käse", fauchte Birte. „Erstens sagst du ständig, ein Schriftsteller sucht die Einsamkeit, zweitens bist du nicht allein, es sind Herbstferien. Drittens –"
„Fährst du am Donnerstag nicht mit Monika nach Potsdam und besuchst unseren Sohn in Berlin?"
„Ach, die paar Tage. Und diese Gudrun fragst du bitte nicht. Die hat nur Klatsch und Tratsch auf Lager, das ist bei solchen Frauen so."
„Birte, ich möchte mich hier wohlfühlen. Dazu gehört, dass man die Leute kennenlernt.
„Curd Lemon ist tot. Den kannst du nicht mehr kennenlernen."
„Er wäre unser unmittelbarer Nachbar gewesen. Wir hätten noch zwanzig Jahre Zaun an Zaun gelebt."
„*Hätten*! Das sind Gedankenspiele eines Schriftstellers."
„Der Mann interessiert mich."
„Warum?"
Peter schaute auf den Hund herab, der ausgestreckt zwischen ihnen auf den Fliesen lag. Warum interessierte er sich für Lemon? Weil er es nur um Stunden verpasst hatte, dem Erbauer

des eindrucksvollen Nachbarhauses die Hand zu schütteln, dem Mann, der nun eine grausige Lücke hinterließ, verkohlte Dachbalken, scheibenlose Fensterhöhlen? Weil sich hier irgendwo ein bitterböses Geheimnis verbarg?

„Und drittens …" Es folgte ein klackendes Geräusch. Birte hatte ihr Smartphone auf die Tischplatte gelegt. „Drittens wohnen wir nach den Herbstferien nicht mehr hier. Ich habe drei Ersatzobjekte, die in Frage kommen. Sofort bezugsfertig."

Peter schnappte nach Luft. „Das ist nicht dein Ernst."

Sie machte eine Handbewegung, die alles um sie herum zu umfassen schien. „Hierfür interessiert sich bereits ein Makler aus Bonn. Ich habe das Haus gestern Abend ins Internet gestellt."

Ungläubig starrte er sie an. Den Graben zwischen ihnen glaubte er sehen zu können, vor der Kulisse des versengten Baumes am seitlichen Küchenfenster.

„Du hast das Haus zum Verkauf angeboten? Gestern Abend? Als ich die letzte Kiste gepackt habe?"

„Ich will hier nicht leben. Habe ich das nicht oft genug gesagt?"

Er hatte es nicht ernst genommen. Und das Haus gehörte ihr. Es ging um *ihr* Geld. Sie unterhielt die Familie, hatte größere Summen angespart und vernünftig angelegt. Schon als Studentin hatte sie viel mehr besessen als er und durch verschiedene kleine Jobs einen schönen Batzen verdient, bevor sie eine feste Stelle als Lehrerin antrat. Doch Geld war nie ein Thema zwischen ihnen gewesen; er verstand nichts davon, war immer nur scharf aufs Schreiben und zumeist mit dürftigen Honoraren zufrieden, die Birte kommentarlos in die gemeinsame Steuererklärung aufnahm.

Aber jetzt war Peter mal kein lieber Mann. Er wollte hierbleiben. Die reine Luft, der nahe Wald, die Ruhe fernab der überfüllten Straßen, das Auf und Ab der Landschaft, die je nach Standort den Blick auf die Köln-Bonner Bucht, die hohen Eifelberge oder das

Siebengebirge auf der anderen Rheinseite freigab … Was brauchte er eine Kneipe, in der er seine Zeit vergeudete, um mit halbbetrunkenen Wichtigtuern über Gott und die Welt zu debattieren? Zudem fühlte er, wie das bescheidene Haus und der mäßig erfolgreiche Schriftsteller im Begriff waren zusammenzuwachsen. Zum ersten Mal in seinem Leben hatte er einen Garten. Dazu einen Hund. Nichts von alledem wollte er aufgeben.
Aber er schwieg, während Birte verbissen eine To-do-Liste in ihr Handy tippte. Abwarten, sagte er sich, bei ihrer Rückkehr wird alles ganz anders aussehen.

Gudrun

Sie stand am Fenster ihres Wohnzimmers und blickte zu dem verkohlten Obergeschoss des *bekloppten Turms*, wie Konrad und sie den hässlichen Auswuchs am Nachbarhaus nannten, das den Eindruck erweckte, der Bauherr habe sich nicht entscheiden können, ob er ein Einfamilienhaus oder eine Burg haben wollte.
Nein, sie hatten das Ding nie gemocht und sich immer gewundert, dass es baurechtlich erlaubt war, derart aus der Reihe zu tanzen. Aber der jetzige Anblick war einfach nur grauenerregend. Und was ihr dabei durch den Kopf ging, war kaum zu ertragen. Darüber konnte sie mit ihrem Bruder, der mit der aufgeschlagenen Tageszeitung im Sessel saß, auf keinen Fall reden. Mit niemandem konnte sie das. Immerhin war es denkbar, dass ihre Wahrnehmung auf einer Sinnestäuschung beruhte, ja, warum nicht? Sie hatte ein Schlafmittel genommen und einen Kognak getrunken und war in einem Alter, in dem andere unter Demenz litten. *Ich bin gegen halb elf zu Bett gegangen, Frau Kommissarin. Lisa war schon mittags weggefahren, und wir nahmen an, dass Curd ihr später gefolgt ist. Das machen sie öfter so,*

sie haben zwei Autos in der Garage. Wenn sie nicht mehr als eine Nacht und einen Tag wegbleiben, sagen sie auch nicht wegen der Katze Bescheid. Jedenfalls war drüben alles dunkel. Ich war mir sicher, dass Curd fort war.

An der Aussage war kein Wort falsch, dennoch war ihr nicht wohl dabei. Aber sie hätte sich hundsmiserabel gefühlt, wenn sie mehr gesagt hätte. Und dass sie auf die Frage, ob ihr sonst noch was aufgefallen sei, mit *nein* geantwortet hatte, nahm der Herrgott, der die Nächstenliebe ausdrücklich befahl, ihr gewiss nicht übel. Wenn bloß nicht diese Angst wäre, es könnte irgendwas nachkommen, etwas noch Unbestimmtes, sicherlich Grauenvolles, das sie bereits zu spüren meinte wie die Schwüle, die einem Gewitter vorausgeht. Wer mit Feuer tötete, musste verrückt sein. Wie im Krieg, wo das Verrückte normal war.

Sie drehte sich zu Konrad um und fragte ihn, was er über die neuen Nachbarn denke. Natürlich wusste sie, dass ihm die Leute gleichgültig waren, aber sie wollte sich ablenken.

Hinter der Zeitung blieb es still. Über Kriege und Krisenherde, die es ja ständig irgendwo gab, las er alles Wort für Wort und meistens mehrmals. Anschließend würde er wieder in die Schrecken der Vergangenheit eintauchen, indem er sich in eines seiner Bücher über den Zweiten Weltkrieg vertiefte. Es wurden immer wieder neue geschrieben. Der Buchladen an der Rheinbacher Hauptstraße schickte sie ihm wunschgemäß per Post, und sie taten ihm nicht gut.

„Hier drinnen bekommt man überhaupt nichts mit", sagte Gudrun. „Ich muss in den Vorgarten gehen."

Endlich regte er sich. „Willst du Herbstlaub wegmachen?"

„Das wäre eine Idee. Morgen soll das Wetter umschlagen. Ob das stimmt? Es ist noch so schön."

Konrad ließ die Zeitung sinken. Er sah zum straßenseitigen Fenster, doch seine Augen schienen eine sehr viel weitere

Strecke zurückzulegen. „Klarer blauer Himmel. Bestes Herbstwetter. So war das, als die Bomber kamen. Wenig später war da kein Himmel mehr."
Sie trat an den Sessel, legte eine Hand auf seinen Arm und wiederholte, was sie seit Jahrzehnten sagte: „Das haben wir hinter uns."
Er schien zu lauschen, ob nicht doch ein paar Bomber heranrauschten. „Unglaublich, wie still es jetzt ist."
„Zu still." Ihr entschlüpfte ein Seufzer.
„Nicht mal der Kerl auf dem Grundstück gegenüber macht Krach mit seinen Mopeds. Hab den tagelang nicht gesehen, Gudrun. Das hat was zu bedeuten."
„Pascal meint das auch. Aber sag bitte nicht immer *der Kerl*, wenn du von Jasper sprichst. Der ist arm dran, er braucht unser Mitgefühl. Und normalerweise repariert er Fahrräder. Das macht keinen Krach."
„Warum hast du eben geseufzt?"
„Heute wäre Enkeltag bei Curd."
„War bei dem nicht dauernd Enkeltag? Es kam mir so vor. Stundenlang Zankerei und Gegröle im Garten, Fußbälle, die gegen den Zaun donnerten, Plastikflieger, die in die Büsche sirrten. Auf der Straße Geplärre und Gekreisch, Fahrradgebimmel, Schrappen von Rutschautos, Klappern von Rollbrettern und dämliches Gekicher."
„Es fehlt mir schon fast. Lärm gehört dazu, wenn man Nachkommen hat."
Konrad verzog das Gesicht wie unter plötzlichem Schmerz, die Zeitung raschelte in den zitternden Händen.
Mal wieder was Falsches gesagt, schalt Gudrun sich im Stillen. Bestimmte Worte durfte man nicht benutzen. Sie wusste doch, wie sehr er darunter litt, dass der Familie Lemon seit drei Generationen so reichlich zufiel, was ihm selbst versagt geblieben

war: eigene Nachkommen. Seit Curd im Pappelweg wohnte, war es für Konrad ein ständiger Stachel im Fleisch, dass die Lemons sich lustig vermehrten und die Rüttelfalks sang- und klanglos ausstarben. Sie überlegte oft, ob sie ihrem Bruder vorschlagen sollte, Pascal zu adoptieren, damit wenigstens der Name Rüttelfalk erhalten blieb. Ihr junger Mieter tat alles für sie beide und hatte Konrad zuliebe unzählige Male bei Curd geklingelt, um ihn zu bitten, die Kinder ruhiger zu halten, wofür er manchen spöttischen Seitenhieb als *Hüter der Seniorenruhe* kassiert hatte.

Konrad hüstelte, er hatte sich gefasst. „Geh ans Herbstlaub, Gudrun. Leih dir von Clemens den Laubbläser, dann hast du Lärm genug."

„Ich nehme den Drahtbesen, da kommt man leichter ins Gespräch. Ich muss wissen, was für Leute die Neuen sind."

„Warum musst du das wissen? Warte bis zum Grillfest im nächsten Sommer."

„Ich bin unruhig. Die Frau benimmt sich seltsam, der Mann wirkt allzu munter. Das geht nicht gut."

„Ach, Schwester …"

Er hörte derartige Spekulationen nicht gern, das war ihr klar. Warum schwätzte sie solch dummes Zeug? Sie hatte doch keine Ahnung, sie war nur schrecklich nervös.

„Ich geh dann mal." Sie zog ihre graue Strickjacke über die Bluse. „Vorhin sah ich Ella und Mattes die Straße überqueren, sie haben Curds Hund bei den Neuen abgegeben. Die Beerlauchs müssten also früher oder später mit dem Tier an unserm Zaun vorbeikommen."

„Falls sie es nicht im Backofen schmoren", murmelte Konrad. „Ich bin nicht scharf auf neue Bekanntschaften."

Irina

„Fertig."

Sie stellte die Dose mit dem Haarspray auf den Tisch, reichte der Kundin den Handspiegel, damit sie sich von der Seite sehen konnte, und nahm ihr den Frisierumhang von den Schultern. Die dritte und letzte Kundin für heute in „Helgas Haarstübchen" in der Rheinbacher Altstadt. Mehr waren es selten, meistens weniger. Helga war Irinas Mutter gewesen, die viel zu jung an Krebs gestorben war. Kurz nach ihrem Tod war Kevin auf die Welt gekommen, der Erzeuger verschwunden, wie schon Irinas Vater zwanzig Jahre früher. Irina hielt sich und den Kleinen mit dem Haarstübchen über Wasser, auch wenn es nur ein altmodisch ausgerüsteter Kellerraum war, fünf Minuten von ihrer Wohnung entfernt, mit einem schadhaften Waschbecken, einer Trockenhaube und einem Frisierstuhl von anno dazumal. Seit Kevin bis mittags eine Kindertagesstätte besuchte, arbeitete sie zusätzlich ein paar Stunden pro Woche in einem richtigen Salon unter einer übellaunigen Chefin, der anscheinend alles, was Irina beim Schneiden, Legen und Färben für gelungen hielt, missfiel.

Heute war sie jedenfalls eine verdammt schlechte Friseurin. Die Schere war ihr zweimal aus der Hand gefallen und zum Nachfärben hätte sie beinah Schokobraun statt Mahagoni genommen. Obwohl Kevin ungewohnt friedlich mit seinen Autos am Boden spielte, war Irina überhaupt nicht bei der Sache. Zu viel geisterte ihr im Kopf herum.

Die Idee, sich vom Hasi ein Haus zu wünschen wie andere einen Brilli, war ja nicht so falsch gewesen. Der Hasi war total begeistert und hatte im Nu das passende Grundstück parat, weit weg vom Ehe-Domizil und der angetrauten Frau. Denn Ehe, darin war der Hasi eindeutig, war was Heiliges und musste bestehen bleiben. Aber kaum war das Dach auf dem Rohbau, kam

erst mal Karneval und damit der Süße. Wie ein Rausch war das. Nach der zweiten oder dritten Nacht zeigte sie ihm ein Foto vom Hasi und erzählte, wie sie den kennengelernt hatte, im Wald bei den Eisensteinen, als sie und ihre Kollegin Jenny auf dem dicksten Brocken Selfies machten. *Marmor, Stein und Eisen bricht!*, spottete der Süße, *ist das was Ernstes?* Das klang herrlich nach Eifersucht. Da erzählte sie ihm von dem Haus, in das sie bald einziehen würde. *Hey, cool!*, sagte er, war aber furchtbar geknickt, als er hörte, dass der Hasi so oft kommen wollte, wie er Ausreden gegenüber seiner Frau fand. *Und wenn du mit mir da reinziehst?*, fragte er, *das wäre mein Traum.* Sie war verdattert, ihr wurde glühend heiß vor Freude. Er wollte mit ihr zusammenleben! Genau das war auch ihr Traum. *Ich pass dann auf Kevin auf*, schlug er vor, *und du kannst mehr arbeiten.* Und sie malten sich das zukünftige Leben in ihrem Traumhaus aus. Den Riesenhaken an der Sache schoben sie einfach beiseite: Hasi durfte nichts davon erfahren. Bis sie drin war und die Tür zuhalten konnte, musste Irina so tun, als wäre er ihr Ein und Alles. Ihr Gewissen war merkwürdig stumm geblieben.
Die Kundin wandte den Kopf mehrmals vor dem Spiegel hin und her. „Sieht gut aus."
Als der Bau fertig war, kam der Ärger mit dem Honorar dazwischen. Der Architekt sperrte das Haus zu, legte die Schlüssel in einen Banktresor und drohte mit einer Klage vor Gericht. Von da an war der Hasi nur noch schlechter Laune. Der Süße meinte, wenn Irina mehr arbeiten und er sich um Kevin kümmern würde, könnte sie das Honorar selber zusammenkratzen, das sollte sie dem Architekten sagen. Aber nee, das war ihr zu peinlich, und Haarschneiden war alles andere als Geldscheffeln, es konnte nicht hinhauen. Wenn sie den Hasi abservierte, müsste sie auch schon die Grundsteuer selber zahlen. *Und wenn ich mit dem Lemon rede?*, fragte der Süße. Diese Idee war

genauso blödsinnig – der Hasi hätte sofort davon erfahren und die Küche abbestellt oder sonst was Schlimmes getan. Nun war auch der Süße komisch drauf und baggerte die Jenny an, die mal einen ganzen Hof bei Münstereifel erben würde. Warum war alles so schiefgelaufen?

Die Kundin erhob sich und überreichte ihr zwei Scheine. „Sie kommen mir so abwesend vor, Irina, geht es Ihnen nicht gut? Seit dem Tod Ihrer Mutter wirken Sie so …" Sie legte den Kopf schief und musterte sie. „Grüblerisch. Schwermütig."

Irina half der korpulenten Frau in den Mantel. „Als Mama noch lebte, war alles anders."

Ein mitfühlender Händedruck. Ein mütterliches Lächeln. Um ein Haar hätte Irina sich an die dicke weiche Brust der Kundin geworfen, ein bisschen geheult und ihr alles erzählt.

3

DIENSTAG

Peter

Er war von einem dreistündigen Spaziergang mit dem Hund zurückgekehrt und schloss gerade die Haustür hinter sich, als er Birtes helle Stimme aus dem Wohnzimmer vernahm. Durch die offene Schiebetür sah er sie mit ihrer Brille auf der Nase am Couchtisch vor dem Laptop sitzen.

„Schatz! Ich sage meine Reise ab."

Peter erstarrte. Das durfte nicht wahr sein. Er hatte so sehr gehofft, dass ein paar Tage Abstand vom Pappelweg ihre Einstellung grundlegend ändern würden.

„Warum willst du die Fahrt absagen?"

„Um die Dinge hier vorwärtszubringen."

Er streifte die von Erde verkrusteten Schuhe von seinen Füßen. Vor wenigen Minuten noch hatte er auf einer Hangwiese gestanden und den Blick über das ausgedehnte Flachland schweifen lassen, die Köln-Bonner Bucht, die sich im Dunst schier endlos nach Norden erstreckte, zum Niederrhein, nach Holland, zum Meer. Er hatte den durchdringenden Rufen der Kraniche gelauscht und Scharen der großen Vögel in V-förmigen Formationen südwestwärts ziehen sehen, worauf ihn ein unerhörtes Glücksgefühl ergriffen hatte. Davon war er noch ganz benommen. Dass Birte sich hier nicht wohlfühlte, hatte er völlig ausgeblendet. Nun stürmte das Problem erneut auf ihn zu.

„Welche Dinge?", fragte er so ruhig wie möglich und trat auf Socken ins Wohnzimmer.

„Erstens: der Hund."

„Was ist mit dem?"

„Er stinkt."
„Ich rieche nichts."
„Weil du nichts riechen *willst.* Ich habe eine Frau angesprochen, die schon einen Hund besitzt und der ein zweiter nichts ausmacht. Die Eifelbauern haben nicht so feine Nasen."
„Wer ist das?"
„Frau Hotzscheid, seit zwanzig Jahren Witwe. Wohnt an der Landstraße in einem Resthof, ihr Mann war Bauer. Früher hielten sie Hühner, Kühe und Schweine und bewirtschafteten etwas Ackerland. Jetzt hat sie eine Art Dackel."
„Vergiss es. Der bin ich schon begegnet. Ihr Hund ist eine arme Sau. Sie geht nur bis zu der Stelle, wo das fettleibige Tier seinen Haufen absetzt. Dann kehrt sie um."
„Zweitens", fuhr Birte fort, „habe ich das ideale Haus für uns. Wahre Spitzenlage. Mit Sauna und offenem Kamin. Teurer, aber noch bezahlbar. Am Kottenforst in Bonn."
Peter sank in den Sessel, der ihm am nächsten stand. „Du willst zurück in die Stadt? Erklär mir das."
„An den Rand der Stadt", betonte sie. „Das ist ein guter Kompromiss. Wenn der Wald nicht wäre, könnte man von dort die Eifel sehen. Der Besichtigungstermin ist am Donnerstag."
„Ich schau mir am Donnerstag kein Haus an! Ich hab vor kurzem dieses hier besichtigt und muss erst mal Luft holen."
Birte hob nur leicht die Augenbrauen. „Drittens: Am Freitag kommt der Makler mit dem ersten Kaufinteressenten."
Peter stockte der Atem. Der Graben zwischen ihnen war tiefer, als er gedacht hatte. Sie schien alles im Alleingang zu entscheiden und seine ablehnende Haltung zu ignorieren. Während ihn, feinfühlig, wie er war, sein Gewissen plagte, weil sie sich hier nicht wohlfühlte. Ihn ergriff der Zorn. Sie *wollte* sich nicht wohlfühlen, so war das doch! Sie machte nicht den geringsten Versuch! Keine einzige Kiste hatte sie ausgepackt, zog statt-

dessen einen Flunsch, sobald sie sah, dass er Bücher und Geschirr einräumte oder Nägel in die Wand schlug, um ein Bild aufzuhängen. Sollte ihre Ehe, die ganze achtzehn Jahre umspannte, an einem Haus scheitern, das sie selbst ausgesucht hatte, aber partout nicht mehr wollte, weil es nebenan gebrannt hatte? Das war absurd, so weit durfte es nicht kommen.

„Ich kümmere mich um den Makler“, sagte er müde. „Mach deine Reise, wie geplant.“

„Nein, nein, die sage ich ab.“

„Das kannst du Monika nicht antun. Sie ist deine beste Freundin und hat im Frühjahr ihren Mann verloren. Die Reise mit dir ist wichtig für sie.“

Birte setzte die Brille ab und sah ihn an, misstrauisch, wie ihm schien. Nach einer Weile nickte sie. „Aber versuch bitte nicht, dem Interessenten das Haus madig zu machen. Der Makler kennt mich, er würde sich bei mir beschweren.“

„Keine Sorge. Aber erwarte nicht, dass ich es übermäßig anpreise. Es ist ein ganz gewöhnliches Haus. Woher kennt der Makler dich?“

„Von früher, von einem meiner Jobs. Ist ewig her.“

„Aber präsent genug, dass er sich an dich erinnert?“

„So ist das manchmal. Durch irgendeinen Zufall stößt man wieder aufeinander und kann kaum fassen, wie die Zeit vergangen ist.“

Sie hob das Kinn an und schaute durch die Schiebetür in den Flur und anscheinend bis in die Küche. Peter folgte ihrem Blick. Vor dem seitlichen Küchenfenster ragte vom Nachbargrundstück ein angekohlter Ast herüber und schwankte im Wind hin und her.

„Solche Zufälle sind mir fremd“, sagte Peter. „Vielleicht begegnet mir mal jemand von früher auf den Spaziergängen mit dem Hund. Das ist meine Chance.“

Sie lächelte unerwartet. „Du bist komisch."
„Nein, du bist komisch, gib es zu."
„Der Makler versteht, dass ich hier weg will."
„Klar, der verdient ja dran."
„Meine Freundinnen und unser Sohn verstehen es auch. Solange nicht geklärt ist, wer das Nachbarhaus angesteckt hat, gleicht der Pappelweg einer Schlangengrube."
„Vergessen wir einfach, dass wir komisch sind", schlug er vor. „Die Potsdamer Schlösser sind wunderschön. Die Reise wird dir guttun."
Ihr Lächeln wurde breiter, und auch ihre Augen schienen zu lächeln. Ein Glück. Der kleine Graben zwischen ihnen war ganz unbedeutend.
Hoffentlich.

Jasper

Vier Tage war er mit dem Rad quer durch die Eifel unterwegs gewesen, samt Schlafsack und Zelt. Die letzten schönen Tage ausnutzen, wie jedes Jahr im Oktober. Nun traf er wieder im Dorf ein, vor dem bescheidenen alten Hof an der Landstraße. Im Obergeschoss des kleinen Seitenflügels bewohnte er ein Zimmer mit Kochnische und Bad. Früher hatte man dort Heu und Stroh gelagert und unten ein paar Milchkühe gehalten, wo jetzt die Waschmaschine, der Trockner und ein Regal mit verstaubten Einmachgläsern standen.
Er stieß das grün gestrichene Holztor neben dem Fachwerkhaus auf und schob sein Fahrrad unter dem gemauerten Bogen hindurch. Im selben Moment öffnete sich linkerhand die Haustür. Auf der Schwelle erschien zuerst der wurstförmige Dackel, dann folgte der massige Körper der Frau Hotzscheid. Als hätte sie auf das Quietschen seiner Bremsen und das Knarren des Tors gewartet.

„Guten Tag, Jasper. Was will die Kriminalpolizei von dir?"
Das kam zu überraschend. Er zuckte zusammen und starrte erschrocken in das teigige Gesicht der Hausbesitzerin.
„Hä? Polizei?"
„Zwei Beamte in Zivil. Die stehen vor deiner Zimmertür."
„Wieso denn?"
„Das wirst du selbst am besten wissen."
„Nee, echt, keine Ahnung."
„Ich kann mir denken, weshalb sie kommen."
Er wich dem Blick der kleinen Augen aus, die ihm aus bleichen Fettpolstern entgegenblinzelten. *Tu nicht so ahnungslos,* schienen sie boshaft zu sagen. Blöderweise zitterten seine Hände, während er das Rad vor der grau verputzten Wand des Anbaus abstellte und die schmale Eingangstür aufdrückte, die so durchdringend quietschte, dass er zusammenfuhr, als hätte man auf ihn geschossen. Nun zitterten auch seine Knie.
Oben an der Treppe standen sie, ein blonder Mann, der sicher zwei Meter maß, und eine wesentlich kleinere braunhaarige Frau mit Pferdeschwanz. Beide stellten sich mit Namen vor, die Jasper kaum mitbekam, und hielten Dienstausweise hoch, deren Schrift vor seinen Augen verschwamm. Anscheinend waren sie extra seinetwegen vom Polizeipräsidium aus Bonn gekommen.
„Wir suchen Sie seit Sonntag, Herr Weber", sagte der Zwei-Meter-Mann.
Jasper wuchs ein Kloß im Hals, eine beängstigend dicke Knolle. Ihm flatterten mehrere Möglichkeiten durch den Kopf, die allesamt schrecklich waren. Kamen sie wegen dem Blumenklau an der Glasfachschule? Der Schlägerei beim Maibaumaufstellen? Oder wegen was Schlimmerem, das er nicht mehr auf dem Schirm hatte, irgendwas, das nachts mit besoffener Birne passiert war? Hatten die Jungs vom Junggesellenverein ihn bei was Peinlichem beobachtet und verpetzt? Wenn das hier glimpflich

ausgeht, werde ich brav wie ein Schaf, beschloss er, und tanke nur noch Saft und Bionade.
„Radtour gemacht“, brachte er heiser hervor, „vier Tage.“
Er öffnete seine Zimmertür und bedeutete den Kommissaren mit einer Bewegung seiner bebenden Hand, in seine Bude einzutreten. Die war ein bisschen eng für drei Erwachsene, der Meinung waren sie wohl auch. Es gab nur einen einzigen Stuhl, der unter den aufgehäuften Klamotten kaum zu sehen war, und auf dem zerwühlten Bett wollten sie offenbar nicht sitzen. Sie blieben vor dem Kühlschrank stehen.
„Warum haben Sie niemandem Bescheid gesagt?“, fragte die Kommissarin mit dem Pferdeschwanz. „Ihrer Großmutter zum Beispiel. Sie sind ihr einziger Angehöriger.“
Jasper räusperte sich in der Hoffnung, seine Stimme würde dann klarer und fester klingen. „Oma hätte sich nur Sorgen gemacht. Dass ich irgendwo aus der Kurve fliege. Mich im Zelt erkälte. Oder von starken Jungs zu Brei gehauen werde.“
Der Riese von Kommissar verzog den Mund, als müsste er ein Grinsen unterdrücken. War ja nicht zu übersehen, dass Jasper ein Leichtgewicht war. Von so weit oben betrachtet war er bestimmt ein mickriger Zwerg, den schon eine Backpfeife in die Knie zwänge.
„Haben Sie davon gehört?“, fragte die Kommissarin.
Der Boden schien unter ihm wegzurutschen. Es war was mit Oma, da war er sich plötzlich sicher.
„Wovon?“
„Von dem Brand.“
„Wo hat …“ Jasper konnte nicht weiterreden. Hatte Oma ihre geliebten Bienenwachskerzen …? Ihr Bügeleisen? Eine Herdplatte angelassen und den Brotkorb drauf gestellt?
„Im Pappelweg, wo Sie auf dem Grundstück Ihrer Großmutter Fahrräder reparieren, da hat es gebrannt.“

Siedend heiß fiel Jasper die Kippe ein, die er achtlos auf einen Maulwurfshügel geworfen hatte. Aber das war eine Woche her. Auch das trägste Feuer brauchte nicht so lange.
„Ist der Schuppen abgebrannt?“
„Das Feuer war gegenüber“, sagte die Frau.
„Im Haus von Herrn Lemon“, sagte der Mann.
Jasper fühlte die Blicke der beiden wie Stiche im Gesicht. Den Architekten mochte er nicht. Das sah man ihm natürlich an.
„Wo waren Sie in der Nacht von Samstag auf Sonntag?“, fragte der Riese.
Das musste ja kommen. Die typische Frage, die man Verdächtigen stellte.
„Am Fuß der Hohen Acht auf einer Wiese“, erwiderte Jasper. „Ich hatte mein Zelt dabei.“
„Sind die Nächte da oben nicht schon zu kalt?“
„Mit Penntüte und Wollpullover kein Problem.“
„Warum sind Sie zum Schlafen nicht nach Hause geradelt? Das wäre doch nicht zu weit gewesen.“
„Ich wollte die nächsten Tage noch ordentlich vorankommen. Bis zur Mosel und zur belgischen Grenze.“
„Waren Sie allein?“
„Ja.“
„Keine Freunde dabei?“
„Nee.“
Der Kommissar zog eine Augenbraue hoch. „Wie gut kennen Sie Herrn Lemon?“
„Ab und zu miteinander geredet. Oma kennt ihn besser. Der rückt ihr dauernd auf die Bude, weil er scharf auf das Grundstück ist.“
Auwei, das hätte er nicht sagen sollen. Es war einfach so aus ihm herausgesprudelt. Strategisch war er eine Null. Sein Gesicht verzerrte sich, ohne dass er es wollte. Dazu das unkontrollierte

Dauerzucken am Mund, das er nie abstellen konnte. Doppelt verdächtig. Dreifach.

„Das gefiel Ihnen also nicht?"

„Das Grundstück soll ich mal erben."

Wieder forschende Blicke. Was sie bedeuteten, war klar. Nun öffnete wieder die Kommissarin den Mund, die Jasper sympathischer war als der Mann, der ganz wild darauf schien, ihn in die Enge zu treiben und zu verhaften.

„In Ihrem Schuppen könnte sich leicht jemand versteckt gehalten haben, bis im Haus gegenüber die Lichter ausgingen. Das Tor ist nicht gesichert. Das Zahlenschloss ist kaputt."

„Ach du Scheiße, ja."

„Ihre Großmutter hat uns die Erlaubnis erteilt, das Grundstück zu betreten. Im Schuppen steht eine leere Literflasche Brennspiritus. Ist das Ihre?"

„Nee, meine ist voll."

„Jetzt nicht mehr."

„Hä? Dann war jemand da."

„Wer wusste denn, dass Sie dort Spiritus aufbewahren?"

„Alle, die mich mit dem Campingkocher und der Bratpfanne gesehen haben. Die Leute, die da wohnen, und Spaziergänger, die vorbeikommen, meistens Hundebesitzer. Manchmal auch Wanderer mit Rucksäcken."

„Haben Sie mit Freunden dort gekocht?"

„Nee, für mich allein. Ab und zu auch für Oma."

„Wofür benutzen Sie den Spiritus sonst noch?", schaltete sich der Kommissar wieder ein.

„Für die Fahrräder. Die Kette und alles, was von Öl verschmiert ist. Verdünnt natürlich."

„Haben Sie auch Räder von Leuten aus der Straße repariert?"

„Nur für die Frau Rüttelfalk. Die kommt alle paar Wochen mit 'nem Platten. Fährt zu oft am Glascontainer vorbei."

Sie baten ihn, sich zur Verfügung zu halten, falls sie im Laufe der Ermittlungen weitere Fragen hätten. Jasper nickte. Da fiel ihm etwas ein, das er aus Fernseh-Krimis kannte: Wenn man überhaupt nicht nachfragte, machte das den Eindruck, als wüsste man schon alles – was nur auf den Täter zutraf.
„Ist das ganze Haus abgebrannt?“
„Nur der Turm“, erwiderte der Kommissar.
„Und die Bewohner? Haben die sich retten können?“
Wieder dieser Chirurgenblick aus zwei Augenpaaren. Die Kommissarin öffnete zuerst die Lippen. „Herr Lemon ist tot.“
„Tot …“ Jasper kippte gegen den Türpfosten und rutschte Richtung Boden. Der Riese fing ihn auf.
Scheiße, dachte Jasper, wie ist das denn passiert? Der Mann, der Oma rumkriegen wollte, ihm das Grundstück zu verticken, war tot? Astreines Mordmotiv für den Enkel. Die Kriminalpolizei auf Tätersuche und weit und breit kein Alibi. Nur eine Zeugin, die ihn noch ins Kittchen brachte: die leere Flasche Spiritus.
Die Riesenhände stellten ihn wieder aufrecht hin und lösten sich von seinem Flanellhemd. Die Frau mit dem Pferdeschwanz hielt eine durchsichtige Tüte hoch.
„Kennen Sie den?“
In der Tüte lag ein Schlüssel. Jasper trat näher heran und betrachtete ihn. Der Ton in der Stimme der Kommissarin schien ganz neutral, trotzdem musste er vorsichtig sein.
„Nicht meiner. Und nicht Omas. Wieso?“
„Den haben wir vor Ihrem Schuppen gefunden. Im Gras.“
Auch das noch. Verdammt. Wieder diese Blicke.
Jasper zuckte mit den Schultern. „Gehört vielleicht dem, der meinen Spiritus geklaut hat?“
„Überlegen Sie nochmal.“
„Nee, wirklich, kenn den Schlüssel nicht.“

Endlich wandten sie sich um und stiegen die Treppe hinunter. Jasper schloss die Zimmertür und dann die Augen, er war völlig erledigt. Gegen das Türblatt gelehnt, horchte er auf die sich entfernenden Schritte und die quietschende Tür im Erdgeschoss. Als sie ins Schloss fiel, trat er ans Fenster. Im Hof stand Frau Hotzscheid mit dem Dackel. Die Kriminalbeamten wechselten ein paar Worte mit ihr und verschwanden durch das grüne Tor, das sie hinter ihnen zudrückte.

Natürlich hatte er den Schlüssel erkannt. Es hing ja der knallrote Legostein dran. Das war der Schlüssel, der immer unübersehbar an dem ovalen Brett neben der Haustür im Flur baumelte, wenn Jasper bei dem Architekten Ware abliefern musste. Bescheuert, sich solche Bausteinchen an den Schlüsselring zu hängen, hatte er jedes Mal gedacht, zuletzt vor einer Woche, als er drei Kästen Erdinger Alkoholfrei brachte und das Leergut hinaustrug. Da war aber noch ein zweiter Legostein dran gewesen, ein blauer, und der fehlte jetzt. Hätte er das den Kriminalleuten sagen sollen? Die hätten im Schuppen alle Kisten durchwühlt und sämtliche Schrauben und Muttern, die er schön nach Sorte und Größe geordnet hatte, durcheinander gewirbelt. Womöglich hätten sie den blauen Stein sogar gefunden. Und Jasper auf der Stelle verhaftet.

Irina

Gestern war unterm Strich ein ziemlich guter Tag, dachte sie, während sie das Badewasser für Kevin in die Wanne laufen ließ. Erstens hatte die letzte Kundin ihr zwanzig Euro mehr gegeben, einfach so, vielleicht aus Mitleid, wegen der toten Mama. Zweitens war es genau richtig gewesen, dass sie mal jemand an ihre Mutter erinnerte.

Ihre Gefühle eierten ja ständig zwischen Hasi und dem Süßen hin und her. Und wirklich blöd, dass sie mit vollem Namen im Grundbuch stand. Natürlich würde die Polizei ermitteln, welche Häuser der Architekt in letzter Zeit gebaut hatte. Früher oder später würden zwei Beamte auf der Matte stehen und wissen wollen, wie eine Friseurin mit magerem Verdienst an so ein Grundstück kam und wer den aufwändigen Bau bezahlt hatte. Was dann? Die Polizei konnte Irina nicht anlügen, ohne himbeerrot zu werden. Also besser gleich die Wahrheit auf den Tisch. Die ganze Heimlichkeit würde flöten gehen, und der Hasi war jetzt schon durch den Wind, weil seine Frau nichts erfahren durfte. Auch sonst niemand. Vor allem nicht die CDU. Ein Skandal war das Letzte, was der Hasi für die Wahl in den Stadtrat gebrauchen konnte.

Immerhin hatte Irina jetzt eine ungefähre Ahnung, wo es langgehen musste. Sie wusste genau, was ihre Mutter zu dem ganzen Mist gesagt hätte: *Schick die Kerle zum Teufel, die sind beide nichts wert. Der eine ist verheiratet, der andere ein Traumtänzer, der nichts taugt.*

Aber weil Mama nicht wie früher, die Arme in die Hüften gestemmt, in der Tür stand und ihr kräftig die Meinung blies, war das Herumeiern nicht so leicht abzustellen.

Außer Hasi und dem Süßen hatte Irina keinen Menschen, nicht mal eine gute Freundin. Die letzte war mit Kevins Vater durchgebrannt, als Irina im siebten Monat schwanger war. Und ihre Kollegin Jenny, mit der sie die Selfies bei den Eisensteinen gemacht hatte, war eine Giftspritze, die in der Disco das Gerücht verbreitete, Irina nehme einen reichen Sack aus, hätte aber lieber einen Millionär.

Irina hob Kevin in die Wanne und gab ihm seine Gummienten und sein Piratenboot, das er sofort losdüsen ließ, immer um die beiden Enten rum, als wären sie Inseln.

In was für eine Scheißlage hast du dich gebracht, hörte sie ihre Mutter schimpfen, als stünde sie jetzt neben ihr. *Sobald du mit dem anderen in dein Luxusheim ziehst und die Tür zuhältst, macht dein Hasi dich nach Strich und Faden fertig. Glaubst du, der will das Geld umsonst investiert haben? Wenn er halbwegs ein Mann ist, bringt er dich um.*
Och, Mama, so ist er nicht, hätte Irina erwidert. *Der schluckt irgendwie, dass es aus ist.*
Und den anderen, liebst du den?
Ja, und wie! Und der freut sich so aufs Haus. Er passt dann auf Kevin auf, und ich such mir einen Ganztagsjob.
Arbeitet der nicht auch irgendwo?
Doch ja, aber das ist ziemlich flexibel.
Ach ja?
Es wäre eine super Perspektive und das Leben ein Traum – genauso hat er es gesagt. So sehnsüchtig.
Gib ihm einen Fußtritt und tschö.
Mensch, Mama! Er ist so süß.
Ihre Mutter hätte die Augen verdreht und verächtlich geschnaubt. In Liebesdingen war Mama kalt wie Tiefkühlfisch, und ihre wechselnden Kerle kannten nur die Liebe zum Bier und zum 1. FC Köln. Mit Sicherheit wäre sie dem Süßen schnurstracks auf die Bude gerückt und hätte ihm ordentlich den Kopf gewaschen. Irina wusste nicht, wo er wohnte, aber Mama hätte es herausgekriegt. Anschließend wäre sie zum Hasi gelaufen und hätte dem die Hölle heiß gemacht. Sie hätte ihm gedroht, ihn in aller Öffentlichkeit bloßzustellen, falls er noch ein einziges Mal hier aufkreuzte, und das verdammte Liebesnest könnte er sich sonst wohin stecken mitsamt seiner CDU.
Ja, so war Mama gewesen, aufrichtig, energisch und direkt, auf eine laute, polternde Art. Nichts davon hatte Irina geerbt.

Freddy

Er klappte das Bilderbuch zu, das fünfte an diesem Abend. Eine Stunde lang hatte er Pinguine, Hasen, Tiger, Eisbären und Mäuse sprechen lassen. Nun war es genug. Zumindest brauchte er eine Pause und ein Glas Wasser. Justus, sein dreijähriger Sohn, hielt bereits das nächste Buch in den dicken Händchen. Freddy schüttelte den Kopf.

Justus stampfte mit dem Fuß auf. „Schluss? Nö, Papa!" Er nölte noch ein bisschen herum, rutschte dann aber vom Sofa und wandte sich dem bunten Berg an Duplo-Steinen auf dem Teppich zu.

Die Abende in dem kleinen alten Haus am Kurfürstenplatz im Bonner Stadtteil Röttgen waren ein Genuss für Freddy, vor allem seit er seinen Beruf als Detektiv an den Nagel gehängt hatte. Zu wenig Aufträge, es lohnte sich nicht. Die Leute vertrauten lieber den Detekteien mit den riesigen Anzeigen, weil sie glaubten, ihr Fall sei dort besser aufgehoben. Was vermutlich stimmte. Freddy hatte es nicht geschafft, sich technisch auf dem neuesten Stand zu halten, und sich nie entschließen können, die Detektei in die Innenstadt zu verlegen. Auch hatte er sich nicht in der Lage gefühlt, selbst eine größere Firma aufzubauen, die in mehreren Städten präsent sein konnte, und letztlich auch wenig Lust verspürt, sich um eine Anstellung bei solchen Betrieben zu bemühen. Mittlerweile sah er seine Zukunft bei Obst, Gemüse und Vollwertprodukten von „Neles Biohof", der neuerdings einen Bringdienst unterhielt, sodass er zweimal pro Woche mit einem grünen Lieferwagen quer durch Bonn unterwegs war, um zahlreiche Haushalte mit frischen Produkten aus der Voreifel zu beliefern. Die übrige Arbeitszeit verbrachte er hinter dem Verkaufsstand auf dem Venusberg in unmittelbarer Nähe der Bonner Universitätskliniken. Diese Tätigkeit war friedlich, anständig und unkompliziert. Viel besser als bis zur Unkenntlichkeit verwandelt um Straßenecken zu schleichen, Personen

zu verfolgen, Hauseingänge zu observieren und sich durch List und Schwindelei einen Zutritt zu ermogeln oder Auskünfte zu verschaffen.
Dass dies alles Vergangenheit war, freute besonders seine Birgit, die heute nicht wie so oft Spätdienst auf ihrer Station im Malteser-Krankenhaus hatte, sondern neben ihm vor einem Berg Einzelsocken saß und etliche Paare zusammenführte. Vom CD-Player ertönten die Klänge eines Gitarrenduos aus Venezuela, mal sanft und melodiös, mal flott und rhythmisch, und dem Backofen entströmte der köstliche Duft von Bratäpfeln.
Ausgerechnet in diese Gemütlichkeit platzte die Fanfare aus dem roten Telefon der Detektei. Zu Birgits Verdruss führte Freddy die Nummer privat weiter. Entsprechend vorwurfsvoll war ihr Blick.
Als er abhob, meldete sich eine Frauenstimme. Sie klang überaus angenehm.
„Lisa von Axfeld. Spreche ich mit Detektiv Freddy Stieger?"
„Nicht wirklich. Ich arbeite nicht mehr als Detektiv."
„Warum nicht? Sie sind noch nicht im Rentenalter, das weiß ich genau."
„Woher?"
„Wir haben am Rosenmontagszug in der Bonner Altstadt nebeneinander gestanden, Heerstraße oder so. Ich war als Biene Maja verkleidet und Sie als Pumuckl. Das passte gut zu Ihnen, obwohl mich der Schnauzbart und die Goldrandbrille irritierten. Sie haben mir Ihre Visitenkarte zugesteckt und gesagt, ich könne mich an Sie wenden, wenn ich Hilfe brauche."
„Ich hab seit einer Ewigkeit nicht mehr Karneval gefeiert."
„Die Karte besitze ich seit sechs oder sieben Jahren. Jetzt komme ich auf Ihr Angebot zurück. Es ist dringend. Ich brauche Ihre Hilfe."

Freddy blickte zu Birgit, die ihn mit gerunzelter Stirn beobachtete. Er erinnerte sich nun. Die Biene Maja gehörte in die Vor-Birgit-Zeit. Sie war ein ganzes Stück größer als er und sehr temperamentvoll gewesen. Mit lautem Gesang, heftigem Schunkeln und einer Flasche Apfelkorn hatten sie ringsum die Stimmung in Gang gebracht, einfach toll.
„Warum wenden Sie sich nicht an eine große, renommierte Detektei?"
„Das kann ich Ihnen genau erklären. Nur nicht am Telefon."
Birgit beugte sich zu ihm herüber. „Wenn es ein Auftrag ist, lehne ihn um Himmels willen ab!"
Aber da war er bereits im Begriff, seine Adresse durchzugeben. Kaum hatte er aufgelegt, ging das Gewitter auch schon los: „Freddy! Du hast mir hoch und heilig versprochen, niemals wieder –"
„Die Sache ist die", unterbrach er sie sanft, „auch dieser Frau habe ich vor Jahren versprochen –"
„Das ist verjährt!", fiel sie ihm ins Wort.
„Solche Versprechen sind Ehrensache. Die verjähren nicht."
„Das hast du doch nicht ernst gemeint – im Karneval! Das gilt nicht. Mit all dem Alkohol im Kopf."
„Sie braucht meine Hilfe."
„Was ist das überhaupt für eine?"
So ging es eine Weile hin und her, bis es an der Haustür schellte. Eine schmale, hochgewachsene Frau mit umwerfend schönem Gesicht und langem Haar, das goldglänzend über ihre Schultern floss, trat durch die Tür des Dreizimmerhäuschens in den engen Flur.
Solche Frauen pflegten Freddy zu verunsichern, und so war es auch jetzt. Ohne Apfelkorn und Pumuckl-Perücke fühlte er sich schäbig, grau und mickrig, insbesondere, als sie dicht vor ihm Halt machte und ihn von allen Seiten musterte wie ein Pony,

das zum Verkauf stand. Birgit, die an der Tür zur Wohnküche lehnte, wurde sichtlich unruhig.
„Perfekt“, sagte die ehemalige Biene Maja. „Genauso habe ich dich in Erinnerung.“

4

DONNERSTAG

Peter

Birte führte Telefongespräche, schrieb E-Mails und Nachrichten auf dem Handy und wirkte ungemein geschäftig. Bereitete sie den Hausverkauf vor? Den nächsten Umzug? Suchte sie nach weiteren Objekten? Die unausgesprochenen Fragen hingen wie kühle Nebel zwischen ihnen. Peter, der Auseinandersetzungen hasste, vertraute darauf, dass alles irgendwie einverständlich ausgehen würde. Er redete sich ein, Birte und er hätten sich seit Dienstag in bester Harmonie befunden, die er keinesfalls zerstören oder auch nur gefährden wollte. Also fragte er nicht. Zumindest schob er es auf. Und Birte beim Telefonieren zu belauschen, während er weitere Kisten ausräumte, kam nicht in Betracht. Nur einmal hörte er zufällig, dass sie ihrer Freundin Monika ankündigte, das Abholen werde sich um zwei bis drei Stunden verzögern.

Am Nachmittag war sie endlich so weit, zog ihre Cordjacke über und schlang sich einen Seidenloop um den Hals. Peter trug ihr den Koffer hinaus zu ihrem Golf-Cabrio, den er am Vorabend aus der Werkstatt geholt hatte. Sie verabschiedeten sich voneinander, als sie am Steuer saß. Ein Kuss durchs offene Fenster, ein paar Sekunden Winken, und das cremefarbene Fahrzeug verschwand um die Ecke.

Dass in der stillen Straße wahrscheinlich jeder, der zu Hause war, mitbekommen hatte, dass seine Frau verreiste, wurde Peter erst klar, als Renate, die eben in einem taubenblauen Skoda Fabia vor dem Nachbarhaus eingetroffen war, lächelnd auf ihn

zukam. Das rote Haar auf ihrem Kopf leuchtete in der Sonne wie eine exotische Blüte.
„Deine Frau geht auf Reisen? Macht ohne dich Urlaub?“ Sie wartete die Antwort nicht ab. „Die liebe Birte wirkte tatsächlich ein bisschen urlaubsreif. Offenbar hat die Sache mit dem Brand sie mehr mitgenommen als uns alle.“
„Es hat sie verunsichert.“
„Obgleich es für uns viel schlimmer war. Wir haben fest geschlafen, während wenige Meter weiter der Curd …“ Renate schluckte. „In den letzten zwei Jahren hatte Clemens sich sehr mit ihm angefreundet, und eine Zeitlang ging er oft auf ein Bier hinüber, wenn Lisa unterwegs war. Das war richtig nett.“
Wie auf ein Stichwort öffnete sich die Tür ihres strahlend weiß verputzten Hauses und ihr Ehemann trat heraus. Er passte gut zu seiner Frau, war untersetzt wie sie, wenn auch blasser, faltiger, weniger prall und nahezu weißhaarig.
„Schon ein bisschen eingelebt? Schade, dass wir euch keinen besseren Empfang bereiten konnten.“ Clemens lächelte bedauernd.
Auch Renate lächelte wieder. „Dafür möchten wir den Strohwitwer zum Abendessen einladen. Der Hund darf mitkommen. Ist sieben Uhr recht?“
Peter war verblüfft. Das ließ sich gut an. Er bedankte sich herzlich. Ja, er komme sehr gern.
Als Renate und Clemens in der Nummer 2 verschwanden, vernahm er einen Ruf von der anderen Straßenseite.
„Kaffee?“
Ella, die Frau mit dem blonden Zopf, stand in Jeans und Pulli hinter dem Zaun ihres langen Gartens, der bis zu dem unbebauten Grundstück reichte und mit dem riesigen Trampolin, der Rutschbahn, den Klettergerüsten und den Schaukeln einem Spielplatz ähnelte. Für die Gemüsebeete im hinteren Teil schien

kaum noch Platz zu sein. Zwei Hochbeete standen hart an der Grenze.
„Kaffee geht immer", gab Peter fröhlich zurück, „wenn ich erst noch mit dem Hund gehen dürfte, der war lange nicht draußen."
Er hatte den Eindruck, dass die Nachbarn geradezu darauf gewartet hatten, dass Birte abreiste. Empfand man ihre Verstörtheit als Theater, galt sie als unfreundlich, hatte sie sich unbeliebt gemacht? Mit so einer Einfamilienhaus-Nachbarschaft kannte er sich nicht aus. In seinem bisherigen Umfeld in der Stadt nahmen die Anwohner nicht so viel Notiz voneinander. Einladungen zum Kaffee oder Abendessen waren nicht üblich, und man begegnete sich oft wochenlang überhaupt nicht.
Nachdenklich leinte er Bolli an. Vor dem Nachbarhaus erblickte er wieder Renate, diesmal an der Mülltonne. Sie warf einen Beutel hinein, doch ihr Arm verschwand bis zum Ellbogen in der Tonne.
„Die Müllabfuhr war nicht da."
„Dann kommt sie morgen", erwiderte Clemens von der Haustür.
„Nun sieh dir das an! Heute früh dachte ich: Schön, dass er auch mal was wegschmeißt, sonst muss ich das immer tun. Und nun entdecke ich unter den Bananenschalen seine grünen Turnschuhe, die noch ganz in Ordnung sind!"
„Die Dinger sind nichts für einen Studenten, der auf sich hält, aber das verstehst du natürlich nicht."
Sicher war vom Sohn die Rede. Solche Alltagsproblemchen kannte Peter. Er war froh, dass sie seit dem Aufbruch seines Sohnes nach Berlin überholt waren und keinen Zündstoff mehr lieferten. Was Max jetzt wegwarf oder nicht, bekamen seine Eltern nicht mit.
Peter wandte den Nachbarn den Rücken zu und entfernte sich in die andere Richtung. An der Brandruine wollte der Hund wie

immer einscheren, ließ sich aber zum Weitergehen überreden. Hinter dem letzten Haus ging Peter auf die sonnengelben Pappeln zu. Dort endete der Asphalt und begann ein Graspfad, der an eingezäunten Wiesen vorbeiführte, wo schwarze, braune und fuchsfarbene Islandpferde friedlich mit Grasen beschäftigt waren. Über dem Weideland segelte in eleganten Bögen ein Rotmilan. Die gegabelten Schwanzfedern hoben sich scharf vom blassblauen Himmel ab.

Am Waldrand fiel Peter ein hölzernes Kruzifix auf, das eine liebevolle Hand mit Stiefmütterchen und weißen Steinen umgeben hatte. Er las den Spruch unter dem Corpus und war bei *Friede den Bleibenden* angelangt, als er Geräusche vernahm. *Segen den Scheidenden*, las er noch, da preschte auf dem breiten Wirtschaftsweg ein Hund von der Größe eines Kalbes in weiten Sprüngen aus dem Wald heran, irgendwas zwischen Dogge und Rottweiler. Erschrocken hob Peter den Arm. Das wuchtige Tier kam kurz vor ihm zum Stehen. Es neigte den dicken Kopf zu Bolli hinab, der neben ihm klein wie ein Stofftier wirkte. Zwischen den Bäumen tauchte eine zierliche, sicher achtzigjährige Frau auf. Sie schwenkte einen Ilexzweig mit roten Beeren, als bäte sie um Frieden.

„Wen haben wir denn da?", ertönte ihre brüchige Stimme. „Ist das nicht Bolli? Entsetzlich, was mit dem Herrchen passiert ist. Der Schuldige ist noch nicht geschnappt, oder haben Sie was gehört? Ich hab der Polizei erzählt, was hier los ist. Ein Gebiet mit Hundebesitzern ist ein Minenfeld."

Peter entfuhr ein verkrampftes Lachen. Von dem Schreck wegen des Riesenhundes, der jetzt die Stiefmütterchen beschnupperte, hatte er sich noch nicht erholt.

Die Frau warf ihm einen strengen Blick zu. „Ich gehe täglich drei Stunden und kenne hier alle. Vorsicht, wenn Sie Cöllner, dem Jäger, begegnen! Sein Zeus fällt jeden Rüden an, sogar meinen Cäsar, der ein Herzchen ist. Aber dieser Mensch behauptet, alle provozierten sein Tier, die Leute verstünden nichts von Hunden. Riesenstreit mit Curd Lemon deshalb, meilenweit zu hören. Sah aus, als ob Cöllner jeden Moment die Flinte von der Schulter nähme. Später sagte Curd: *Ich fahr dem noch an die Gurgel.* Und Cöllner: *Der ist reif. Den knall ich ab.*"

Peter zuckte mit den Achseln. Konnte man solche Sprüche für bare Münze nehmen? Die Frau schien seine Zweifel zu sehen. Sie trat vor ihn hin. Er roch ihren säuerlichen Atem. Der Ilexzweig piekste in seinen Handrücken.

„Das war ja nicht alles. Bevor die Jagd auf Kitze und Ricken losging, heftete Curd hier überall Plakate mit Zitaten berühmter Männer an die Bäume, Voltaire, Kant, Goethe, Tolstoi, Heuss und so weiter, scharfe Worte gegen die Jagd, sie sei eine Form von Krieg, Laster eines unedlen Volkes, unwürdige Beschäftigung für denkende Wesen, Nebenform der Geisteskrankheit, vom Tiermord zum Menschenmord nur ein kleiner Schritt. Sogar an der Hubertuskapelle hingen Plakate, damit der Schutzpatron der Jäger auch gleich Bescheid wusste. Sie können sich denken, was hier los war. Natürlich hat Curd kein einziges Tierchen retten können. Für das Nashorn und die Giraffe, deren Köpfe der Cöllner aus Afrika mitgebracht hat, war es sowieso zu spät. Aber es musste raus aus ihm, für Curd waren die Jäger feige, hinterhältige Serienmörder, die wehrlose Geschöpfe abknallen. Und ich frage Sie …"

Die Frau trat dichter an Peter heran, während ihr Cäsar ein Hinterbein hob und in einem bogenförmigen Strahl gegen das Holzkreuz pinkelte. „Sind Brandstifter nicht genauso hinterhältig?"

Damit ließ sie Peter stehen, drehte sich aber nach ihm um, bevor sie rechterhand in einen Weg einbog. „Das passt!"

Peter blickte auf die tropfenden Füße des Gekreuzigten. War der Verdacht, den die Frau geäußert hatte, nicht einfach nur lachhaft? Sicher, auch er fragte sich, wie man das Töten von Tieren zum Hobby machen, für ein Heidengeld einen Löwen oder Elefanten abknallen und mit den Köpfen sein Wohnzimmer dekorieren konnte. Aber einen Menschen zu töten war schließlich etwas anderes. Es mochte zwar vorkommen, dass ein Jäger das Gewehr missbrauchte, aber würde er seinem Gegner durch Feuer den Garaus machen? Andererseits wusste der Waidmann, dass die Kugel ihn verriet, während der Brand die Spuren des Täters in der Regel vernichtete. Der Verdacht fiele nicht zwangsläufig auf ihn, da es auch anderen möglich war, mit Feuer zu morden. Das erforderte weder eine Waffe, noch eine ruhige Hand, noch genaues Augenmaß. Eine gute Portion Hass und ein böser Plan reichten völlig aus.

Kurz bevor Peter mit dem Hund an seiner Seite das Haus Nummer 1 betrat, war auch Ellas Mann Mattes eingetroffen. Zu dritt saßen sie um den ovalen Tisch in der geräumigen, mit Kiefernholzmöbeln ausgestatteten Küche und tranken Kaffee aus rustikalen blauweißen Bechern, die gut zur gemütlichen Landhausatmosphäre passten. Peter berichtete von der Begegnung mit der Besitzerin des Riesenhundes. Ella und Mattes erzählten, dass sie wie die meisten im Ort Zugezogene seien. Ella stammte aus Köln, hatte sich als junge Reiterin in die Gegend verliebt und von dem Entschluss, hier zu leben, nicht mehr abbringen lassen. Sie arbeitete in einer Apotheke in Rheinbach, Mattes in einem Baumarkt in Bonn.

Als Ella vor der Kaffeemaschine stand und die Tassen ein zweites Mal füllte, wandte sich Peter an ihren Mann, um auf die Frage, die ihn beschäftigte, doch noch eine Antwort zu bekommen. Schließlich verstanden sie sich gut, und inzwischen mussten die beiden ihn einigermaßen einschätzen können.

„Du hast neulich einen Satz angefangen und nicht zu Ende gebracht, Mattes. Curd war ganz beliebt, sagtest du, *nur nicht bei*... Wen meintest du damit?"
Mattes blickte zu Ella an der Kaffeemaschine in Peters Rücken Da schien ein Blickaustausch stattzufinden, der ein paar Sekunden dauerte. Peter fühlte sich unbehaglich.
Plötzlich schnipste Mattes mit den Fingern. „Was glaubst du, wer damit gemeint war?"
Peter hasste es, statt einer Antwort eine Gegenfrage zu erhalten. Entsprechend unwirsch klang seine Erwiderung. „Ich hab nicht die geringste Ahnung."
Ella trat an den Tisch, setzte das Tablett mit den frisch gefüllten Kaffeetassen ab und schob Peter eine zu.
Er legte eine Hand um die heiße Tasse: „Meine Frau fürchtet, so ein Verbrechen könnte nochmal passieren. Es gibt nur einen Weg, um sie zu überzeugen, dass keine Gefahr droht: Ich muss mehr wissen."
Die beiden starrten ihn an, als sei er ein Spion, den eine feindliche Regierung in den Pappelweg entsandt hatte.
Ellas Kaffeelöffel fiel zu Boden, sie beachtete es nicht. „Heißt das, du willst herauskriegen, wer es war?"
„Das erledigt schon die Polizei", wehrte Peter ab, erschrocken über Ellas scharfen Ton. „Nur..."
„Du willst wissen, woran du mit den Leuten hier bist!"
„So hab ich es nicht gemeint."
„Sie könnten demnächst auch euer Häuschen abfackeln!"
„Ach was, nein."
„Aber genau davor hat Birte doch Angst!"
„Nein. Nicht so ..."
Das läuft total schief, dachte Peter und nahm einen Schluck Kaffee. Er bemerkte den erneuten Blickwechsel zwischen Ella und Mattes. Während in Ellas Augen etwas Beschwörendes lag,

war der Blick ihres Mannes schwer zu deuten. Was dachten die zwei von ihm? Warum dieses Misstrauen? Wegen einer schlichten und eigentlich harmlosen Frage?

Ella setzte sich wieder an den Tisch. Das Schweigen zog sich unangenehm in die Länge. Peter bückte sich nach dem heruntergefallenen Löffel. Ella hatte schon den ihres Mannes ergriffen und rührte damit in ihrem Kaffee herum, bis Mattes sich umständlich räusperte.

„Hör zu, Peter. Du hast uns eben diese Geschichte aus der Hundeszene erzählt."

„Du meinst den Jäger?"

„Genau den. Bei dem war Curd nicht gut angeschrieben, das hast du gehört. Schon gar nicht seit der Aktion mit den Plakaten gegen die Jagd. *Nur nicht bei dem Jagdpächter* – das wollte ich neulich sagen."

„Und warum hast du es nicht gesagt?" Peter warf einen Blick zu Ella, denn schließlich hatte ihr Fußtritt dafür gesorgt, dass Mattes seinen Satz am Montag abbrach.

„Es entsteht so leicht ein falscher Eindruck", murmelte sie, ohne ihn anzusehen. „Aber ein Jäger ist es natürlich gewohnt, dass ihm ein Tierschützer an den Karren fährt."

„Das kratzt ihn nicht sonderlich", sagte Mattes. „Und Cöllner ist ein herzensguter Kerl. Du hättest sehen sollen, wie viele Hirschsteaks er am letzten Grillfest spendiert hat. Für Curds Auberginen blieb kein Platz auf dem Rost!"

Das klang nach Schadenfreude. Hatte auch Mattes was gegen Curd? War es der übliche Konflikt Fleischesser contra Vegetarier, oder steckte mehr dahinter?

„Was die Alte da angedeutet hat, ist Unfug", fügte Mattes hinzu. „Auch was sonst noch die Runde macht. Vergiss es."

Ella nickte. „Deine Frau wird sich wieder beruhigen, Peter. Hängt eure Bilder auf, eure Lampen und Gardinen, alles andere ist Zeitverschwendung."
So ist das nun mal, dachte Peter verärgert, während er seine Tasse leerte. *Auch was sonst noch die Runde macht* – danach brauchte er die beiden Eiszapfen nicht zu fragen. Ein neu Zugezogener, ein Fremder, sollte sich nicht einbilden, er könnte herausfinden, wer hier als Bösewicht in Betracht kam. Die Anwohner hofften natürlich, dass der Mörder irgendwer von außerhalb war. Und fürchteten zugleich, dass es einer von ihnen war.

Ella

Mattes stand am Fenster. Sie trat neben ihn und bemerkte, dass er Peter nachblickte, der gerade die Straße überquerte und auf sein Haus zuging.
„Ich hätte …", begann Mattes und brach ab.
In der Diele flog die Gartentür auf. Svenja und Sören, die Zwillinge, polterten herein und schleuderten ihre Schuhe von sich. Eine Ladung Sand ergoss sich über die Fliesen, den kleinen Teppich und Ellas neue Pumps.
„Stellt eure Schuhe ordentlich hin!"
Zu spät. Die beiden Zehnjährigen stampften bereits die Treppe zu ihren Zimmern hoch. Ella brachte nicht die Energie auf, sie zurückzupfeifen.
„Sie haben versprochen, ihre Zimmer aufräumen", sagte sie zu Mattes, der immer noch zur Straße und zum Haus Nummer 4 starrte. „Wir müssen gleich nachschauen."
„Peter ist ein netter Kerl, Ella. Ich hätte ihn nicht anschwindeln sollen."
„Aber es war richtig, Mattes. Wir wollen nicht irgendein Gerede in Umlauf bringen. Nichts über die Rüttelfalks oder die Müllen-

bachs, nichts über Leocardia oder Jasper und seine Oma, bitte. Ulrich Cöllner sorgt schon selbst dafür, dass alle Welt weiß, was er von Curd hielt, und er kann sowieso nicht der Täter sein. In der Nacht von Samstag auf Sonntag war er auf Jagd. Frau Hotzscheid sagt, sie hätte um Mitternacht seinen Jeep Richtung Wald fahren sehen. Ich hab später seine Schüsse gehört, sehr weit entfernt."

„Warst du wach in der Nacht?"

Warum blickte er sie so forschend an? Meinte er, sie müsse was bemerkt haben?

„Seit der Fehlgeburt schlafe ich schlecht, Mattes, das weißt du doch."

„Ah ja, und du hast mal gesagt, hier fährt manchmal ein Auto spät los und kommt weit nach Mitternacht zurück. Weißt du inzwischen, wer das ist?"

„Nein, ich lag jedes Mal im Bett. Vielleicht war es Curd. Der war ja eine Nachteule und besuchte oft seine Stammkneipe in Bonn. Oder einer von den jungen Männern, Pascal mit Gudruns Wagen oder Roland mit Mutters Skoda, in ihrem Alter gibt es ständig irgendwo was zu feiern."

„Nicht für Roland. Den hat Clemens dazu verdonnert, jeden Abend zu lernen und acht Stunden zu schlafen." Mattes lachte. „So ein braver Junge geht nicht feiern."

„In der Brandnacht hab ich jedenfalls kein Auto gehört. Bald nach den Schüssen bin ich eingepennt."

„Und seitdem?"

„Die letzten Nächte hab ich ein Schlafmittel genommen, da hätte hier ein Flugzeug starten können, ich hätte nichts gemerkt."

Mattes trat vom Fenster zurück. „Früher bist du viel lockerer mit Klatsch und Tratsch umgegangen. Was habt ihr nicht alles im Literaturkreis bequatscht, statt euch mit dem neuesten Nobelpreisträger zu befassen!"

„Einen Mord hatten wir noch nicht."
„Darf ich wenigstens erwähnen, dass der undurchsichtige Jasper in seinem Schuppen literweise Brennspiritus verwahrt?"
„Hast du es der Polizei gesagt?"
„Musste ich ja."
„Wäre nicht gut, wenn jemand denkt, du schwärzt den Jasper an, weil du das Grundstück seiner Oma nicht bekommst."
„Und wenn er der Täter ist?"
„Wieso der?"
„Er war stinksauer, weil Curd das Grundstück für seinen Ältesten bebauen wollte und alle paar Tage bei der Oma aufmarschiert ist, um sie zu bequatschen. Wenn Jasper der Täter ist, bin ich das nächste Opfer."
„Weshalb?"
„Weil er denkt, ich will ihr das Land abluchsen, um unsern Garten zu verlängern."
„Zwischen dir und Curd ist ein himmelweiter Unterschied. Du hast die alte Frau nur einmal angerufen und bist ihr nicht auf die Bude gerückt."
„Hm."
Ella hielt den Atem an. Ach, du Schreck – hatte er ihr was verheimlicht?
„Warst du etwa bei ihr? Ohne mir was zu sagen?"
„Nur zwei- oder dreimal. Höchstens viermal."
„Viermal!" Ella war entsetzt. „Nur weil wir noch ein paar Meter Boden fürs Gemüse gebrauchen könnten!"
„Sören und Svenja wünschen sich eine Seilbahn, und ich brauche einen größeren Grillplatz."
Ella entfuhr ein Stöhnen. Der bisherige Platz reichte aus, um zwanzig Leute gleichzeitig mit gegrillten Koteletts zu versorgen, und die Kinder besaßen ein halbes Dutzend Klettergerüste, zwei Schaukeln und ein Trampolin.

„Jasper kann nicht der Brandstifter gewesen sein, der ist so klein und schmächtig, das hätte ich …“ Sie hielt inne. Nein, sie war nicht besser als Mattes, auch sie verschwieg etwas.
Dass ihr Einwand unvollendet blieb, fiel Mattes offenbar nicht auf. „Brandstiftung hat nichts mit Körpergröße zu tun“, sagte er. „Im Übrigen ist Peter weder ein Klatschmaul noch ein Polizeispitzel. Er will seine Frau beruhigen, weiter nichts.“
„Und mit der Frau ist was. Die benimmt sich sonderbar.“
Mattes lachte. „Nee, wirklich? Und was ist mit dir? Du trittst unterm Tisch gegen mein Schienbein, wirfst mir wilde Blicke zu und hinderst mich am Reden. Wenn das nicht sonderbar ist!“
Ella spürte Ärger in sich aufwallen. Wieso akzeptierte er nicht einfach, dass sie Gerede verabscheute? Dass es nicht gut war, wenn ein Fremder in alles eingeweiht war und womöglich falsche Schlüsse zog? Aber darüber musste sie nicht diskutieren, darum ging es nicht. Was sie immerzu beschäftigte und zur Schlaftablette greifen ließ, war etwas anderes, viel Größeres und Bedeutsameres. Wie eine zähe Masse verklebte es ihr Denken. Sie konnte nicht mehr unterscheiden zwischen falsch und richtig. Kein Wort, kein Thema durfte dem zu nahe kommen, dann bräche es aus ihr heraus. Wenn das geschähe, wäre alles entschieden.

Peter

Bolli füttern, ein frisches Hemd anziehen und ein bisschen Beeilung, es dämmerte schon und war fast 19 Uhr. Als er am Flurspiegel vorbeikam, bemerkte er seine gerunzelte Stirn, den missmutigen Blick und die hängenden Mundwinkel. Ach! Unwillkürlich blieb er stehen. Der Gesichtsausdruck war ihm fremd. So sah er also aus, wenn er der Auffassung war, da sei ein falscher Ton gewesen, man verberge was vor ihm. Er mochte

Ella und Mattes, grundsätzlich jedenfalls, und gerade deshalb verstimmte es ihn, unehrlich behandelt zu werden.
Entspann dich, sagte er sich, nun heißt es, sich auf Renate und Clemens von nebenan zu konzentrieren, bei denen wird das anders sein.
Wenige Minuten später durchschritt er einen Vorgarten, in dem sich gelbe Chrysanthemen mit violetten Astern und weißen Kieseln in Abständen abwechselten, für deren Regelmäßigkeit ein Zollstock gesorgt haben musste. Auf den breiten Stufen vor der Haustür stand ein grinsendes Entenpaar aus bemaltem Ton, darüber baumelte eine Blumenampel, und an der weiß lackierten Tür hing ein Kranz aus künstlichen Weinblättern. Peter konnte der Versuchung nicht widerstehen, in eine der weichen blauen Plastiktrauben zu kneifen, bevor er auf den Knopf neben dem blanken Messingschild mit der Aufschrift *Familie Müllenbach* drückte.
Kaum war er eingetreten, führte Clemens ihn quer durch den erleuchteten Wohnraum hinaus auf die geflieste Terrasse, um ihm trotz des schwindenden Tageslichts einen Blick auf „Renates ganzen Stolz" zu ermöglichen, ein Ensemble aus perfekt abgezirkelten Blumenrabatten, teppichgleichem Rasen und kugelig zurechtgestutzten Büschen. Im hinteren Teil des Gartens erhob sich eine japanisch anmutende Holzhütte, deren Inneres nun wieder Clemens' ganzer Stolz war: Eine gut gefüllte Bar, ein kleiner Kühlschrank fürs Bier, drei Sesselchen und blickdichte Jalousien, die notwendig geworden waren, weil die frühere Nachbarin allzu oft herübergelinst hatte, wenn hier abends das Licht brannte.
Peter gab Ausrufe wie „fantastisch", „großartig" und „sagenhaft" von sich, bis Clemens ihn zurück ins Haus führte, wo drei Teller mit einer liebevoll arrangierten Vorspeise auf dem Esstisch standen: Hier ein Basilikumblättchen, dort ein Sträußchen

Zitronenmelisse, ergänzt durch zickzackförmige Saucenspritzer in Gelb und Rot, in der Mitte eine geheimnisvolle Pastete, alles auf blassviolettem Porzellan neben gleichfarbigen Servietten auf schneeweißer Tischdecke.
Die Vollkommenheit berührte Peter unangenehm. In seinem knittrigen karierten Sporthemd, den ausgebeulten Jeans und den Trecking-Sandalen fühlte er sich fehl am Platz, während Clemens im hellgrauen Zweireiher und Renate im türkisblauen Hosenanzug mit dreireihiger Perlenkette perfekt ins Ambiente dieses unfassbar gut aufgeräumten Wohnzimmers passten, wo nichts, aber auch gar nichts herumlag und alles so wirkte, als sei es gestern vom Einrichtungshaus geliefert worden. Auch der schlanke Sohn mit den glatten, ziemlich ausdrucksarmen Gesichtszügen machte sich in seinem dunkelblauen Sakko hier hervorragend.
„Unser Roland", sagte Renate mit sichtlichem Stolz, „hat Business Administration studiert."
Der Sohn verzog die Mundwinkel, was an Renates gezierter englischer Aussprache liegen mochte.
„Mit hervorragenden Ergebnissen", fügte Clemens hinzu.
„Super", sagte Peter in dem Gefühl, dass eine bewundernde Äußerung erwartet wurde.
„Der Stoff war allerdings unter seinem Niveau." Renate wischte dem Sohn ein Stäubchen von der Schulter. „Er hat auf Jura umgesattelt."
„Im Juridicum in Bonn", ergänzte Clemens. „Die Uni dort hat einen ausgezeichneten Ruf."
Weiß ich, dachte Peter, da war ich auch mal, allerdings an einer anderen Fakultät. Er blickte Roland an. Der junge Mann sah nett aus mit dem dunkelblonden Haarschopf, der die Augen fast verdeckte. Das unsichere Lächeln, das über sein Gesicht huschte,

verstärkte den Eindruck, dass es ihm ganz recht war, sich hinter dieser Art Gardine ein wenig verschanzen zu können.
„Gefällt es dir bei den Paragrafen?“, fragte Peter, für den es unverstellbar war, sich längere Zeit mit der hölzernen Juristensprache auseinanderzusetzen.
„Ist schon cool da“, erwiderte Roland.
„Wie der Vater, so der Sohn“, zwitscherte Renate.
Clemens nickte. „Er will ja mal Karriere machen. Dafür schafft das Jura-Studium beste Voraussetzungen. Versager haben wir genug in diesem Land.“
Die Unterhaltung bereitete Peter Unbehagen, sie wirkte steif, als ob jeder krampfhaft die ihm zugeteilte Rolle spielte.
Renate erklärte lächelnd, ihre Diät verbiete ihr, das vorbereitete Abendessen einzunehmen, und erlaube nur eine Scheibe Knäckebrot mit Möhrchen, ihr Sohn werde sie würdig vertreten, auch habe sie noch in der Küche zu tun.
Ach je, seufzte Peter im Stillen. Während Renate an den Herd entschwand, nahmen sie zu dritt an dem runden Tisch Platz und beugten sich über ihre Pasteten.
„Was machst du sonst so? In deiner Freizeit?“, wandte sich Peter erneut an den jungen Mann.
„Wenn man ein glänzendes Examen anstrebt, gibt es so gut wie keine Freizeit“, sagte Clemens mampfend, ehe der Sohn den Mund zu einer Antwort öffnen konnte. „Aber Roland überlegt, ob er den Jagdschein macht. Was ich bedingungslos unterstütze, weil die Jagd erstklassige Chancen bietet, mit den richtigen Leuten ins Gespräch zu kommen, um beruflich ganz nach oben aufzusteigen.“
„Sein erstes Geweih hängen wir im Wohnzimmer auf!“, flötete Renate durch die offene Küchentür.

Peters Blick fiel auf die Wände, die so kahl wirkten, als warteten sie auf ein ganzes Dutzend Geweihe und den Kopf eines Keilers in der Mitte.

„Die Jagd ist etwas wirklich Männliches. Macht über die Kreatur, Herr über Leben und Tod." Als müsste das bekräftigt werden, stieß Clemens den Messerknauf aufs Tischtuch. „Ich habe das leider verpasst, als ich jung war."

Peter sah zu Roland, der nicht einmal Macht über seine Pastete hatte. Eine Hälfte flutschte vom Teller aufs Tischtuch und hinterließ eine fettige Spur.

„Letzte Woche", fuhr Clemens fort, „hat Roland sich lange mit unserem Jagdpächter unterhalten, der ihm sehr zugeredet hat. Hast du dich beim Lehrgang angemeldet, Roland?"

„Noch nicht. Die Sache scheint mühsam zu sein."

Clemens richtete sich auf, sein Gesicht lief rot an. „Seit wann ist das ein Gesichtspunkt? Hast du dich von den dusseligen Plakaten beirren lassen?"

Roland piekste die letzten Stückchen Lachs mit der Gabel auf und sah den Vater nicht an. „Ich brauche die Zeit zum Studieren."

Clemens' Haltung entspannte sich. Doch während Renate drei Schalen mit Salat brachte und die benutzten Teller in die Küche trug, beobachteten seine kleinen grauen Augen den Sohn mit offensichtlichem Misstrauen.

Peter wollte die Erwähnung der Plakate zum Anlass nehmen, nach Curd Lemon zu fragen, aber der Gastgeber war schneller und füllte die Gesprächslücke mit der Schilderung eigener studentischer und beruflicher Erlebnisse, anscheinend beglückt, einem törichten Laien erklären zu können, wie erhebend es war, sich im Dschungel der Gesetze auszukennen.

„Und du, Peter, was hast du studiert?"

„Germanistik und Philosophie."

„Aha", brachte Clemens zwischen zwei oder drei Salatblättern hervor, die ein raffiniertes Dressing überaus glitschig machte. *Sinnloses Zeug, brotlose Kunst,* dachte er vermutlich.
„Und du bist dann Schriftsteller geworden", sagte Roland.
Peter hörte da Bewunderung und echtes Interesse heraus. Überrascht blickte er den jungen Mann an.
„Was schreibst du so?", fragte der.
„Unterhaltungskram. Romane, Erzählungen."
Mit *Karriere* konnte er nicht aufwarten, seine Titel waren keine Bestseller. In den ersten Monaten nach dem Erscheinen verkauften sie sich meistens ganz gut, dann eher schleppend, und kein Literaturkritiker hatte ihn jemals entdeckt.
„Ich zeige dir gern meine Bücher, wenn du willst."
Clemens schien Rolands Nicken und das Aufleuchten seiner Augen zu bemerken, er runzelte die Stirn.
„Verdient man viel damit?"
„Kommt drauf an. Ich jedenfalls nicht."
„Noch nicht verfilmt worden?", hakte Clemens nach.
Peter verneinte. *Verfilmt!* Er wäre schon glücklich, wenn eines seiner Bücher mal den Weg ins Schaufenster einer Buchhandlung fände. In den Augen des Gastgebers musste er ein *Versager* sein.
Renate kam lächelnd aus der Küche, brachte vorgewärmte Teller sowie Reis und Kalbsgeschnetzeltes in weißen Schüsseln. Sie ließ sich auf dem freien Stuhl nieder und knabberte an ihrer Mohrrübe. Mit ihrem Bruder Wolf war sie im Dorf aufgewachsen, erfuhr Peter, und auch die Tochter und der Sohn – lächelnder Seitenblick zu Roland – waren hier groß geworden. Clemens hatte eine leitende Stellung in der Verwaltung des Rhein-Sieg-Kreises innegehabt und war seit Jahren Regierungsdirektor bei der Bezirksregierung in Köln. Renate arbeitete als MTA in der neurologischen Abteilung des Marien-Hospitals in

Euskirchen. Die verheiratete Tochter war Mitte Dreißig und auf ihre Karriere in einem Autokonzern fixiert – hier fiel das Lächeln der Eltern bedauernd aus. „Mit Kindern wird's bei ihr nichts mehr, sie hat keine Zeit."

„Curd Lemon hatte viele Enkel, hab ich gehört", sagte Peter.

„Insgesamt neun. Sie kamen mehrmals pro Woche zu Besuch. Es war so nett."

Clemens lächelte zu den Worten seiner Frau, die ihrerseits lächelte, trotz des Möhrchens zwischen den Zähnen. „Alle hier sind nett", bestätigte er.

Dass auch die Umgebung, wie er hinzufügte, „richtig nett" war, davon hatte sich Peter bereits selbst überzeugt. Clemens wies ihn auf eine Besonderheit im Wald hin, die „Eisensteine", sehenswerte Überbleibsel der Eisenerzgewinnung, die im 19. Jahrhundert in der Gegend eine Rolle gespielt habe und an der Form des Geländes hier und da noch erkennbar sei. „Jetzt ist das vor allem eine romantische Stelle."

Renate lächelte mit gespitzten Lippen. „Clemens turnt auf den Steinen immer herum wie ein Halbwüchsiger. Ganz schön gewagt für einen Sechzigjährigen."

„Für mich ein Jungbrunnen, Liebes."

„Bis du mit gebrochenem Knöchel im Krankenhaus landest." Ihr Lächeln rutschte ins Boshafte ab.

Peter nervte das Dauerlächeln der beiden. Er konnte sich des Eindrucks nicht erwehren, dass es etwas verschleierte, das weniger *nett* war. Das ernste, verschlossene Gesicht des jungen Mannes, der sich nun erhob, war dagegen ein wohltuender Anblick.

„Ich fahre dann mal. Liegt der Autoschlüssel im Flur, Mutter?"

„Wie immer, Schätzchen."

„Um elf bist du zurück", sagte Clemens. „Und morgen um zehn beim Frisör. Die Haartolle kommt weg."

„Nimm deinen Hoodie mit, der liegt gewaschen im Schrank", rief Renate dem Sohn nach, „oder einen Schal! Heute Abend wird es frisch."

Roland hatte den Raum bereits eilig verlassen. War er froh, dem elterlichen Gastmahl zu entkommen? Im Flur fiel die Haustür ins Schloss.

„Er will einen Vortrag besuchen und ist spät dran", erklärte Renate. „Ein berühmter Professor spricht über … Ich hab mir das Thema nicht merken können."

„Natürlich nicht", blaffte Clemens. „Von juristischen Begriffen weißt du so viel wie ein Suppenhuhn."

Der geringschätzige Ton berührte Peter peinlich, und die selbstgefällige Atmosphäre machte ihn kiebig. „Wieso wohnt euer Sohn immer noch bei euch? Will er nicht mal raus aus dem Dorf?"

Sein Sohn Max war, obwohl erst achtzehn, nach dem Abitur ganz scharf darauf gewesen, möglichst schnell von zu Hause fortzukommen. Nach Berlin, ins spannende Leben einer Metropole, vor allem erst mal weg, weit weg vom Elternhaus.

Clemens hob die Augenbrauen. „Roland weiß sein großes Zimmer zu schätzen, sein reichhaltiges Frühstück und das warme Abendessen. Renate wäscht und pflegt seine Sachen, hält sein Zimmer sauber und sorgt dafür, dass er alles in Ordnung hat. Wenn er etwas braucht, muss er nur den Mund aufmachen. So gut hat es nicht jeder."

„Wir tun alles, damit er erfolgreich studieren kann", sagte Renate, wie gewohnt lächelnd. „Und Clemens berät und führt ihn ein wenig, damit er auf dem richtigen Weg bleibt."

Das hört sich gut an, dachte Peter, das wird er ihnen danken. Vor allem wussten die beiden, was ihr Sohn Tag für Tag trieb, während Max in seiner Berliner WG leicht unter die Räder kommen konnte. Drogen, Alkohol, Mädels, Kneipen … Wenn

man tagelang nichts von ihm hörte, geriet man schon ins Grübeln, ob alles in Ordnung war oder der Bursche allmählich versumpfte. Und ob er es schaffte, den richtigen Weg überhaupt zu finden.
Renate verschwand mit dem benutzten Geschirr in der Küche und kehrte mit zwei Glasschalen zurück, in denen rosarote Nachspeise wabbelte.
„Hier mögen alle sehr nett sein", sagte Peter in dem Gefühl, eine Handgranate über den Tisch zu werfen. „Aber nicht jeder scheint Curd Lemon gemocht zu haben."
Renates Lächeln klappte zusammen. „Doch, doch. Jeder."
„Daran gibt es nichts zu rütteln", bestätigte Clemens.
„Und wer hat sein Haus abgefackelt?" Zweite Granate.
Nun stellte auch Clemens das Lächeln ein. „Niemand von hier."
„Hat jeder das ausgefallene Bauwerk gemocht?"
„Wir sind hier tolerant." Renate setzte ihr Lächeln wieder auf.
Auch Clemens knipste das seine wieder an. „Curd war als Sachverständiger in Bauprozessen am Gericht in Bonn tätig. Da ging es um viel Geld, und immer gab es einen Verlierer. Wahrscheinlich war einer richtig sauer."
„Als ich mit dem Hund unterwegs war, hab ich von einem Feind gehört", sagte Peter. „Dem Jagdpächter." Dritte Granate.
Und sie traf. Kein Lächeln mehr. Renate wechselte einen Blick mit Clemens. So was kenne ich ja schon, dachte Peter.
Clemens schüttelte den Kopf. „Hat dir das die alte Schachtel aus Meckenheim erzählt, die hier ihren widerlichen Köter kacken lässt? Die übertreibt maßlos."
„Lemon hatte was gegen Jäger und Cöllner was gegen Tierschützer – das stimmt aber, oder?"
„De mortuis nil nisi bene, aber …" Clemens schob sich einen gehäuften Löffel der rosa Creme in den Mund. „An eins muss ich immer denken, wenn ich an unserer Kapelle vorbeikomme:

Curd wagte tatsächlich zu behaupten, die Jäger hätten sich den Heiligen Hubertus als Schutzpatron unter den Nagel gerissen, um ihrem Tun einen moralischen Anstrich zu verschaffen, und der Heilige, dem einst ein Hirsch mit Kruzifix im Geweih begegnet ist, halte sich im Himmel Augen und Ohren zu, wenn hier unten das Jagdgetöse losgehe! Wirklich, man muss Cöllner Recht geben: Curd hatte nichts vom Waidmännischen begriffen und vom katholischen Glauben sowieso nicht."
„Der liebe Ulrich ist ein besonders netter Mensch", sagte Renate. „Er wohnt in Bonn, singt aber mit uns im Kirchenchor und fühlt sich unsrer Gegend tief verbunden. Nächste Woche bringt er uns ein ganzes Wildschwein für die Tiefkühltruhe. Selbst geschossen und fachgerecht zerlegt."
„Zu einem lächerlichen Preis", ergänzte Clemens.
„Wie nett", passte sich Peter dem Ton des Hauses an. „Und es gibt hier niemanden, dem der Anschlag auf Curd Lemon zuzutrauen wäre?"
Clemens kratzte in seinem leeren Schälchen herum. „Sieh es mal politisch, Peter. Gewisse Kräfte bauschen die Sache künstlich auf. Dahinter stecken Leute, die Curd mit Spenden überhäuft hat, Spinner, denen das Lebensgefühl einer Sau wichtiger ist als das Wohlergehen von uns Menschen. Mein Gott! Die gönnen uns nicht mal das Ferkel am Spieß und die Rehkeule auf dem Teller. Und wie die Presse sich auf den Brand gestürzt hat: Riesen-Tamtam wegen heimtückischen Mordes! Ich wette, bald kommt die winzige Meldung, die Ursache des Feuers sei der Defekt eines Küchengeräts."
„Das hat die Polizei bereits ausgeschlossen." Renate schob ihr letztes Eckchen Knäckebrot in den Mund. „Aber wir wissen natürlich nicht, wie das mit Lisa war."
„Wie meinst du das, Liebes?"
„Wer sonst wusste denn, dass Curd zu Hause war?"

„Lisa hat ein Alibi. Sonst hätte die Polizei sie festgenommen."
Renates Wangen röteten sich. „Selbstverständlich hat sie eins! Dafür sorgt schon ihr Liebhaber."
Clemens lief seinerseits rot an. „Ebenso gut könntest du Curds Geliebte verdächtigen, es aus Eifersucht getan zu haben!"
„Curd und eine Geliebte? Der hatte keine."
„Und ob!"
„Wie kommst du darauf?"
„Ich habe sie zusammen gesehen."
„Curd und eine Frau?"
„Aber wie!"
„Wo?"
„Vor Jacques' Wein-Depot, unten in Rheinbach."
„Wann?"
„Vor ein paar Wochen."
„Das glaub ich nicht!"
„Musst du ja nicht!"
„Wie sah sie aus?"
Clemens blickte zu Peter, sah rasch wieder weg und wischte eine zermatschte Himbeere von seiner Hemdbrust.
„Na?" Renate wurde ungeduldig.
„Ich hab sie nur von hinten gesehen."
„Haarfarbe, Figur", drängte Renate. „Irgendwas hast du gesehen."
Clemens plinkerte mit den Augen. „Ich schau bei Frauen nicht so genau hin, das weißt du doch."
„Eine Kollegin?"
„Er hatte den Arm um ihre Schultern gelegt. Sehr eng übrigens."
„Seine Schwester?"
„Er hatte nur Brüder."
„Cousine?"
„Geliebte! Kapierst du das nicht?"

Mit hochrotem Kopf blickten die beiden einander ins Gesicht. Peter stand auf, postierte sich hinter die Lehne seines Stuhls und wartete auf das Ende des Disputs.
„Also hast du ganz genau hingeschaut!", stieß Renate hervor. „Sonst wärst du dir nicht so sicher!" Sie wandte den Kopf. „Willst du schon gehen, Peter?"
Er schützte Müdigkeit vor, bedankte sich und reichte den Gastgebern, die sich eilig erhoben, die Hand. Bolli trottete hinter ihm her zur Tür, seine Krallen klackerten auf den Fliesen. Schlagartig war Peter klar, was ihn mehr als alles andere für Curd Lemon einnahm. Es hing mit dem Hund zusammen. Der Architekt hatte kein Rassetier vom Züchter gekauft, er hatte einen Mischmasch unbestimmter Herkunft aus dem Elend eines Käfigs in Rumänien gerettet, vor der Tötung bewahrt und ihm ein Zuhause gegeben, das hatte Ella bei der ersten Tasse Kaffee in der Kiefernholzküche erzählt. Er hatte an dem Tier gehangen und das Tier an ihm. Eine glückliche Beziehung. Vom sinnlosen Wahn eines Mörders zerstört.
Die Haustür der Familie Müllenbach schloss sich hinter Peter. Er fühlte sich befreit und zugleich bedrückt. Die Stimmung war merkwürdig gewesen. Der Sohn hatte ihm am besten gefallen. Musste er das Verhalten des Vaters nicht als Bevormundung empfinden? War er wirklich so gleichmütig, wie es schien, oder brodelte es in ihm? Max an seiner Stelle wäre explodiert und aus dem Raum gestürmt. Das war bei Roland nicht vorstellbar.
Peter sog die frische Nachtluft ein. An seine Wade stieß die dicke Nase des Hundes. Zeit für die Abendrunde. Der zunehmende Mond stand hoch am schwarzblauen Himmel. Wolkenfetzen zogen vorüber, ließen Sterne verschwinden und wieder auftauchen, der Wind raschelte im welken Laub. Jenseits der bewaldeten Abhänge, die nur als schwarze Masse erkennbar waren, blinkten und glitzerten zahllose ferne Lichter in der Ebene.

Zwischen den Bäumen schien die Finsternis undurchdringlich. Als Peter dort eintauchte, ging er langsamer, weil er den Weg nur stellenweise sah. Unter den Sandalen knackten kleine Zweige, im Unterholz wuselte unsichtbar ein Tier. Einen grausigen Moment lang sah er ein hockendes Wesen vor sich, dort knarrte was wie eine alte Tür. Er blieb stehen und trat einen Schritt zurück. Über ihm hob ein Rauschen an, die Wipfel bogen sich. Das weiße Mondlicht fiel hindurch und beleuchtete das Wesen – einen Baumstumpf mit Furchen und Rissen. Im Innern knisterte es, als wäre er bewohnt, darüber schwankte ein abgeknickter Ast. Alles schien geisterhaft, unheimlich und schön.

Die Klingeltöne seines Handys ließen Peter zusammenfahren. Sie klangen seltsam fremd. Es meldete sich Birte aus einer anderen Welt.

„Schatz, ich bin gerade angekommen. Auch bei Nacht ist Potsdam wunderschön. Morgen sind Sanssouci und der Park dran."

In den berühmten Gärten der preußischen Schlösser konnte Peter sich seine Frau im Moment besser vorstellen als im Wald der nördlichen Eifel, in dem verschlafenen Dorf und der Stichstraße namens Pappelweg, mit Nachbarn wie Renate und Clemens, Ella und Mattes.

„Super", sagte er. „Mach Fotos."

„Klar. Aber was ich dir noch sagen wollte: Der Makler kommt morgen nicht."

Peter stieß einen Laut der Erleichterung aus. Sie hatte es sich anders überlegt!

„Er legt Wert darauf, dass ich dabei bin", fuhr Birte fort. „Er kommt nächsten Donnerstag."

Nicht mehr als ein Aufschub. Peter knirschte unwillkürlich mit den Zähnen. Birte hatte immer gewusst, was sie wollte. Aber auch er wusste ja, was er wollte: Hierbleiben! Mit ihr! Und genauso klar war, was zu tun war, um sie doch noch umzustimmen: Herausfinden, weshalb Curd Lemon sterben musste. Wenn er das nur könnte.

5

FREITAG

Gudrun

Sie schob ihr Fahrrad aus der Garage und wünschte Pascal einen guten Morgen. Wie immer war der Mieter ihrer Souterrainwohnung vorbildlich gekleidet, saubere, helle Windjacke, dezente Krawatte, weißes Hemd. Er stülpte seinen Helm über das kurz geschnittene schwarze Haar und stieg auf seinen Motorroller. Ein Auto besaß er nicht, vielleicht wäre das zu kostspielig, er gab so viel für Kleidung aus. Zwar hatte er einen regelmäßigen Verdienst in einem Möbelcenter, aber ob der von Dauer war, wusste sie nicht, die Tätigkeit schien ihm nicht zu behagen. Bei Regen stand ihm ihr alter Renault zur Verfügung, ebenso spätabends, wenn er noch einmal los wollte. Denn gewiss hatte er irgendwo Freunde oder ein Mädel, und zu dieser Tageszeit brauchte sie den Wagen nicht selbst, da hatte sie ihm gestattet, einfach die Treppe hochzukommen und sich den Autoschlüssel aus dem Kästchen an der Garderobe zu nehmen, ohne zu fragen. Sie hatte längst bemerkt, dass er von dieser Möglichkeit häufig Gebrauch machte. Wenn sie ihn wegfahren hörte, während sie schon im Bett lag, konnte sie sich darauf verlassen, dass der Renault am nächsten Morgen ordnungsgemäß in der Garage stand, oftmals sogar vollgetankt.

Mit einem Lächeln auf den Lippen stieg sie auf ihr Fahrrad. Sie hatte ihre Freude daran, wie bescheiden, höflich und charmant ihr gutaussehender Mieter war, an etwas anderes wollte sie jetzt nicht denken. Wenn sie ihn sonntags zum Mittagessen einlud, bedankte er sich stets lieb und zeigte erfreuliche Tischmanieren, erstaunlich, wenn man bedachte, was er in jungen Jahren durchgemacht hatte: Sein Vater, ein Metzger von der Mosel, hatte die Mutter mit dem Schlachtmesser erstochen und sich selbst mit einem Bolzenschuss getötet. Das elfjährige Waisenkind wurde unter den Verwandten quer durch die Eifel herumgereicht, von Bitburg bis Münstereifel hatte man fadenscheinige Ausreden, um ihn nicht aufnehmen zu müssen. Bis zu dem Tag, an dem er sich auf Gudruns Anzeige wegen der Souterrainwohnung meldete, besaß er kein festes Zuhause. Mittlerweile war er ihr so ans Herz gewachsen, dass sie ihn zum Erben bestimmt hätte, wäre nicht ihr Patenkind Anja, die Enkelin ihrer verstorbenen Freundin, seit langem testamentarisch als ihre Alleinerbin eingesetzt.

Gemächlich radelte Gudrun den Pappelweg entlang. Pascal knatterte auf dem Roller an ihr vorüber und winkte. Ihre täglichen kleinen Touren nannte sie *Training* und gab vor, sie der Gesundheit wegen zu unternehmen. Aber es war ihre Ruhelosigkeit, die sie aus dem Haus trieb, weg von Konrad, der stundenlang im Bad herummurkste und Selbstgespräche führte. In letzter Zeit ertrug sie das nur schwer. In mancher Hinsicht war er ihr so fremd, und mit dem Alter hatte sich das verstärkt. Als hätten sie nicht ihr ganzes Leben zusammen verbracht, ihr Leben, das der Anzahl der Jahre nach so lang war und dennoch schrecklich kurz schien. *Wusch* war die Zeit über sie hinweggerollt. Für fast alles war es zu spät. Entscheidungen waren gefallen und konnten nicht rückgängig gemacht werden, Chancen waren unwiderruflich verpasst. Gudrun sah die angstvoll geweiteten Augen der Mutter vor sich, die seit sechzig Jahren tot war. Sie hatte ihr versprechen müssen, immer für Konrad da zu sein. *Er wird nicht heiraten, Gudrun, du weißt es.* Aber sie, sie hätte heiraten können, wenn nicht jeder Kandidat Probleme mit Konrad gehabt und sich alsbald aus dem Staub gemacht hätte. Sie hatte es seufzend hingenommen und vergeblich gehofft, es würde doch einmal klappen.

Die kühle Morgenluft tat ihr gut, und das Rad schonte ihre maroden Gelenke. Rechterhand kam sie am Haus Nummer 1 vorbei, dessen Bewohner längst unterwegs waren. Das Zwillingspaar war in der Ferienbetreuung, Ella in der Apotheke, aus der sie Gudrun oft Medikamente, Hautcremes und Kräutertees mitbrachte, und Mattes in dem Bonner Baumarkt, wo er die Spielgeräte für die Kinder zum Mitarbeiterrabatt erworben hatte, ebenso wie den ufoförmigen Riesengrill, vor dem er im Sommer in der Badehose stand und die Nachbarschaft Abend für Abend in den Dunst versengten Fleisches hüllte, mit Grillgabel und Spieß bewaffnet, als zöge er in die Schlacht.
Gudruns Blick streifte die gegenüberliegende Seite. Auch in Nummer 2 bei Renate und Clemens rührte sich nichts. Heutzutage war fast jede Frau berufstätig, und falls die Bewohner nicht Rentner waren, weilte bis zum Nachmittag niemand im Haus. Kein Wunder, dass kürzlich eingebrochen worden war, bei den Borkes und bei Curd, der sich auf einer Baustelle befand. Und der war nun tot. Gudrun kam ein neuer, ganz merkwürdiger Gedanke.
Mit gefurchter Stirn fuhr sie weiter, überquerte die Landstraße und radelte am Gemäuer des alten Spritzenhauses vorbei, das nebst wenigen Fachwerkhäusern aus vergangener Zeit übriggeblieben war. Ein Stück vor dem Waldrand stieg sie ab, um den Blick über die rheinische Bucht schweifen zu lassen. Bei klarem Wetter glaubte sie, hier bis nach Köln schauen zu können, und redete sich gern ein, sie sähe den Dom. Heute hing weißer Dunst über allem.
Auf dem Rückweg machte sie an der Hubertuskapelle halt, die leicht erhöht über den Platz blickte, wie es einem Gotteshaus in der Dorfmitte gebührte. Das Rad stellte sie vor der Treppe ab und ging hinauf zu den beiden Steinkreuzen, die den gefallenen Soldaten der Weltkriege gewidmet waren. Hier pflegte sie ihres

Vaters und ihres großen Bruders Herbert zu gedenken, die in Russland gefallen waren, sowie der Großeltern und der kleinen Schwester Else, die ihnen der Bombenkrieg genommen hatte. Ab und zu pflanzte sie frische Blumen in die Schalen, versorgte sie mit Wasser und entfernte unliebsamen Wildwuchs. Hinter dem Sockel des älteren Kreuzes bewahrte sie eine spitze, scharfkantige Eisenschippe auf, ein rostfleckiges Ding aus der Nachkriegszeit, mit dem sich jedes Unkraut beseitigen ließ.
Da die Gedenkstätte gepflegt aussah und nichts daran zu verbessern war, fuhr Gudrun zurück in den Pappelweg. In der Nummer 4 waren immer noch die Rollläden unten. Die Lehrerin war verreist, und der Schriftsteller schlief wohl noch. Um Viertel vor zehn! War es so ermüdend, Romane zu schreiben? Während sie überlegte, ob sie selbst jemals länger als bis sechs Uhr geschlafen hatte, öffnete sich die Tür des Hauses. Peter Beerlauch, im schottisch karierten Schlafanzug und mit nackten Füßen, holte die Zeitung herein, die in der Röhre unter dem Briefkasten auf ihn wartete.
„Guten Morgen!", rief Gudrun und bremste.
Er fuhr sich mit der Hand durchs strubbelige Haar. Bestimmt kam er gerade aus dem Bett.
„Guten Morgen, Frau …"
„Nur Gudrun. Seit dem letzten Grillfest duzen wir uns hier alle. Ich beanspruche keine Sonderstellung, bloß weil ich ein paar Jahrzehnte älter bin. Habt ihr euch gut eingelebt? Den Schock verarbeitet?"
„Meine Frau noch nicht."
Gudrun ging auf ihn zu, das Fahrrad neben sich herschiebend. Jüngere Leute verstanden meistens nicht, weshalb sie immer noch darüber redete, aber sie konnte es nie lassen, auch diesmal nicht. „Ihr habt das damals nicht miterlebt und könnt es euch nicht vorstellen. Man wusste nie, wo die nächsten Bomben

fallen. Vielen hat der Feuersturm alles geraubt, Kinder, Eltern, Geschwister, Freunde und jeden Besitz. Als ich am Sonntag die Flammen sah, dachte ich, es geht wieder los. Die Sirenen verschlafen, die Bomber nicht kommen gehört."

Der Mann im Schlafanzug starrte sie an. Sein Körper bebte, was wohl weniger am Mitgefühl lag als an der morgendlichen Frische. Er drückte die Zeitung an sich, als könnte sie ihn wärmen.

Gudruns Blick schweifte zum verkohlten Nachbarhaus. Das rot-weiße Absperrband war fort. Am Montagmorgen waren noch einmal Polizisten und Leute in Schutzkleidung dagewesen und hatten mehrstündige Untersuchungen vorgenommen. Sie trugen tütenähnliche Behältnisse heraus, wahrscheinlich Proben vom Bauschutt fürs Labor. Sicherlich waren es Brandsachverständige, die die Ursache des Feuers klären sollten. Wie mochte Lisa mit dem Behördenkram fertig werden, der auf sie zukam? Curd, der bedeutend älter war, hatte einmal durchblicken lassen, das Haus gehöre ihr allein, damit sie im Falle seines Ablebens versorgt sei. Das war besser als eine Erbengemeinschaft mit dem üblichen Zank.

„Die Kriminalpolizei war nochmal bei mir", sagte Gudrun, da der Schriftsteller schwieg. Er mochte ein literarisches Genie sein, aber als Mensch fand sie ihn unergiebig. „Sie haben Nachweise für Brandbeschleuniger gefunden, Benzin oder Spiritus. Möglicherweise ließ sich das in den Niederschlägen des Rauchs auf den unverbrannten Gegenständen nachweisen, dafür gibt es chemische oder physikalische Methoden beim Landeskriminalamt. Oder dem Mörder ist was daneben getropft."

Diese Erwägungen, die Gudrun der Tageszeitung entnommen hatte, schienen den schläfrigen Strubbelkopf zu überfordern. Immerhin öffnete er jetzt den Mund.

„Wer macht so was Gemeines? Was denkst du, Gudrun?"

Ja, was dachte sie? Sie hatte etwas gesehen und doch nicht gesehen, kaum mehr als einen Schatten in der nebeligen Dunkelheit. Sie stand am Flurfenster zwischen Bad und Schlafzimmer, war nur auf der Toilette gewesen und hatte die Brille nicht zur Hand, aber den Eindruck, dass es bestimmt nicht Curd war, den sie an seinen geraden, breiten Schultern erkannt hätte. Der Kommissarin hatte sie nichts davon erzählt. Niemand sollte von ihr sagen, so alte Frauen bildeten sich gern was ein. Aber die beißende Frage, die nie verstummte, bereitete ihr Tag für Tag Höllenqualen: War *er* das? Eben auf dem Rad war ihr eine Idee gekommen, die ein anderes Licht auf die Sache warf.

„Vor ein paar Wochen gab es in der Gegend mehrere Einbrüche, auch bei Curd. Seine Kamera war weg und ein Teil von Lisas Schmuck. Die Polizei verdächtigte eine rumänische oder bulgarische Bande, die am helllichten Tag durchs Kellerfenster eingedrungen war. Später hat Curd offenbar festgestellt, dass ein Hausschlüssel fehlte, der neben der Tür am Brett hing. Ich hörte, wie Lisa mit ihm darüber sprach, bevor sie am Samstag ins Auto stieg. Und jetzt denke ich: Die Bande hat den Schlüssel eingesteckt und ist in der Nacht zum Sonntag wiedergekommen. Diesmal durch die Haustür."

Der Gedanke hatte etwas Beruhigendes, da ihre eigenen Schlüssel noch vollzählig waren. Sie hielt sie unter Verschluss in ihrem Sekretär.

„Warum sollten die Einbrecher ein zweites Mal ins selbe Haus kommen und es dann noch anzünden?", wandte Peter ein.

„Weil sie noch mehr einsacken und die Spuren vernichten wollten. Den Kerlen aus Südosteuropa ist alles zuzutrauen."

Peters Stirn legte sich in Falten. Herrje, dachte Gudrun, hab ich was Falsches gesagt? Heutzutage war man ja verpflichtet, alle Ausländer zu lieben, egal, was sie taten. Zugleich begriff sie, dass Peter recht hatte – das Verhalten passte nicht zu einer

Einbrecherbande. Der Schuldige war der Schatten. Sie schüttelte sich, als könnte sie den Gedanken loswerden wie lästiges Getier, dann stieg sie wieder aufs Rad.
„Ich muss Konrad das Frühstück bereiten. Er wartet sicher schon." Und hat nicht mal die Butter aus dem Kühlschrank geholt, fügte sie im Geiste hinzu, mosert aber gleich, sie sei zu hart.

Peter

In der einen Hand ein Käsebrot, in der anderen den Kaffeebecher stand er neben der Spüle und blickte zur Straße. Dass die Küche zwei Fenster hatte, war das Beste an ihr: Eins ging nach vorne hinaus, das andere zur Seite, zum Nachbarhaus, dessen Anblick vor einer Woche so erhebend und nun so grausig war.
Mittlerweile war er geduscht und angezogen, dachte aber immer noch an die hagere grauhaarige Frau mit den himmelblauen Augen, die seinen Schlafanzug musterte, während er krampfhaft den ausgeleierten Bund der Hose festhielt. In ihren Worten steckte etwas Wahres: Wer den Schlüssel entwendet hatte, war vermutlich der Brandstifter. Nach Gudruns Schilderung hatte Curd Lemon das Fehlen des Schlüssels aber nicht direkt nach dem Einbruch, sondern später bemerkt, und nichts sprach dafür, dass die Einbrecher ihn geklaut hatten. Vielmehr konnten alle, die den Architekten aufgesucht hatten, den Schlüssel heimlich eingesteckt haben – Kunden, Freunde, Verwandte, Nachbarn und jeder andere, der sich für ein paar Sekunden unbeobachtet an der offenen Haustür aufhielt. Da hatte die Polizei eine Menge zu tun.
Peter ging zum Tisch und schlug die Zeitung auf. In den ersten beiden Tagen hatten sich dort ausführliche Berichte über den Brand gefunden. Dank eines Fotos hatte er mehrmals in Lemons

gebräuntes Gesicht geschaut und den leicht spöttischen Blick, die Grübchen in den Wangen und die zahlreichen Lachfältchen studiert, Gesichtszüge eines Menschen, dem er gern begegnet wäre. Zum Stand der polizeilichen Ermittlungen und zur Arbeit der Sonderkommission hatten die Artikel nicht viel hergegeben, der Polizeisprecher hielt sich aus ermittlungstaktischen Gründen bedeckt. *Wir ermitteln in alle Richtungen.* Wie üblich bat man die Bevölkerung um sachdienliche Hinweise. Seit gestern hatte die Zeitung nichts mehr dazu gebracht.

Motorgeräusche auf der Straße ließen Peter aufschauen. Ein weißer Porsche bremste vor dem Haus. Durch die spiegelnden Scheiben des Fahrzeugs konnte Peter nicht erkennen, wer am Steuer saß, hatte aber den Eindruck, dass es eine Frau war. Anscheinend wollte sie zu ihm. Hastig räumte er das Stück Emmentaler, die Butter und das benutzte Messer weg, wischte die Krümel vom Tisch und ließ den Kaffeebecher in der Spülmaschine verschwinden. Er hörte die Wagentür zufallen.

Wer einige Sekunden später durch die Tür trat, war die junge Witwe Lisa von Axfeld. Der Hund begrüßte die hochgewachsene Blondine mit Schwanzwedeln und leisem Winseln. Fahrig strich sie Bolli über den Kopf und die Schlappohren.

„Darf ich mich setzen?"

Peter deutete auf die offene Schiebetür des Wohnzimmers. Die Schauspielerin stakste auf steilen Absätzen zur Sitzecke. Ihre langen Beine steckten in hautengen Röhrenjeans, die weite Jacke aus plüschigem weinrotem Stoff schwang bei jedem Schritt um ihre Hüften. Sie ließ sich auf Peters Lieblingssessel fallen, einem antiken Stück mit geschnitzten Holzteilen, geschätzte hundertfünfzig Jahre alt. Das Knarren ging ihm durch und durch. Schwungvoll schlug sie die Beine übereinander, warf mit einer Kopfbewegung das glänzende Haar nach hinten

und lehnte sich zurück. Dreifaches Knarren. Für Peter schlimmer als Zahnschmerz.
„Ich geh nicht rüber. Es ist eine schreckliche Vorstellung, dass Curd dort im Schlaf an Kohlenmonoxid-Vergiftung gestorben ist. Die meisten Brandopfer gehen an den giftigen Rauchgasen zugrunde, ohne es zu merken. Wussten Sie das?"
Peter nickte.
„Nach dem Rauch kamen die Flammen an sein Bett. Ich weiß nicht, wie er aussah, als sie ihn rausholten, aber ich kenne Bilder von Brandleichen. Verkohlt, geschrumpft, verstümmelt, aufgeplatzt. Und Curd war immer so auf gutes Aussehen bedacht."
Sie schniefte, blickte auf den Hund zu ihren Füßen und atmete geräuschvoll ein und aus. Das half ihr wohl, sich zu fassen.
Sie sollten sich so was nicht vorstellen, lag Peter auf der Zunge, aber der Rat wäre unsinnig gewesen. Wahrscheinlich konnte sie kaum anders, als es sich vorzustellen.
Ihr lautes Atmen schloss mit einem Stöhnen ab. „Polizei und Brandexperten sind fertig, das Haus muss saniert werden. Ein Wahnsinnsprojekt. Nicht nur, dass oben alles kaputt und unten einiges von ein paar tausend Litern Löschwasser verdorben ist, es müssen auch Ruß und Schadstoffe entfernt werden. Ich will's gar nicht so genau wissen, hab auch keine Zeit dazu und keinen blassen Schimmer, was da an Aktenordnern mit Plänen, behördlichen Bescheiden, Verträgen und Rechnungen verbrannt ist. Die aktuellen Sachen verwahrte Curd rund um seinen Schreibtisch, die sind komplett zu Asche zerfallen, der PC ist völlig zerstört. Wer ihm noch Geld schuldete, hat vermutlich Glück gehabt."
„Schlief er denn im Arbeitszimmer?"
„Der Turm war ein Ensemble von Arbeits- und Schlafbereich auf versetzten Ebenen, durch Holzstufen verbunden, alles dicht beieinander, damit Curd, wenn er nachts mit einer Idee auf-

wachte, keine langen Wege hatte. Im Hochparterre empfing er Interessenten und Bauherren zum Gespräch, da waren nur Clubsessel, eine Kaffeemaschine und Fotos von fertigen Projekten. Auf der zweiten Ebene standen sein Zeichentisch, der Schreibtisch samt Computer und Regale mit Ordnern und Mappen. Auf der dritten befand sich die Schlaflandschaft. Ziemlich genial und richtig schick." Sie blickte auf ihren silbernen Armreif, in dessen Mitte eine ovale Uhr eingelassen war. „Aber weshalb ich hier bin: Lassen Sie bitte die Handwerker ins Haus. Ich hab in den letzten Tagen mehr Termine abgesagt als man einer Schauspielerin verzeiht und bin nun dauernd unterwegs: Probe in Bielefeld, Aufführung in Essen, Premiere in Wuppertal."

Mit fahrigen Bewegungen griff sie in ihre Umhängetasche und zog einen Schlüssel heraus, der statt in Peters Hand auf dem Teppich landete und unter den Couchtisch rutschte. Peter ging auf die Knie und langte unter das niedrige Möbel aus Holz und Schiefer.

„Ich hab einen Privatdetektiv beauftragt", vernahm er aus dem Sessel über ihm.

Ach! Peter dachte an Birte. War das eine Chance? Er sah zu der Frau im Sessel auf. „Trauen Sie der Polizei nichts zu?"

„Man hört so viel von Versäumnissen. Sie übergehen Hinweise, vergessen Zeugen oder verlieren unsinnig viel Zeit mit dem Streit um Zuständigkeiten."

Er kam wieder auf die Füße. „Das waren Ausnahmefälle."

„Das hier könnte so ein Fall werden. Die Nachbarn haben abends kein Licht im Haus bemerkt. Nicht mal das Außenlicht war an. Und nun fragt mich so ein Kommissar, ob mein Mann selbstmordgefährdet war, die Brandherde seien ja im Haus gewesen, an den Stufen unter dem Schlafbereich. Was für eine Scheißlogik! Es war jemand da, als Curd schlief! Uns fehlte ein Schlüssel!"

„Seit wann?"
„Curd fiel es am Freitagabend auf, als ich gegen elf nach Hause kam. Er achtete nie darauf, was da hing oder fehlte, das Ding kann schon eine Weile fort gewesen sein, es diente als Ersatz. Die Schlüssel, die wir täglich benutzen, tragen wir bei uns. Am Samstag habe ich zu Curd gesagt, mir ist das unheimlich, ich hätte gern neue Schlösser. Darauf Curd: *Wenn du Angst hast, lass sie austauschen.* Ihm war das egal. Und dann findet die Polizei den Schlüssel bei Jasper im Gras! Der Brandstifter hat ihn dort entsorgt."
„Im Gras fiel der Schlüssel sicher nicht auf, er könnte schon vor dem Brand dort gelegen haben."
„Der Meinung sind die Polizisten wohl auch, sonst hätten sie Jasper sicher verhaftet. Manche Leute denken, dass er es war." Sie zuckte mit den Schultern. „Bitte helfen Sie dem Detektiv. Ich war Curd keine gute Frau, aber das bin ich ihm schuldig - dafür zu sorgen, dass sein Mörder geschnappt wird."
„Wie kann ich dem Detektiv helfen?"
„Indem Sie ihm schildern, wie Sie die Leute hier erleben. Wirken die offen oder eher so, als ob sie was verschweigen? Sie sind neu hier, Herr Beerlauch, Sie haben noch einen klaren Blick."
Peter dachte an Ella und Mattes sowie die perfekten Gastgeber Renate und Clemens in ihrem aufgeräumten Haus. Falls sie etwas Bedeutsameres verbargen als Ärger am Gartenzaun oder Streitigkeiten am Grill, würden sie das nicht ohne weiteres preisgeben.
„Meinen Sie, der Täter war jemand aus dem Ort? Aus dem Pappelweg?"
„Jeder hier kannte das Schlüsselbrett. Die Nachbarn haben es uns zum Einzug geschenkt, und alle wussten, dass an Curds Hausschlüsseln zwei kleine Legosteine hingen, rot und blau.

Keiner von denen hätte lange überlegen müssen, ob es der richtige Schlüssel war. Was treibt so einen Menschen an, was geht in ihm vor? Hass, Rache oder etwas Kompliziertes, womöglich Krankhaftes? Dann kann Ihr Haus das nächste sein." Ihr Mund verzog sich zu einem traurigen Lächeln. „Verzeihung."
„Davor hat meine Frau Angst", sagte Peter.
Sie sah ihn lange an. „Die Polizei hat festgestellt, dass der Batterieteil unseres einzigen Rauchmelders fehlt."
„Hat der Täter den abgeschraubt?"
„Nein, ich."
Peter erstarrte. Und bemerkte, dass es ihr nicht entging.
„Ich hatte das Ding als Muster in meine Handtasche gelegt, weil ich eine neue Batterie besorgen musste. Ich kenne mich damit nicht aus und wollte keine falsche mitbringen. Und dann vergesse ich, sie zu kaufen! Obwohl mir Clemens gesagt hat, wo ich sie am besten hole. Den Rauchmelder im Flur, vor meiner Zimmertür, gibt es ja nur mir zuliebe. Für die geringe Wahrscheinlichkeit, eins von den paar hundert Brandopfern pro Jahr zu werden, wollte Curd sich nicht die Ästhetik der Zimmerdecken verschandeln. Vielleicht wieder was für die Selbstmordtheorie. Vor allem hat Michael –"
„Wer ist das?"
„Curds ältester Sohn. Er hat der Polizei erklärt, sein Vater sei ihm depressiv vorgekommen. Na, der muss es wissen! Rauscht hier vorbei, lädt seine drei Blagen ab, ohne den Motor abzustellen, und holt sie so spät ab, dass sie vor Müdigkeit nur noch plärren. Da war Curd nicht depressiv, sondern fix und fertig."
Peter sah zur Decke. „Wir haben auch keine Rauchmelder."
„Die sind jetzt Pflicht. Curd war das egal. *Kontrolliert ja keiner.*"
Der Sessel knarrte, sie erhob sich und gab Peter die Hand. Dank ihrer Wahnsinns-Absätze war sie größer als er. „Ich verlasse

mich auf Sie. Und denken Sie an die Rauchmelder und die paar hundert Brandtoten pro Jahr. Man gehört so leicht dazu."

Er brachte sie zur Tür und sah ihr nach, wie sie in den Porsche stieg, zügig wendete und davonbrauste. Sie hatte den Rauchmelder, den einzigen im Haus, unwirksam gemacht, diese Frau, die so sympathisch schien, zwei bis drei Jahrzehnte jünger war als ihr Mann und laut Renate einen Liebhaber hatte. Sie konnte für das Verschwinden des Schlüssels gesorgt haben, damit eine größere Anzahl Leute als Täter in Betracht kam. Sie war in hohem Maße verdächtig. Zwar hatte sie vermutlich ein Alibi, die Theaterparty in Bochum, aber sie konnte ihren Liebhaber mit dem angeblich entwendeten Schlüssel geschickt haben.

Und wozu der Detektiv? Sollte der etwas finden, das sie entlastete und die Polizei in die Irre führte? Weshalb hätte sie ihren Mann denn beseitigen sollen? Um mit dem Liebhaber in der Brandruine zu leben, deren Sanierung ihr lästig war? Eine Scheidung wäre bedeutend angenehmer gewesen. Aber wenn sie sich nicht hatte scheiden lassen wollen und der Liebhaber ohne ihr Wissen an den Schlüssel gelangt und ins Haus geschlichen war, um Curd aus dem Weg zu räumen? Wer war der Mann? Wenn er der Täter war, würde der Detektiv dahinterkommen.

Es wäre großartig, Birte schon heute oder morgen beruhigen zu können: *Der Brandstifter war der Liebhaber der Architektengattin, die Polizei hat ihn geschnappt.* Der Fall wäre erledigt, jede weitere Gefahr gebannt. Dann hätte Birte sicher nichts dagegen, bis ins hohe Alter hier im Pappelweg zu leben.

Jasper

Er pumpte den Reifen mit der Standpumpe auf. Das Rad hatte neue Bremszüge und neue Schläuche, und gründlich gereinigt war es auch. Alles fertig und tipptopp. Er konnte es dem Jungen

bringen, der schon gejammert hatte, das Ding sei Schrott, er brauche ein neues, aber sein Vater habe ihm was gehustet.
Solche Reparaturen machte Jasper für wenig Geld, das wussten seine Kunden, nur waren es nicht viele. Das Dorf war klein, rund dreihundert Menschen. Um Kunden aus den Nachbardörfern zu gewinnen, wäre eine edlere Werkstatt vonnöten, möglichst mit Abholservice, was ohne Auto schwierig war.
Vielleicht brächte das auch nichts, denn anscheinend trauten ihm nicht alle.
Mit dem zuckenden schiefen Unterkiefer und der sichelförmigen Narbe, die der Bart und die Kappe nicht verbergen konnten, ähnelte er einer Fantasy-Figur, leider einer von der hässlichen, unsympathischen Sorte. Das verdankte er einem Autounfall auf der B 56 Richtung Bonn. Der hatte ihm das Gesicht ruiniert und seinen Eltern das Leben gekostet. Jeder Blick in den Spiegel erinnerte ihn daran. Im Traum hörte er oft die grässlichen Geräusche von damals, das durchdringende Quietschen, Kreischen und Krachen, erlebte den Moment des Entsetzens, den Aufprall und die Schmerzen jedes Mal aufs Neue. Und den Schrei seiner Mutter, das letzte, was er von ihr gehört hatte. Am nächsten Tag war er dann völlig daneben.
Blöd auch, dass er keinen Hauptschulabschluss, keine Ausbildung und keinen Führerschein hatte, zu nichts hatte es gereicht.
An seinen Job war er nur gekommen, weil andere ihn verschmäht hatten und das Getränkelager echte deutsche Jungs bevorzugte. So war er Helfer bei der Warenauslieferung geworden. Das hieß Flaschen, Kästen, Sixpacks, Partyfässer, Paletten mit Dosen, Kartons mit Tetrapacks sortieren und zählen, LKWs beladen, alles beim Kunden reinschleppen, Gaststätten, Kiosks, Privatleute, dann Leergut einpacken, sortieren, zählen, im Lager ausladen und zwischendurch auf dem Beifahrersitz hocken, den

Asphalt anstarren und sich die ätzenden Sprüche von Jens, dem Fahrer, anhören, der ihm ständig klarmachte, wie sehr er auf ihn herabsah. Wie alle eben. Außer den Leuten, die nicht mal ein Fahrrad flottmachen konnten, wie Gudrun. Und Oma natürlich, die fand ihren Jasper in Ordnung.
An den Rädern arbeitete er immer im hinteren Teil des Grundstücks, neben dem Schuppen, wo das Wellblech überstand und ein Stück Dachpappe herabhing, hier blieb man auch bei Regen halbwegs trocken. Auf dem Boden lagen zwei Reihen Betonplatten, uneben und schief, aber trotzdem nützlich. Weiter vorne stand das Kraut zu hoch, jedenfalls solange Oma keinen anonymen Brief erhielt, in dem irgendwer mit einer Anzeige drohte, wenn *die Schande* nicht sofort verschwände. Jasper konnte sich denken, wer dahintersteckte. Er lieh sich dann die Sense vom alten Konrad und machte sich an die Arbeit. Danach sah alles scheußlich aus, aber platt, wie gewünscht.
Da war ein Geräusch. Er blickte auf. Das kam nicht von der Katze, die hier oft herumsprang, sondern von der anderen Straßenseite. Das Haus der alten Gisela, die jetzt im Pflegeheim lebte, war wieder bewohnt, das hatte er schon bemerkt, und nun trat ein Mann mit seinem Hund heraus. *Seinem*? Jasper richtete sich auf. Hey, das war Lemons Hund!
Der Mann überquerte die Straße und kam an den Maschendrahtzaun. „Hallo! Wir kennen uns noch nicht. Ich heiße Peter."
„Bin der Jasper." Die Kappe war ihm weit ins Gesicht gerutscht, das war ihm ganz recht. Er beugte sich wieder über das Rad. Auf Unterhaltung hatte er keinen Bock.
„Sie reparieren hier Fahrräder?"
„Sieht man ja."
„Meins fährt nicht mehr."
„Können Sie rüberbringen."
„Mach ich. Wem gehört die Katze?"

Jasper schaute wieder auf. Da war er ja, der gestreifte Kater, und turnte am Zaun entlang. Der zog eine richtige Show ab, so was machte er gern. Der Hund wedelte mit seinem verdrehten buschigen Schwanz.

„Der Kater gehört dem Architekten." Dessen Namen musste man französisch aussprechen, damit wollte sich Jasper nicht blamieren, er bekam es einfach nicht hin. „Hat vielleicht Hunger. Hab nix da."

„Noch ein Tier von Herrn Lemon?" Astrein, wie dem der französische Näsellaut über die Lippen glitt. „Wenn ich die Runde mit dem Hund gemacht habe, gebe ich dem Kater was. Bis gleich."

Der Mann ging weiter Richtung Wald. Der Hund trottete neben ihm, als gehörten sie schon jahrelang zusammen. Jasper blickte den beiden nach. Muss schön sein, so zu zweit, dachte er, mit einem Hund bist du nie allein.

Er pumpte weiter. Der Hinterreifen konnte noch was Luft vertragen. Dass sich wieder jemand näherte, merkte er erst, als er das heisere Quietschen des alten Eisentors vernahm.

Es war ein schwarz gekleideter Mensch mit dunkler Sonnenbrille und einem Aktenkoffer. Den hatte Jasper noch nie gesehen. Gewiss keiner aus dem Dorf, aber auch kein Wanderer. Ein Mafioso! So sah er jedenfalls aus. Er spazierte einfach aufs Grundstück. Ohne zu fragen, ohne Andeutung eines Grußes rückte er auf dem Trampelpfad heran.

Jasper fühlte seine Knie weich werden. Der Mann schien allerdings nicht größer als er selbst. Mit weniger Muskeln. Ein Bücherleser, ein Schreibtischmensch mit zarten Händen.

Und wenn der blitzschnell seine Pistole zog? Ein Killer mit dem Auftrag, Omas Erben auszuschalten?

Peter

Seltsamer Kauz, der Jasper, dachte er, als er sich vom Zaun entfernte und auf die gelben Pappeln zuging. Von den Gesichtszügen des Mannes war nicht viel zu sehen gewesen. Die Stirn verschwand unter dem Schirm der Kappe, die Augenpartie wurde von einer Hornbrille beherrscht. Den unteren Teil des Gesichts bedeckten der dunkle Vollbart und die wulstige Narbe. Mit dem komischen Zucken der Mundpartie ergab das einen ungünstigen Eindruck, und die Stimme hatte rau und mürrisch geklungen. Der Kerl würde sogar ziemlich furchterregend wirken, wenn er nicht so klein und dünn wäre, was die schwarzen Klamotten noch betonten. Ob man den auch zum Grillfest einlud? Vermutlich nicht.

Auf dem schon vertrauten Graspfad erreichte Peter den Weg, der einen Blick in die Voreifel bot, auf Orte, die hell in der Sonne glänzten, und das dunkle Band des Kottenforstes, bis hin zur Stadt Bonn weit hinten im Dunst. Wie gut es tat, auf die ausgebreitete Landschaft zu schauen, in alle Himmelsrichtungen zu einem fernen Horizont … Das hatte er über sein Leben zwischen den Häuserreihen völlig vergessen.

Kurz vor dem Waldrand stand ein hölzernes Häuschen auf Rädern. An dessen Seitenwand bemerkte Peter eine beschriftete Plakette: *Jagdliche Einrichtung*. Eine Art Hochsitz ohne Höhe? Von drinnen ertönte plötzliches Gerumpel.

Peter wich zurück. Bolli sträubten sich die Rückenhaare vom Nacken bis zur Rute.

Die schmale Tür wurde aufgestoßen. Aus dem Wagen sprang ein kurzhaariger Jagdhund an einer Lederleine. Hinter ihm zwängte sich ein beleibter Mann heraus. Olivgrüne Kleidung, Stiefel, Lodenfilzhut, Gewehr über der Schulter. Der Jagdpächter also. Den hatte Peter sich jünger vorgestellt, zudem schlank und drahtig. Dieser Mann, der schnaufend den Hut vom weißen

Haar lüftete, war bestimmt Mitte Siebzig. Wäre der Ausdruck des geröteten fleischigen Gesichts nicht so grimmig gewesen, hätte man ihn für einen gemütlichen Zecher halten können.
„Ist das die Töle vom Lämong?“, schnauzte er.
Peter bejahte die Frage und wollte weitergehen. Einen Rassehundbesitzer, der Bolli als *Töle* und dessen verstorbenen Herrn als *Lämong* bezeichnete, musste er nicht näher kennenlernen. Doch der massige Körper baute sich vor ihm auf, der vorstehende Bauch berührte ihn fast.
„Ich hoffe, Sie verstehen was von Hunden. Das Problem sitzt immer am anderen Ende der Leine. Und Lämong war ein Problem!“ Die Augen unter den buschigen Brauen unterzogen Peter einer kurzen Musterung. „Sie wohnen im Pappelweg? War das Ihr Möbelwagen? Dann müssen Sie davon gehört haben. Über so was reden die Leute.“
„Sie meinen den Brand?“
„Ach, was, Brand!“ Der Jäger schüttelte den Kopf, als wäre das Feuer eine Lappalie gegen das, was er meinte. Er zog ein großes Taschentuch heraus, auf dem ein galoppierender Keiler prangte, und wischte sich damit den Schweiß von der Stirn. „Meine Tochter Manuela war Kollegin von Mattes Borke aus Nummer 1. Lassen Sie sich von dem mal erzählen, was ihr widerfahren ist. Später kam ihr zu Ohren, dass es anderen nicht besser erging. Gemeinsam haben sie sich an die Staatsanwaltschaft in Bonn gewandt. Schlapper Verein. Nun hat sich der Fall ja erledigt. Gottes Mühlen mahlen langsam, doch Gottes Strafe entkommt man nicht.“
Er hob grüßend den Spazierstock, dessen geschwungener Griff aus einem Gehörn bestand, verkürzte die Leine des Hundes und wandte sich schwankenden Schrittes Richtung Dorf.
Verdattert blieb Peter zurück. „*Staatsanwaltschaft*“, wiederholte er, „*Gottes Strafe*“. Betroffen blickte er auf den schwarzgrauen

Bolli hinunter. Was hatte sein Herr verbrochen, dass jemand glaubte, der Tod sei die verdiente Strafe? Was war der Tochter des Jägers *widerfahren*?

Peter folgte einem der Wege in den Wald. Er war in die unterschiedlichsten Spekulationen vertieft, als ein hölzernes Schild vor seinen Augen auftauchte. *Eisensteine, nach 100 m links.* Ein unscheinbarer Wegweiser, den er kaum beachtet hätte, wenn sein Nachbar den Ort nicht als *romantische Stelle* bezeichnet hätte. Das klang vielversprechend.

Es war ein schmaler Pfad unter Kiefern, Fichten und Birken, der bald abwärts führte. Linkerhand erblickte Peter eine Ansammlung mächtiger graubrauner Brocken. Das waren sie, die altehrwürdigen Zeugen einer vergangenen Zeit, in der das Eisenerz den Menschen Arbeit und Gewinn verschaffte. Die klobigen Steine mit ihren von Moos bedeckten Rücken verliehen dem bewaldeten Hang einen ganz eigenen Charakter. Aber *romantisch*? Der stille Ort wirkte eher verwunschen. Als könne seine Schönheit auch Unheil heraufbeschwören, als lauere das Böse in den Spalten des rauen Gesteins, an den kantigen Vorsprüngen und steilen Abbrüchen und in den Vertiefungen des Bodens. Das Gelände war das Abbild einer unvollendeten rätselhaften Geschichte.

Peter lachte über seine kindhafte Phantasie, ein wenig auch über Bolli, der über die Kuppen gesaust war und mit fliegenden Ohren herabgestürmt kam. Er folgte dem Pfad hinunter zum Hilberather Bach, wo der Hund ins Wasser sprang und den gegenüberliegenden Hang hinaufgaloppierte, während Peter ein hölzernes Brückchen benutzte und langsam bergauf ging. Auf einer anderen Strecke kehrte er zum Bach zurück, wanderte oberhalb des Bachbetts aus dem Wald heraus und gelangte mit dem tropfnassen Hund über einen teppichweichen Grasweg zum Dorf.

Im Pappelweg sah er schon von weitem, dass Jasper noch da war. In dem löchrigen, um die dünne Gestalt herumschlabbernden Pullover werkelte er neben dem Schuppen, die Schirmkappe tief ins Gesicht gezogen, als wollte er jetzt besonders viel davon verbergen. Der Kater strich um seine Beine.
„Da bin ich", rief Peter über den Zaun.
„Ja?" Jasper blickte herüber, sagte aber sonst nichts.
„Erkennst du mich nicht? Wenn der Kater mag, nehme ich ihn mit ins Haus und gebe ihm was zu fressen."
„Ach so, ja. Gut."
Der Mann war so einsilbig wie eben, aber seine Miene wirkte nicht ganz so mürrisch. Vielleicht war es hilfreich, dass ich zum Du übergegangen bin, dachte Peter. Er ging in die Hocke und lockte den Kater ans Tor. Das zierliche Tier schlüpfte zwischen den Eisenstäben hindurch und hielt sein kleines braunes Näschen der dicken schwarzen Hundenase entgegen. Als Peter mit Bolli die Straße überquerte, sprang es nebenher und schließlich vorneweg.
Vor dem Haus drehte sich Peter nach Jasper um. Der hob die Hand zum Gruß und wandte sich wieder dem Fahrrad neben dem Schuppen zu. Irgendwas an ihm war verändert, nicht nur der Gesichtsausdruck. Die Haltung? Die Stimme? Die Bewegungen? Peter hätte es nicht sagen können. Vielleicht irrte er sich. Er hatte ihn zuvor nur ein einziges Mal gesehen.

Pilar

Eine ihrer größten Schwächen war, sich allzu leicht in die Angelegenheiten anderer Menschen hineinziehen zu lassen. Das hatte ihr manche böse Überraschung beschert. Aber seit sie höllisch aufpasste, sich aus allem herauszuhalten, führte Pilar Álvarez-Scholz ein relativ ruhiges Leben. Mit ihrem Mann

Richard, den erwachsenen Söhnen Damian und Lukas, dem Hund Tajo und den Katern Goethe und Laszlo bewohnte sie ein Haus in Ückesdorf im Südwesten Bonns und arbeitete in einer kleinen Buchhandlung auf dem benachbarten Brüser Berg. Sie kümmerte sich um ihre neunzigjährige Mutter, probte mit der Theatergruppe *Katzenbuckel* für die nächste Aufführung und pflegte alte Freundschaften, die nichts Haarsträubendes mit sich brachten. Die Leute, mit denen sie zu tun hatte, waren sympathisch, aufrichtig und frei von dubiosen Geheimnissen. Alles war erfreulich, einfach und problemlos.

Und das war ihr Problem.

Letztendlich war es natürlich grauenvoll gewesen, dass sie mehr als einmal in das Umfeld eines Kriminalfalls geraten war und die Anzeichen echter Gefahr übersehen oder falsch gedeutet hatte. Das hätte tödlich ausgehen können, es hatte nicht viel gefehlt. Doch mit der Zeit waren die Schrecken verblasst. Geblieben war das Erstaunen, wie perfekt sich die Menschen verstellen konnten und wie wenig man ihnen ansah, ob sie zu planvollen Verbrechen fähig waren oder nicht.

Konnte wirklich jeder zum Mörder werden, unabhängig von der gesellschaftlichen Schicht? Wie entwickelte sich der Wille, die Grenze zu überschreiten und das Leben eines anderen auszulöschen? Von welchen Umständen hing es ab, ob es zum Letzten kam? Konnte es ihr selbst passieren, wenn etwas Bedeutsames schiefliefe, wenn sie weittragende Fehler machte oder sich verletzt und gedemütigt fühlte oder aus anderen Gründen eine heiße Wut im Bauch hätte? Wäre gar ihr Mann, der pflichtbewusste Jurist und Beamte eines Bundesministeriums, in der Lage, perfide Mordpläne zu schmieden und rücksichtslos in die Tat umzusetzen? Wären ihre Söhne, die begabt waren und studierten, dazu imstande? Derartige Fragen

hatten Pilar viele Male in einschlägige Dokumentationen, Bücher und Berichte abtauchen lassen.
Ging sie mit dem Hund spazieren, kamen ihr neuerdings sonderbare Szenen in den Sinn: Dass hinter der nächsten Wegbiegung etwas Abgründiges vor sich ging oder sie Zeugin eines haarsträubenden Vorgangs wurde, den Täter flüchten sah und im selben Moment wusste, dass sie ihm schon irgendwo begegnet war – in der Buchhandlung, beim Bäcker, auf dem Gartenfest der Nachbarn. In solchen Augenblicken hatte sie das prickelnde Gefühl, berufen zu sein und sofort tätig werden zu müssen. Worauf prompt eine bestürzende Erkenntnis folgte: Sie war auf Entzug.
Da half nur Ablenkung. Und die glückte bereits, wenn Pilar den Hund nicht auf den gewohnten Wegen rund um ihr Zuhause am Kottenforst ausführte, sondern in einer anderen Gegend. Ein paar Mal war sie mit ihrem Ford Fiesta an den Rhein gefahren, aber immer im Verkehr stecken geblieben, der in Bonn vertrackter schien als anderswo. Deshalb zog sie die Fahrt nach Süden vor, die sie durch den waldreichen Stadtteil Röttgen rasch Richtung Eifel brachte. Der Anblick der sanft geschwungenen Höhen hob die Stimmung, das viele Grün tat den Augen gut, und die Natur, die sie beim Verlassen des Autos umfing, strahlte einen so vollkommenen Frieden aus, dass kriminalistische Fantasien erst gar nicht aufkamen.
Nach einem Sechsstundentag in der Buchhandlung war die Wahl heute auf den Wanderparkplatz „Tor zur Eifel“ südlich von Hilberath gefallen – nicht zu nah, nicht zu weit, das Gelände wunderschön und übersichtlich. Doch auf dem länglichen Platz neben der L 492 machte sich diesmal ein riesiger Ausflugsbus breit, der vierzig oder fünfzig Leute entließ. Möglich, dass sie nicht den Wanderwegen zustrebten, sondern dem Café in der alten Scheune, das wegen seiner Torten weithin

bekannt war. Doch Pilar fühlte sich abgeschreckt und fuhr weiter. Der kleine Parkplatz an der Kapelle im nächsten Dorf war bedeutend ruhiger.
Von hier aus unternahm sie eine zweistündige Wanderung durch den Ersdorfer Wald. Sie traf keinen einzigen Menschen und genoss es, sich planlosen Gedanken hinzugeben. Auf dem Rückweg war sie müde, hungrig und nicht ganz bei der Sache und stellte fest, dass sie am Ortsrand falsch abgebogen war. Das bedeutete einen ärgerlichen Umweg. Zu Hause wartete Richard vielleicht schon mit dem Abendessen!
Sie schritt schneller aus. Zu ihrem Verdruss wurde der Hund nun langsamer. In einer Straße mit Einfamilienhäusern blieb er stehen und schnüffelte an der Tür eines Autos, eines grauen, in die Jahre gekommenen VW Polo. Hoffentlich hebt er nicht sein Bein, dachte sie und zog sachte an der Leine. Da fiel ihr Blick auf das Nummernschild. Bonner Kennzeichen. Nicht ungewöhnlich in dieser Gegend, in die viele Bonner zum Wandern kamen. Dennoch stutzte sie. BN – BY … Das gab's doch nicht! Es war der Wagen ihres alten Freundes Freddy, den sie kannte, seit sie als Studenten in derselben Kneipe gejobbt hatten, wo sie mit der Zapfanlage nicht klarkam und ihm so oft die Frikadellen von der Platte rutschten. Was machte er in diesem Dorf?
Pilar ging weiter Richtung Kapelle und blickte in eine Sackgasse. Erschrocken blieb sie stehen. Das dritte Haus hinter der Ecke bot einen schaurigen Anblick. Der runde Turm erinnerte an einen schwärzlichen hohlen Zahn. Dort hatte ein schlimmes Feuer gewütet. War Freddy deshalb hier, hatte er einen Auftrag an Land gezogen? Brandfälle stellten die Polizei vor besondere Schwierigkeiten, weil die Flammen eventuelle Täterspuren zumeist vernichtet hatten, da mochte der Einsatz eines guten Privatdetektivs manchmal sinnvoll sein. Aber wie kam Freddy daran?

Jedenfalls sollte sie hier schnellstens verschwinden. Freddys Mission war mit Sicherheit geheim und ging sie nichts an. Schade eigentlich. Sehr schade.

Sie hielt es knapp fünf Stunden aus. Dann nahm sie ihr Handy und schrieb, im Nachthemd auf der Bettkante sitzend, eine Nachricht: *Freddy, ich kann nicht schlafen, wenn du mir nicht wenigstens andeutungsweise verrätst, was du an einem Ort treibst, wo ein Haus halb abgebrannt ist.*

Obwohl es bereits Mitternacht war, kam die Antwort prompt: *Lies Zeitungsmeldungen vom Anfang der Woche. Wenn ich nicht sicher wäre, dass du ablehnst, würde ich dich fragen, ob du mir hilfst.*

Pilar entfuhr ein Seufzer. Was sollte sie darauf erwidern? Sie schielte zu Richard hinüber, der in der anderen Hälfte des Doppelbetts lag und, auf einen Arm gestützt, einen Thriller las. Wenn sie ihn um Rat bäte, wäre die Sache einfach. Selbstverständlich würde er sagen: *Schreib ihm, du hast die Nase voll von detektivischen Ermittlungen. Er soll seinen Mist alleine machen.*

War es denn auch ihr eigener Wille, dass Freddy es allein machte? Es gab Situationen, in denen ein Detektiv Verstärkung brauchte. In diesen Fällen konnte er sich bezahlte Mitarbeiter besorgen, geschulte Leute, die oft für mehrere Detekteien tätig waren. Solche Hilfspersonen zog Freddy hinzu, wenn eine Observierung rund um die Uhr geboten war oder die Zielperson auf einer Reise oder am Urlaubsort beschattet werden musste. Nur ein- oder zweimal hatte er sich an Pilar gewandt, weil es auf ihre persönlichen Beziehungen angekommen war, auch hatte sie selbst den Freund schon um Hilfe gebeten. Aber so lagen die Dinge jetzt nicht. Sie musste Rücksicht auf Richard nehmen.

Richtig, schrieb sie auf dem Handy, *ich will so was nicht mehr.* Zweifellos war es das Vernünftigste.
Der schwarze Kater Laszlo, der seit einem halben Jahr zur Familie gehörte, schmiegte sich schnurrend an ihre Hüfte, doch nahm sie es kaum wahr. Sie beugte sich übers Handy und suchte im Internet nach aktuellen Berichten aus den Höhenorten am „Tor zur Eifel". Als sie fand, was sie suchte, war Richard über seinem Thriller eingeschlafen. Sie aber wurde immer aufgeregter. Es war Brandstiftung! Ein Toter! Das Opfer: ein Architekt. Der Name: Curd Lemon.
„Nein!", entfuhr es ihr.
Das geriet zu laut, war beinah ein Schrei. Schuldbewusst blickte sie zu Richard. Zum Glück schnarchte er ungerührt weiter.
Curd Lemon! Das war ein Schock. Sie kannte ihn. Es waren nur drei oder vier Telefongespräche gewesen, doch war er ihr so vertraut, als hätten sie zusammen im Café gesessen. Sie erinnerte sich genau an den Tag, als sie sich bereit erklärte, den jungen Kater aus Ungarn bei sich aufzunehmen, der dank Lemons Eingreifen mit weiteren Katzen und zahlreichen Hunden der Tötung entkommen war. Seitdem wusste sie, dass der Architekt mit der warmen, tiefen Stimme Seite an Seite mit anderen Tierschützern ständig bemüht war, Geschöpfe zu retten, über Tierleid aufzuklären, katastrophale Zustände zu verbessern, bei Politikern vorstellig zu werden und Spenden für verlassene, hungernde und verletzte Tiere loszueisen. Unermüdlich hatte er gegen Massentierhaltung, Pelzfarmen, Robbenschlachten, Stierkampf und andere Traditionen gekämpft, bei denen Tiere zu geschundenen Opfern menschlicher Fühllosigkeit wurden. So jemand durfte nicht sterben und auf keinen Fall so! Auch wenn die Berichte es nicht offen aussprachen – es sah nach Mord aus. Bebend strich Pilar über das weiche Fell des schnurrenden Katers.

Hallo Freddy, schrieb sie und vertippte sich gleich mehrfach, *vergiss meine Worte von eben. Diesen Drecksack, den Brandstifter, dieses Monster könnte ich umbringen!*
Seine Antwort war kurz: *???*
Curd Lemon verdanken wir unseren Laszlo, präzisierte sie. *Er war ein engagierter Tierschützer.*
Ach du Schreck, war Freddys Erwiderung. *Das dehnt den Kreis der Verdächtigen ins Unendliche aus. Da gibt es Gegner auf der ganzen Welt.*
Wer sich für Tiere einsetzt, wird eher verhöhnt als umgebracht, schrieb sie. *Es steckt was anderes dahinter. Und ich will es wissen. Ruf mich an, wenn du Hilfe brauchst.*
Oh Gott, dachte sie im nächsten Moment, bin ich bescheuert?

6

SAMSTAG

Irina

Wenn Kevin nicht an ihren Haaren herumgezerrt hätte, wäre sie heute nicht aufgestanden. Sie hätte sich die Decke über den Kopf gezogen und wäre im Bett geblieben. Was für ein Scheißwochenende!

Okay, das Wetter war nicht schlecht. Sie konnte mit dem Kleinen und seinem Plastikbagger auf den Spielplatz gehen, mal abgesehen davon, dass es ätzend langweilig war, auf der Bank herumzuhängen und dem Kind bei der Murkserei im Sandkasten zuzuschauen oder sich an der Rutschbahn die Füße platt zu stehen.

Und sonst? Öde Abende. Endlose Nächte.

Der Süße wollte nicht mehr kommen. Aus. Vorbei. War er der Jenny verfallen, obwohl jeder wusste, dass die noch drei andere hatte? Nach dem ersten Wutausbruch und tausend heißen Tränen war sich Irina sicher, dass sie sich nicht zu schade wäre, ihn wieder mit offenen Armen zu empfangen, wenn er es wollte. Und er würde wollen. Die Jenny war nichts für ihn, und den Hof würde sie erst nach dem Tod ihrer Eltern bekommen, in dreißig Jahren oder so. *Ist doch verkehrt, dass die meisten erst erben, wenn sie selber alt sind*, hatte der Süße einmal gesagt. Irina war früher dran gewesen und hatte eine altmodische Trockenhaube, einen fleckigen Spiegel und einen abgenutzten Frisierstuhl geerbt, na, toll.

Echt doof, dass sie keine Ahnung hatte, wo er wohnte. Er hatte es immer wieder aufgeschoben, ihr die Adresse zu nennen. Mittlerweile machte sie sich davon abenteuerliche Vorstellungen – im Keller einer Spielhölle, in der Klapse oder im Knast,

wo er einen Wachtmeister bestechen musste, um nach draußen zu gelangen.
Manchmal hielt sie es kaum aus, dass sie ihm nicht wenigstens eine Nachricht senden konnte. Er besaß kein Handy, wollte keins haben, da war er bestimmt der einzige auf der Welt. Jeder hatte eins, wirklich jeder! *Ich bin nicht so jeck wie jeder.* Warum war er so spleenig? Was sollte das? Sie hatte es geschluckt, um ihn nicht zu vertreiben, sie war froh gewesen, dass er nachts gelegentlich zu ihr kam und für zwei, drei Stunden blieb.
Wieder schob sich in ihrem Kopf die resolute Mutter ins Bild, wie sie vor ihr stand, die Arme in die Hüften gestemmt.
Wie, der kommt nur nachts? Der wird seine Gründe haben und mit Sicherheit keine guten.
Hach, Mama!
Heißt er überhaupt Stefan? Und wie weiter?
Weiß ich nicht.
Hast du mal in seinen Perso geguckt?
Nein, hatte sie nicht. Misstrauen war nicht ihr Ding. Hätte Mama den Süßen kennen gelernt, hätte sie das bestimmt verstanden.
Vielleicht war es nicht so schwer, seine Adresse herauszukriegen. Wenn sie wüsste, wo er arbeitete, wäre es kinderleicht. Aber auf ihre Fragen nach seiner Arbeitsstelle hatte sie nur Albernheiten zur Antwort bekommen: *Im Paradies … In der Hölle …* So ein Quatsch. Sein Job konnte nicht so schlecht sein, er trug Klamotten, die was kosteten, dafür hatte sie einen Blick. Fürchtete er, dass sie ihm nachspionierte? Sie hatte hundertmal versichert, dass sie das nie täte. Nur ein einziges Mal hatte sie ihm vom Fenster aus nachgeschaut, als er gegen drei mit dem Auto wegfuhr, einem geborgten Wagen, den er zurückbringen musste, nichts Großes, nichts Schickes, das Modell hatte sie nicht erkannt.

Ach, nicht mal der Hasi würde dieses Wochenende bei ihr reinschauen! Den hatte sie wenigstens anrufen können, jetzt ging auch das nicht mehr. *Vorerst nicht, mein Täubchen,* hatte er gesagt, *es ist besser so, du weißt doch.* So genau wusste sie das allerdings nicht. War es wegen der CDU, seiner Frau oder der Polizei? Glaubte er, sie beobachteten ihn, weil der Architekt tot war?
Warum benahmen sich die Männer so bescheuert?
Und da waren sie wieder, diese fremdartigen Gedanken, die in ihrem Kopf herumkrochen wie schwarzes Ungeziefer.

Peter
Er hatte lang geschlafen und unternahm mit Bolli einen ausgedehnten Spaziergang. Schleier aus weißem Dunst schwebten über den Wiesen und im Wald zwischen den Baumstämmen. Einzelne Zweige und Blätter stachen hervor wie mit Tusche gezeichnet. Gräser glitzerten, wo Sonnenstrahlen sie trafen. Die Landschaft hatte etwas Mystisches, jeder Vogel etwas Feenhaftes. Die Stille war vollkommen. Bis das Röhren von Motorrädern auf der Landstraße den Zauber durchbrach.
Jenseits des Waldes kamen ihm Fußgänger entgegen. Sie führten große Tiere, die auf langen Hälsen über die Hügel blickten, als wären sie die Herren des Landes. Keine Ponys, nein, Zugezogene aus den Anden Südamerikas – Lamas! Bolli drückte sich an seine Seite, während die Gruppe gemächlich vorbeizog. Die würdevollen Tiere schienen sich hier wohlzufühlen. Konnte nicht auch ein Paradiesvogel wie Birte sich hier gut einleben, vorausgesetzt, der Brandmörder käme rasch hinter Gitter? Das musste doch klappen – die Polizei, der Detektiv ... Und auch Peter selbst würde Augen und Ohren offenhalten.

Zurück im grauen Haus am Pappelweg, nahm er sich vor, an seinem neuen Roman weiterzuarbeiten. Doch statt zum Schreibtisch ging er zum Fenster. Auf der Straße kam gerade der rätselhafte Jasper auf dem Fahrrad daher, in seinen schwarzen Klamotten schlaff über der Lenkstange hängend, die Kappe tief ins Gesicht gezogen. Er öffnete das Eisentor, schob das Rad über den Trampelpfad und verschwand hinter dem Schuppen. Einen Moment später tauchte er im Schatten der herabhängenden Dachpappe auf, wurstelte dort herum, trat neben die Bretterwand und hielt einen Reifen hoch, den er kritisch musterte. Der Mann wirkte düster, aber als Brandstifter und Mörder war er ebenso wenig vorstellbar wie alle anderen, den Jäger eingeschlossen, der seinen schweren Körper kaum über die Holzstufen im Turm hätte wuchten können, ohne dass Lemon auf der Stelle hellwach gewesen wäre.
Und wenn er sich eines leichtfüßigen Helfers bedient hatte?
Die Türklingel riss Peter aus seiner Grübelei. Bolli gähnte in Richtung Eingang und erhob sich träge von seiner Decke. Der Kater, der auf dem Heizkörper döste, reckte sich und legte sich wieder hin.
Als Peter die Tür öffnete, stand ein dürrer Mann in einem schlecht sitzenden braunen Anzug vor ihm und lächelte ihn an, was ein bisschen bekümmert wirkte. Fahles längliches Gesicht, Glatze mit hellem Haarkranz, glanzlose Augen mit hängenden Lidern hinter einer schiefen Brille. Die für seine Größe erstaunlich kleinen Füße steckten in ausgetretenen Lederslippern. Der Ortsvorsteher, der die neuen Anwohner willkommen heißen wollte? Der Pfarrer?
„Hallöchen, Herr Beerlauch."
Ein Vertreter! So machten sie es. Aufs Klingelschild schauen, den Bewohner mit Namen ansprechen, sich kumpelhaft geben,

bevor man ihn um den Finger wickelte. Peter legte eine griesgrämige Miene auf und schwieg.
„Mein Name ist Mörike. Ich habe Ihr Haus im Internet gesehen."
In Peters Brust zog sich alles zusammen. Nun ging es also los. Birte hatte Ernst gemacht. Da brauchte nicht einmal ein Makler zu erscheinen. Die Käufer kamen schon von selbst.
„Es war keine Adresse angegeben, aber ich kenne das Haus", fuhr der Fremde fort. „Früher gehörte es einer sehr alten Dame."
„Die jetzige Eigentümerin ist meine Frau."
„Verblüffenderweise steht es schon wieder zum Verkauf. Was ist der Grund? Feuchter Keller? Schimmelpilz im Mauerwerk? Holzbock im Dachstuhl?"
„Nichts dergleichen."
„Sie gestatten, dass ich hereinkomme?"
Peter machte sich im Türrahmen breit. „Meine Frau ist nicht da."
„Als Gatte sind Sie doch sicher autorisiert, Interessenten durchs Haus zu führen."
„Sie besteht darauf, es selbst zu machen." Peter kam sich schofelig vor, aber sein Trotz überwog. War er denn verpflichtet, einen wildfremden Menschen freundlichst durchs Haus zu führen, nur weil Birte sich in den Kopf gesetzt hatte, es in höchster Eile zu verkaufen?
„Streng genommen bin ich kein Interessent. Momentan jedenfalls nicht." Die zunächst so forsche Stimme hatte sich verändert, klang nun müde und kraftlos, und in das Lächeln mischte sich ein bitterer Zug. „Ich besitze bereits ein Eigenheim. Aber ich schaue täglich nach Immobilien. Man muss ja wissen, was sich auf dem Markt so tut."
„Und warum haben Sie geklingelt?"

„Nun …“ Mörike strich sich über sein glatt rasiertes Kinn. „Seit dem Tag, an dem der Rohbau meines Hauses stand, bin ich krank.“
„Was wollen Sie damit sagen?“
„Ich habe jetzt Zeit. Da sehe ich mir so eine Immobilie gern in natura an und frage mich, ob ich gesund geblieben wäre, wenn ich so ein gewöhnliches Haus wie dieses gekauft hätte.“
„Was für eins haben Sie denn?“
Er seufzte. „Ich habe mir eins bauen lassen. In Swisttal-Buschhoven, das kennen Sie sicher, römische Wasserleitung, Wallfahrtsort, stadtnah und trotzdem gute Luft. Mein Geschäft war mitten in Bonn, kleiner Haushaltswarenladen, aber wohnen wollte ich draußen. Hatte mich einlullen lassen von hübschen Plänen und Extras, die alle kaum was kosten sollten.“ Er wandte den Kopf zum zerstörten Nachbarhaus. „Von dem da. Ist was Todschickes geworden.“ Er stieß einen zischenden Laut aus.
„Sie haben mit Herrn Lemon gebaut? Ich beneide Sie.“
Mörike verzog das Gesicht, als hätte Peter ihm auf die Zehen getreten. „Ich sagte doch: Ich bin krank geworden.“
„Was hat das mit dem Hausbau zu tun?“
„Alles. Wenn Mehrkosten in Höhe von 300 000 Piepen auf Sie zuströmen, kann Ihr Magen kaputtgehen, Ihr Darm, die Galle und das Herz sowieso. Dann kommen Hautkrankheiten dazu, Allergien, Rückenschmerzen, Nervenleiden –“
„Haben Sie die Summe aufbringen können?“, unterbrach Peter die Aufzählung.
„Meine Schwiegereltern sind rechtzeitig gestorben. Alle beide. Wir haben geerbt. Sonst hätten wir den Bau lange vor Fertigstellung verkaufen müssen. Wäre sogar besser gewesen. Aber das Aas von Architekt und sein windiger Partner behaupteten, ich bekäme ein Haus, das seinen Preis wert ist.“
„Da ist was dran.“

„Sie wissen nicht, wovon ich rede. Stellen Sie sich das vor: Erster Weihnachtstag im nagelneuen Haus. Sie sitzen mit der Familie um den festlichen Kaffeetisch, und plötzlich geht ein Platzregen durchs Flachdach, mitten auf Dresdner Stollen und Vanillekipferl, die augenblicklich zu Brei werden. Von dem Schrecken halb erholt, haben Sie am Silvesterabend Gäste. Punkt zwölf heben Sie die Sektgläser zum Prosit und stellen im selben Moment fest, dass die Wand mit den Jagdtrophäen Richtung Sofa kippt. Wir konnten uns gerade noch auf die Terrasse retten, bei zehn Grad minus. Das Neujahrsgebäck versank im Schutt. Das Krachen der Böller war der blanke Hohn."
„Lag es an fehlerhafter Planung? Falschen Berechnungen bei der Statik? Oder haben die Handwerker Murks gemacht?"
„Falsche Planung oder dusselige Arbeiter, da blickt man nicht durch. Man baut mit einem Architekten, weil man's individuell haben will, und vertraut ihm. Lemon und sein Kompagnon Sinzig hatten die Bauleitung, und wenn Bockmist verzapft wird, müssen die Herren Architekten das merken. Schon während der Bauzeit kam mir manches komisch vor, da bin ich dem Bauaufsichtsamt beim Kreis auf die Bude gerückt. Hätte mich ebenso gut bei unserem Wellensittich beschweren und mir die Fahrt nach Siegburg sparen können."
„Ist man Ihren Hinweisen nicht nachgegangen?"
„Nicht die Bohne. Als der Beamte, der dort das Sagen hatte, den Namen des Architekturbüros hörte, war er schlagartig taub. Dabei hätte er einschreiten müssen! Die Behörde hat die Einhaltung des Bauordnungsrechts zu überwachen. Nachzulesen in der Landesbauordnung. Wenn dieser Arsch von Amtsleiter mir damals vor die Räder meines BMW gekommen wäre, hätte ich ihn plattgemacht. Mit Genuss."
„Sie sind doch sicher vor Gericht gezogen. Haben Sie den Prozess nicht gewonnen?"

„*Prozess*?“ Mörike lachte bitter auf. „Ich bin so krank geworden, dass ich nicht in der Lage war, einen zu führen. Operationen, Intensivstation, Spezialkliniken, Reha, und meine Kraft war dahin. Das nächste Unwetter setzte das Schlafzimmer unter Wasser, da war auch meine Frau mit den Nerven am Ende, hat ihr nasses Zeug gepackt und ist nach Kanada abgehauen, in die Arme eines Liebhabers mit solider Blockhütte. Geld für einen Anwalt war sowieso nicht übrig. Meinen Beruf konnte ich nicht mehr ausüben, meinen Laden musste ich dicht machen. *Prozess*! Ich hatte genug anderes am Hals.“
„Das ist ja schrecklich.“
„Da sagen Sie was. Und so ein Desaster bleibt in den Knochen. Ist bald zwanzig Jahre her, abgesehen von den Schäden, die erst später ans Tageslicht gekommen sind wie die undichte Bodenplatte und der Riss in der Kellerwand. Inzwischen hab ich das Haus in Eigenarbeit saniert und will es verkaufen. Dann hätte ich gern so was Stinklangweiliges wie Ihre Bude hier. Falls das Geld reicht. So was Reizloses kann ja nicht viel kosten.“
Es gab Peter einen Stich, sein Heim so missachtet zu wissen. „Solide Bausubstanz“, konterte er. „Frei von Mängeln.“ Er sah, dass Mörike das Standbein wechselte. Nicht gerade fair, den Mann, den es so hart erwischt hatte, die ganze Zeit auf der Fußmatte stehen zu lassen. „Möchten Sie einen Kaffee?“
„Jetzt nicht mehr. Frage mich nur, ob das Unheil da drüben“, Mörike deutete mit dem knochigen Kinn zur Brandruine, „auf Gottes Gerechtigkeit beruht oder etwa …“ Er kniff die Augen zusammen. „Verstehen Sie? Als ich in der Zeitung las, was dem Schuft zugestoßen ist, war ich mir sicher, da hat sich einer gerächt. Einer wie ich.“
„Das meinen Sie nicht ernst, oder?“
Ein mattes Grinsen überzog Mörikes bleiches Gesicht. „Vor Jahren habe ich Lemon von weitem am Kölner Dom gesehen

und spontan den Wunsch verspürt, ihm meine Faust in die Fresse zu ballern. Aber feste, dass der Kiefer kracht und alle Zähne rausfliegen." Er lachte verlegen. „Tut einfach gut, sich so was vorzustellen. Hätte es nicht wirklich gekonnt. Bin ein Weichei." Er zuckte mit den Schultern, als müsste er sich für diese Schwäche entschuldigen.

Peter lächelte höflich, obwohl ihm nicht danach war. Jegliche Form von Gewalt ging ihm gegen den Strich, auch wenn er durchaus Verständnis für die Gemütslage des Mannes aufbrachte. Er folgte dessen Blick, der die Wand des Eingangsbereichs entlangwanderte. An einem der großformatigen Fotos in den schmalen Silberrahmen, die er vorgestern aufgehängt hatte, schienen die Augen hinter der schiefen Brille Halt zu machen. Die Brauen zogen sich zusammen, der Oberkörper neigte sich vor. Schließlich nickte Mörike.

„Die brünette Schönheit dort. Das Gesicht habe ich schon mal gesehen. Ist nicht zufällig Ihre Frau?"

„Doch. Da war sie ein paar Jahre jünger."

„Ja, ja. Das ist sehr lang her."

„Sie kennen meine Frau?"

„Nicht gut, aber ich bin mir sicher, dass sie mir begegnet ist. Energisches Kinn. Volles Haar mit dem Glanz frischer Kastanien. Markantes Gesicht. Das vergisst man nicht so leicht."

„Sie unterrichtet an einem Gymnasium in Bonn. Haben Sie sie dort gesehen? Haben Sie Kinder?"

„Ich habe keine Kinder und nie ein Gymnasium betreten. Es war woanders. Im Moment komme ich nicht drauf. Grüßen Sie Ihre Frau von mir, vielleicht erinnert sie sich. Ich melde mich. Wegen der Hausbesichtigung." Er entfernte sich, drehte sich nach ein paar Schritten um und winkte mit einer käsigen Hand, die überraschend kräftige Finger aufwies.

Verwirrt schloss Peter die Tür und blieb dahinter stehen. Er war nie scharf darauf gewesen, ein Haus zu bauen, und heilfroh, dass Birte nie einen entsprechenden Wunsch geäußert hatte; sie hätte es womöglich durchgesetzt. Und dieser Bauherr hatte Lust verspürt, seinem Architekten die Faust *in die Fresse zu ballern*? Passte es zu einem *Weichei* nicht vorzüglich, sich zur Nachtzeit in das Haus des schlafenden Architekten zu schleichen und einen tödlichen Brand zu legen? War in diesem Mann, der so harmlos tat, nach Jahren unerfüllter Rachlust allmählich der Entschluss zur bösen Tat gereift? War er der Mörder?
Peter schauderte. Und so ein Mensch kannte Birte! *Das ist sehr lang her.* Also noch jemand aus ihrem früheren Leben. Genau wie der Makler, der noch kommen sollte. Nun waren es schon zwei. Purer Zufall? Wirklich? Peter ging in die Küche, nahm das Telefon von der Arbeitsplatte und wählte Birtes Nummer.
Sie war sofort dran. „Hallo Schatz?"
Er glaubte herauszuhören, dass er ihren Genuss im Park von Sanssouci störte und sie sich fragte, was er ausgerechnet jetzt von ihr wollte. Im Hintergrund glaubte er das Rauschen einer Fontäne zu hören.
„Ich wollte nur wissen, ob es dir gut geht", schwindelte er. In dem weltberühmten Schlosspark aus Preußens glanzvoller Zeit fühlte sie sich natürlich blendend, zwischen all den großartigen Bauwerken und Skulpturen, herrlichen alten Bäumen, Grünflächen und Blumenrabatten, weit weg von ihrem beruflichen Stress und dem Drama im Pappelweg. „Und ich soll dich grüßen", fuhr er fort, „von einem Herrn Mörike."
„Wer ist das?"
„Der wollte das Haus besichtigten und sah dein Foto im Flur hängen. Er sagte, er kennt dich."
Sie lachte ihr glockenklares Lachen, das er so mochte. „Das Foto ist älter als unser Sohn!"

„Er meinte, eure Begegnung sei sehr lang her."
„Ach. Wie sieht er aus?"
„Dürr, blass, langes Gesicht, Halbglatze, Brille."
„Keine Ahnung. Will er das Haus kaufen?"
„Das war unklar."
„Du, ich steh hier vor den unglaublichen Weinbergterrassen und –"
„Vielleicht kennt er dich von einem deiner Studentenjobs", unterbrach er sie. „Wie der Makler."
„Möglich."
„Welcher Job kann das gewesen sein?"
Sie stöhnte, die Fragerei schien ihr lästig zu werden. „Vielleicht der Partydienst, für den ich auf Betriebsfesten Sektgläser herumgereicht habe. Da lernt man einen Haufen Leute kennen, nur oberflächlich, versteht sich. Nicht der Rede wert. Schatz, ich muss Schluss machen, Monika drängt mich, wir müssen noch so viel sehen." Sie verabschiedete sich rasch.
Peter schüttelte sich. Sein Anruf war blöd und überflüssig gewesen. Was trieb ihn dazu, nach ihren Jobs und Bekanntschaften zu fragen, nach so langer Zeit? Eine kleinkarierte Form verspäteter Eifersucht? Es war lächerlich.
Er blickte durchs Fenster zur anderen Straßenseite, konnte Jasper aber nicht sehen. Der schmächtige Mann mit der Kappe wusste vielleicht besser als jeder andere, was im Pappelweg vor sich ging. Von seinem Arbeitsplatz unter dem Vordach konnte er auf alle fünf Häuser schauen und manches beobachten, ohne dass es den Leuten bewusst war. Sie kamen und gingen und machten sich gewiss kaum Gedanken, ob er da war oder nicht. Sein Fahrrad stellte er nicht am Zaun ab, sondern hinterm Schuppen.
Das Telefon, das Peter noch in der Hand hielt, klingelte. Es meldete sich ein Mann mit einem längeren Namen.

„Entschuldigen Sie bitte die Störung, Herr Beerlauch, Ihre Frau ist nicht zufällig schon zurück?“
Peter verneinte.
„Ich bedaure sehr, Sie am Wochenende zu belästigen, aber ich warte auf die Antwort Ihrer Frau wegen des Termins. Ich muss den nochmal umlegen. Wir haben jetzt schon drei Interessenten. Es läuft gut an.“
Der Makler, aha. Als hätte er geahnt, dass gerade von früheren Begegnungen die Rede gewesen war. Peter notierte den neuen Terminvorschlag.
„Meine Frau sagte, Sie legen Wert darauf, dass sie persönlich dabei ist, weil Sie sich kennen.“
„Genau.“ Der Makler lachte. „Ich freue mich darauf, sie zu treffen. Was für ein unerhörter Zufall, dass Sie beide ausgerechnet ein Haus neben Curd erworben haben! Das wäre ein Wiedersehen geworden, wenn nicht …“ Er seufzte theatralisch. „Das Schicksal kann so grausam sein.“
„Wiedersehen?“, wiederholte Peter verdutzt.
„Äh, ach so, kannten Sie selbst Herrn Lemon nicht?“ Der Makler hüstelte. „Haben Sie Ihre Frau erst später kennengelernt, als sie nicht mehr für ihn gearbeitet hat?“
„Sie hat für ihn …“ Peter biss sich auf die Lippe und rang sich zu lässigem Flunkern durch. „Natürlich, davon hat sie oft und gern gesprochen.“
„Das war noch in Curds Büro in der Thomas-Mann-Straße in Bonn, quasi bei uns um die Ecke, da hatte ich hin und wieder mit ihr zu tun. Als sie anrief und ihren Namen nannte, wusste ich sofort, wer sie war. So eine hübsche Erscheinung bleibt im Gedächtnis, ist ja klar. Aber okay, wenn sie noch in Potsdam ist, versuche ich es nochmal auf ihrem Handy. Schönen Sonntag, Herr Beerlauch.“

Schönen Sonntag. Peter sank auf den nächsten Stuhl. Der Sonntag war im Eimer. Warum hatte Birte ihm nicht erzählt, dass sie Curd Lemon gekannt und für ihn gearbeitet hatte? Sie konnte nicht vergessen haben, es ihm zu sagen. Es war ein bewusstes Verschweigen. Und weshalb? Ihm fiel nur ein einziger Grund ein.

Er wählte noch einmal ihre Mobilnummer. „Birte", sagte er, als sie sich meldete. „Der Makler hat angerufen." Seine Stimme klang heiser, als er ihr mitteilte, was er von dem Mann erfahren hatte.

„Stimmt, ich habe für Lemon dies und jenes gemacht. Ganz unbedeutende Dinge und nur kurze Zeit. Anscheinend habe ich vergessen, es dir zu erzählen."

Gelogen, dachte Peter.

„Dann kennt Mörike dich vielleicht daher?"

„Wer?"

„Der eben hier war. Er hat sich von Lemon ein Haus bauen lassen. Vor circa 20 Jahren."

„Ach so?"

In den zwei Silben schwang etwas mit – Erstaunen oder Unruhe? Peter hätte es nicht sagen können, und ihn beschäftigte bereits die nächste Frage. Sie fiel ihm schwer, er kam sich erbärmlich vor. Doch er musste sie stellen.

„Und privat, was lief da zwischen dir und Lemon?"

„Du meinst – also Schatz, was denkst du? Das darf nicht wahr sein!" Sie lachte. „Nein, nein, wir hatten kein Verhältnis. Ich hab dir damals meine paar Freunde aufgezählt, mehr waren es nicht, bevor wir zusammenzogen, keine Sorge." Sie zwitscherte einen Kuss. „Du, ich bin gerade im Museumsshop von Sanssouci, mitten im Gedränge. Mach's gut!"

Er betrachtete das Telefon in seiner Hand. Birte hatte so betont amüsiert gewirkt, ihr Lachen war nicht glockenklar gewesen.

Aber warum sollte sie lügen, falls sie und Lemon damals ein Liebesverhältnis gehabt hatten? Sie brauchte doch nur zu sagen, dass sie in der Aufzählung ihrer früheren Lover möglicherweise den Curd vergessen oder ihn nach Gert, Jörg, Jens und Klaus ganz bestimmt erwähnt habe und sein Name Peters Gedächtnis entfallen sein müsse – was allerdings unwahrscheinlich war, da er sich die vier anderen eingeprägt hatte.

Egal, es war seit langem vorbei. Oder doch nicht so lange? Birte und Lemon konnten sich irgendwo begegnet sein, worauf die Liebe aufs Neue entflammt war. Dann war es kein *unerhörter Zufall*, dass Birte das Haus entdeckt hatte, wohl aber eine Erklärung, warum sie gerade dieses Haus erwerben wollte. Nicht der Idylle wegen, sondern um dem Geliebten nahe zu sein! Der unerhörte Zufall bestand dann allenfalls darin, dass ein Haus neben Lemons zum Verkauf stand, worauf sie erfreut zugegriffen hatte.

Mit einem Ruck sprang Peter auf. Der Stuhl kippte, die Lehne knallte auf die Fliesen. Der Kater sprang vom Heizkörper und flüchtete die Treppe hinauf. Mit stampfenden Schritten ging Peter in der Küche auf und ab. Der Hund beäugte ihn von seinem Lager in der Diele und schien schon alles zu wissen.

Peter wählte noch einmal Birtes Nummer. Vergeblich. Hörte sie die Klingeltöne ihres Handys nicht, oder hob sie absichtlich nicht ab, weil sie sah, dass er es war, der anrief? Er trommelte mit den Fingern auf der Tischplatte, warf ein Stuhlkissen quer durch die Küche, schleuderte eine Apfelsine hinterher. Jeder Gedanke an Birte und Lemon, jedes Bild, das sein Kopf dazu entwarf, steigerte seine Gereiztheit, ja, seine Wut. Noch nie in all den Jahren mit Birte war er in diesem Zustand gewesen, noch nie! Ganz am Anfang war er sich zwar nicht sicher gewesen, ob er ihr einziger Freund war, aber seit sie schwanger geworden und mit ihm verheiratet war, schien alles in schönster

Ordnung. Und Max war doch sein eigener Sohn? Peter stöhnte auf. Sein Leben war immer so einfach gewesen, aber nun …
„Warte, Bolli, bin gleich wieder da." Nicht einmal mit dem Hund konnte er reden, ohne dass seine Stimme zitterte!
Er hastete aus der Tür und eilte nach nebenan zum gepflegten Hauseingang von Renate und Clemens, stolperte über die Kante der obersten Stufe und warf eine grinsende Ente um. Auf sein Läuten öffnete Renate.
„Peter! Wie nett."
„Komm rein, Herr Nachbar!", rief Clemens aus dem Hintergrund.
Peter blieb auf dem spiegelblanken Steinplatten vor der Garderobe stehen. „Ich will nicht lange stören."
Die Stimme hatte er wieder im Griff. Dennoch betrachtete Renate ihn mit offensichtlicher Besorgnis.
„Ist dir nicht gut?"
„Doch, alles bestens. Ich möchte deinen Mann was fragen."
„Nur zu!" Clemens trat aus der Küche und näherte sich.
Peter wäre es lieber gewesen, mit ihm allein zu sein. Er hatte keine vernünftige Erklärung für seine Frage. Zu seinem Verdacht wollte er sich auf keinen Fall bekennen, der schien kleingeistig, einfach jämmerlich.
„Clemens, erinnerst du dich noch an die Frau, die du neben Curd Lemon vor dem Weingeschäft gesehen hast?"
„Ist das wichtig?"
Peter bemerkte den Blickwechsel zwischen Clemens und Renate. Es musste eine Begründung her.
„Ich glaube, ich kenne sie und würde ihr gern mein Beileid aussprechen. Wie sah sie denn aus?"
„Einer heimlichen Geliebten willst du dein Beileid …?" Renate verzog das Gesicht. „Das scheint mir ganz unpassend."
Sie durchschaut mich, durchfuhr es Peter.

„Es könnte eine Kollegin aus dem Schriftstellerverband sein. Mehr möchte ich nicht sagen."
„Soso, eine Schriftstellerin", murmelte Renate.
„Ihr versteht das sicher: Diskretion. In diesem Fall besonders wichtig."
Clemens sah ihn forschend an. „Na, wenn das so ist …" Erneuter Blick zu Renate, deren Augen etwas zu erwidern schienen. „Ich sah sie nur von hinten, erinnere mich aber an ihr Haar. Hellblond. Üppige Locken."
Peter war, als fiele eine Last von seinen Schultern. Birtes Haar war dunkelbraun und völlig glatt. Wie war er darauf gekommen, dass die Frau an Lemons Seite Birte gewesen sein könnte? In was hatte er sich da verrannt? Natürlich hatte der Architekt auf Blond gestanden.
„Dann war es nicht meine Kollegin. Ihr Liebster muss jemand anders sein. Danke. Bin froh darüber."
Renate lächelte. Clemens lächelte. Beschwingten Schrittes verließ Peter das Haus.
„Oh, halt mal", rief Renate ihm nach.
Ihm fiel die umgekippte Keramikente ins Auge. Zum Glück war sie unbeschädigt. Er richtete sie wieder auf und drehte sich zu Renate um. Clemens stand jetzt neben ihr.
„Da war vorhin so ein Mann bei dir, Peter. Wer war das?"
Hier bekamen die Nachbarn anscheinend alles mit. Wie anders war das in der Bonner Südstadt! Für ihre ehrliche Auskunft schuldete er den beiden nun gleichfalls die Wahrheit.
„Ein Bauherr, der darüber krank geworden ist, dass Lemon ihm vor vielen Jahren ein mangelhaftes Bauwerk hingestellt hat. Mörike aus Buschhoven."
Peter sah, dass Clemens den Mund aufklappte, wieder schloss und die Lippen aufeinanderpresste. Irgendwas schien der Nachbar mit dem Namen zu verbinden, etwas Unerfreuliches,

vielleicht sogar Beunruhigendes. Hatte er während seiner Zeit bei der Kreisverwaltung mit Mörike zu tun gehabt?
„Der war schon mal hier", sagte Renate in düsterem Ton und ohne Lächeln. „Kam vom Grasweg die Straße entlangspaziert, betrachtete Curds Haus und dann eures, Peter. Am Samstagnachmittag vor dem Brand."
Peter starrte Renate an. Ein Sonnenstrahl durchbrach die Wolken und traf ihr rotes Haar. Die Farbe des Feuers. Mörike war hier gewesen. Und in der Nacht hatte es gebrannt.
„Warum war er heute bei dir, Peter?"
„Er interessiert sich für unser Haus." Er sah die fragenden Blicke der beiden, wollte aber auf keinen Fall erzählen, dass Birte das Haus verkaufen wollte. „Einfach so. Gefällt ihm wohl."
„Gefällt ihm?", wiederholte Clemens nachdenklich. „Wie merkwürdig."

Jasper

Er war mit dem Rad eine schöne Runde quer durchs Ahrgebirge gefahren und rollte nun durch den Wald hinunter nach Rheinbach, der kleinen Stadt, deren Name nichts mit dem Rhein, sondern mit dem althochdeutschen Wort für Regen zu tun hatte. *Reginbach* hieß sie in einer Urkunde aus dem 8. Jahrhundert mit Siegel des fränkischen Königs Pippin und seiner Frau Bertrada, das hatte er schon als Kind gehört. Seine Großmutter wohnte demnach in „Regenbach", was er sehr passend fand, weil sie bei jeder aufziehenden Wolke übelstes Wetter prophezeite und acht Regenschirme besaß.
Bald gelangte er in den Stadtpark und radelte am Hexenturm vorbei, dem Bergfried der ehemaligen Burg aus dem 12. Jahrhundert. Hier ergriff ihn immer ein Grauen. Im Verlies des Turms hatte man im 17. Jahrhundert Menschen gefangen

gehalten, die als Hexen oder Zauberer angeklagt, gefoltert, verurteilt und verbrannt wurden. Wenn er damals gelebt hätte, wäre die Reihe früher oder später an ihm gewesen, davon war er überzeugt. Seine monströse Narbe, der schiefe Unterkiefer, das unkontrollierte Zucken und dann der Brand, durch den ein angesehener Bürger ums Leben gekommen war, hätten ihn auf den Scheiterhaufen gebracht. Unter der Folter hätte er gestammelt, dass er das Haus angesteckt habe, weil Lemon der Oma ihr Land abschwatzen wollte, und wenn er geschwiegen hätte, wäre es nicht besser ausgegangen.

Was dachten die Leute im Pappelweg? Mattes Borke warf komische Blicke über den Zaun, als fürchtete er, das nächste Opfer zu sein, denn auch er war der Oma wegen des Grundstücks auf die Pelle gerückt und hatte fette Summen geboten. Der geschniegelte Pascal Heckes, der Mieter der Rüttelfalks, zeigte seine Verachtung, indem er vor dem Eisentor ausspuckte, bei Konrad galt Jasper ohnehin als Nichtsnutz, und für die blitzsauberen Müllenbachs war so ein hässlicher Doofkopp schon immer Luft gewesen. Nur Roland war ein bisschen anders, der hatte früher mit ihm Fußball gespielt, bis der Vater es verbot. Ja, und Ella und Gudrun, die begegneten Jasper stets freundlich, wenn auch übertrieben nachsichtig, als hielten sie ihn für gestört.

Von den übrigen Dorfbewohnern war in letzter Zeit kaum was zu sehen gewesen, die meisten stiegen direkt am Haus ins Auto. Wer konnte da wissen, was sie dachten? Jaspers Vermieterin Frau Hotzscheid tuschelte jedenfalls mit Nachbarinnen und verstummte, sobald er auftauchte.

Und was dachte Oma? Das würde Jasper gleich zu hören bekommen.

Nachdem er die Hauptstraße überquert hatte, fuhr er an der Kirche St. Martin vorbei und bog in die Langgasse ein. Er stellte

sein Rad vor dem vertrauten Altbau ab und stieg die knarrende Holztreppe, die immer nach Bohnerwachs roch, zum ersten Stock hinauf. Dort stand Oma in einer gelben Strickjacke am Geländer und empfing ihn mit heftigem Hin- und Herwackeln ihres dünn behaarten Kopfes. Sie zog ihn rasch in ihr müffelndes Wohnzimmer, als müsste sie ihn vor neugierigen Blicken in Sicherheit bringen.
„Junge, was hab ich mich aufgeregt! Was will die Polizei von dir? Warum bist du abgehauen? Was hast du angestellt?"
„Mensch, Oma. Die Polizei sucht Zeugen für den Brand bei Curd", erwiderte er lässig, als hätte ihn das Auftauchen der Polizei kein bisschen aufgeregt. „Aber ich weiß ja nichts."
Skeptischer Blick aus wässerigen Augen hinter dicken Brillengläsern. „Hast du ihm das Haus angezündet, Junge? Das wäre nicht nötig gewesen. Curd hätte mein Grundstück auf keinen Fall bekommen. Das ist für dich."
„Oma, in der Nacht von Samstag auf Sonntag war ich nicht hier. Von wegen *abgehauen*! Ich war zelten an der Hohen Acht."
„Hast du dich dabei erkältet? Du klingst so heiser."
„Ich bin nicht erkältet. Was glaubst du, wer der Brandstifter war?"
„Tja, meine Karten sind da nicht eindeutig."
„Die Karten? Oma!"
Sie lächelte verschämt. „So ganz Unrecht haben sie noch nie gehabt, Junge. Rache oder Habgier, dazwischen liegt die Wahrheit. Da war auch eine Zukunftskarte mit ganz finsterer Bedeutung. Wenn Hass im Spiel ist, gibt es kein Halten."
Jasper verdrehte die Augen zur Zimmerdecke. Oma und ihr Tarot! Wie, bitteschön, sollten Spielkarten mit bunten Bildchen Recht haben können? In diesem Punkt war sie komisch. Sonst war sie nicht so behämmert.
„Was meinst du, Oma, findet die Polizei den Täter?"

„Nee. Nicht allein."
War das nun ihre eigene Meinung oder die der Karten? Er warf ihr einen fragenden Blick zu und nahm am Kaffeetisch Platz. Schoko-Törtchen mit Sahne! Oma war doch ein Goldstück. Sie hatte immer was Leckeres für ihn parat und wusste, was ihm schmeckte.
Seine Großmutter zog die verrutschte Tischdecke glatt und setzte sich ihm gegenüber. „Bei euch da oben kennt die Polizei die Leute nicht. Da muss jemand helfen."
Jasper ergriff die Warmhaltekanne und goss den Kaffee in die beiden Tassen mit dem Blümchenmuster.
„Ich glaub, das tu ich bereits."
Sie sah ihn erschrocken an.
„Junge, mach keinen Quatsch! Halt dich da raus!"
„Schon gut, Oma. Ich mach's nicht selber, nicht direkt. Für so was bin ich zu blöd."
„Dem Herrn sei Dank dafür."
Sie bekreuzigte sich. Jasper grinste verstohlen. Es machte Spaß, ein Geheimnis zu haben. Sicher hätte es Oma Vergnügen bereitet, darin eingeweiht zu werden. Aber er hatte dem Mann, der zum Schuppen gekommen war, hoch und heilig versprochen, niemandem ein Wort davon zu sagen. Hoffentlich nützte es was. Wenn man keinen anderen fand, hieß der einzige Verdächtige Jasper Weber.
Oma reichte ihm das Milchkännchen. „Möglich, dass meine Karten Leocardia Lemon meinten, Curds erste Frau. Du kennst sie ja. Sie stand letzten Samstag an der Kasse vor mir und stellte eine große Flasche Spiritus aufs Band."
Jasper fuhr hoch. „Spiritus!"
„Für ihr Fonduegerät, hat sie gesagt."
„Spiritus ist ein Brandbeschleuniger, Oma. Genau wie Benzin."
„Junge, das weiß ich doch."

„Und jeder weiß, dass Leocardia ihren Ex-Mann gehasst hat. Sie war grün vor Neid, weil die Enkel lieber zu ihm gekommen sind als zu ihr. Hast du der Polizei von dem Einkauf erzählt?"
„Ach, Jasper. Die gute Leocardia hat mich im Auto bis vor die Tür gefahren und mir sogar die Taschen hochgetragen. Sie würde mich zu Recht für undankbar halten, wenn ich sie verpetze."
„Glaubst du, sie hat mit dem Spiritus ihren Fonduetopf angeheizt?"
Oma knabberte umständlich an ihrem Schoko-Törtchen, bevor sie weitersprach.
„Leocardia besitzt gar keinen Fonduetopf."
„Mensch, Oma, sag das der Polizei!"
Er sah sie streng an. Insgeheim frohlockte er: Diese Leocardia war hochgradig verdächtig! Hatte sie mit ihrem Spiritus den Brand entfacht? Aber warum war seine eigene Flasche völlig leer?

Peter

An seiner Haustür angelangt, zog er den Schlüssel aus der Hosentasche. Moment mal, dachte er und hielt inne. Wie war das eben, bevor Renate nach Mörike fragte? Als von der Frau an Lemons Seite vor dem Weindepot die Rede war? Renates Lächeln, das ein bisschen mitleidig wirkte. Der Blickwechsel zwischen ihr und ihrem Mann. Das Zögern, bevor Clemens sagte: *Hellblond. Üppige Locken.* Das genaue Gegenteil von glattem, dunkelbraunem Haar. Zu genau! Schlagartig war Peter klar, dass Clemens nicht die Wahrheit gesagt hatte und jene Frau das gleiche glatte, braune Haar wie Birte hatte – weil sie eben Birte war! Nach dem perfekten Abendessen mussten die Gastgeber darüber geredet haben, und die mollige Renate hatte zu ihrem Mann gesagt: *Tu unserm lieben Nachbarn bitte nicht weh.*

Peter zischte einen Fluch, steckte den Schlüssel wieder ein und eilte zum Volvo vor dem Haus. Er fuhr hinunter nach Rheinbach. Es ging nicht anders. Aber als er den Wagen auf dem Vorplatz des Weindepots abstellte und auf die offenstehende Tür zuging, fühlte er sich mies. Was er vorhatte, war würdelos. Sollte er heimfahren? Auch keine gute Idee. Er würde sich noch schlechter fühlen.

Entschlossenen Schrittes betrat er den Laden und sah sich um. Jede Menge Flaschen unterschiedlicher Form und Herkunft. Schimmerndes Glas, geheimnisvolle Etiketten, vielversprechende Namen. Er kam sich fremd und unbeholfen vor, hatte er doch seinen Wein nie woanders als bei Aldi gekauft. Das sah man ihm wahrscheinlich an.

Eine gutaussehende Dame mittleren Alters kam lächelnd auf ihn zu. „Kann ich Ihnen helfen?“

„Ich habe eine ungewöhnliche Frage: Wissen Sie zufällig, ob meine Schwester vor ein paar Wochen hier war? Es geht um ein Geschenk, und ich weiß nicht, ob sie den Wein schon mit einem Freund eingekauft hat, einem Herrn Lemon. Ich schätze, Sie hätten sich das gemerkt. Meine Schwester ist eine auffallende Erscheinung.“

Das Gesicht vor ihm behielt das ruhige Lächeln bei. Offenbar wusste die Frau nichts vom Tod des Kunden. Vielleicht wohnte sie nicht in der Gegend.

„Ja, ich erinnere mich an den Namen, bei dem man unwillkürlich an Limonen denkt. Den Herrn habe ich neulich im Beisein einer Dame bedient, das ist eine Weile her.“

„Meine Schwester hat halblanges dunkles Haar. Vielleicht hat ihr Freund sie mit dem Vornamen angeredet, sie heißt Birte.“

„In der Tat, das hat er. Die beiden haben mehrere Weine ausgesucht. Ihre Schwester versteht etwas davon."
Das war Peter neu. Obwohl er geglaubt hatte, er kenne Birte wie kein anderer. Womöglich hatte Lemon sie viel besser gekannt.
„Gut, dann nehme ich jetzt nur drei Flaschen Bordeaux mit. Bitte empfehlen Sie mir einen. Zum Probieren reicht meine Zeit nicht. Man sollte den Wein niemals in Eile kosten."
„Da haben Sie Recht."
Peter hörte kaum, was sie hinzufügte. Als sie etwas fragte, nickte er, ohne zu wissen, worum es ging. In seinen Ohren war ein Brausen, sein Blut stieg ihm zu Kopf, sein Magen schien sich drehen zu wollen. Er bezahlte, nahm die Tüte mit den Flaschen wie in Trance vom Tresen und bemühte sich, den Laden in aufrechter Haltung zu verlassen. Beim Volvo angekommen, ließ er sich auf den Sitz fallen. Die Flaschen sanken klirrend in den Fußraum neben ihm. Er schlug aufs Lenkrad, bis die Fäuste schmerzten, und erschrak über sich selbst. Alles Mögliche schoss ihm durch den Kopf: Vergangenes, nicht Beachtetes, fadenscheinige Erklärungen. Er war ein Idiot gewesen, er hatte nichts kapiert.
Sollte er Birte anrufen? Das hätte mit Sicherheit zur Folge, dass er lauthals ausrastete, woraufhin sie umgehend auflegen würde. Nein, solche Gespräche durfte man nicht am Telefon führen. Hoffentlich war es von Angesicht zu Angesicht nicht noch schwieriger. Er fürchtete sich vor dem Moment, in dem das Cabrio vors Haus rollte und sie zur Tür hereinkam.
Wie durch Nebel fuhr er nach Hause, wie ein Schlafwandler stieg er aus dem Wagen. Nebenan, vor der Ruine des Architekten, stand eine Person, das nahm er immerhin wahr, aber er hätte sie nicht beachtet, wenn sie ihm nicht einen Gruß zugerufen hätte. Eine gut gekleidete ältere Frau mit elegant frisiertem grauen Haar und einer geschwungenen strassbesetzten Brille.

„Wir werden Nachbarn! Sie verkauft es mir!" Das klang auffallend fröhlich und ein wenig lallend, als ob sie ein Gläschen zu viel getrunken hätte.
Was für eine war das denn? Die schicke Grauhaarige wankte auf einen roten Ford Mustang zu, riss mit theatralischer Geste die Tür auf und stieg ein. Sie gab Gas und begann ein umständliches Wendemanöver, das den halben Pappelweg in giftigen Dunst hüllte.
„Leocardia, Curds erste Frau", sagte jemand hinter ihm. „Falls man mit Schnaps ein Haus anzünden kann, ist sie die Richtige."
Peter wandte sich um. Die Worte kamen von Clemens, der sich mit einem breiten Pinsel über seinen halbhohen Zaun beugte und ihn mit weißer Farbe bestrich, obwohl das Holz nicht weniger makellos schien als der Putz seines Hauses und der schneeweiße Kies davor.
„Sie will in die Pappelburg einziehen, damit Söhne und Enkel sie ausgiebig besuchen", fuhr Clemens fort. „In ihrer engen Wohnung bleiben sie nie lange, die Luft dort besteht zu zehn Prozent aus Alkohol. Sie trinkt, das hast du wohl gemerkt."
„Und sitzt am Steuer eines schnellen Wagens", sagte Peter.
Der Motor heulte auf, die Reifen quietschten. Das Sportcoupé verschwand um die Ecke.
„Sie fährt nur ins Nachbardorf."
„Das reicht, um ein Kind oder einen Radfahrer totzufahren. Hat noch niemand sie angezeigt? Oder am Fahren gehindert?"
„Curd hat es oft versucht. Aber sag mal", Clemens setzte den Pinsel ab und richtete sich auf, „dieser Mörike, hat der sonst noch was gesagt, außer dass er wegen irgendwelcher Baumängel krank wurde?"
Aha, dachte Peter, er kennt ihn. Kreisverwaltung.

„Anscheinend hat er sich mit einem Beamten der Bauaufsicht angelegt. Er behauptet, der habe sich vor den Architekten gestellt."
„Das sagen alle Querulanten."
„Hattest du bei der Kreisverwaltung mit der Bauaufsicht zu tun?"
Clemens winkte ab, tauchte den Pinsel in den sahnigen Inhalt des Blecheimers und zog ihn sorgfältig über eine Zaunlatte. „So einen haben meine Mitarbeiter gar nicht zu mir vorgelassen. Wir hatten zu arbeiten."
„Und die Mängel? Hat sich die einer angeguckt?"
„Was denkst du denn?" Clemens setzte den Pinsel wieder ab und sah Peter forschend an, während die weiße Farbe aufs Pflaster des Gehwegs tropfte. „Selbstverständlich war einer draußen und hat alles geprüft. Das meiste war eingebildet und der Rest halb so wild. Ich frage mich nur, warum der Querulant ausgerechnet letzten Samstag hier war, wenige Stunden vor dem Brand, der seinen Architekten tötete. Und Ella hat einen Mann dieses Aussehens am Samstag gegen Abend im Scheunen-Café in Hilberath gesehen, allein vor einem Pils. Auch merkwürdig. Ob er dort seinen Plan ausgeheckt und auf die Nacht gewartet hat?"
„Habt ihr das der Polizei gesagt? Sonst müsste man es noch tun."
Durch Clemens' breiten Körper ging ein Ruck. Als hätte er soeben erkannt, dass er sich verrannt hatte und ein Risiko auf ihn zukam, das noch ungemütlicher war als das Auftauchen des *Querulanten.* „Ach was, Blödsinn", entgegnete er mit veränderter Stimme, „der Mann ist ein Spinner. Versteht sich von selbst, dass er rein zufällig hier war. Man wird wohl noch spazieren gehen dürfen, ohne gleich in Verdacht zu geraten. Leidiger Juristen-Spleen, alles zu hinterfragen!" Er lachte trocken auf.

„Auch ein *Spinner* kann Feuer legen“, gab Peter zu bedenken.

„Der nicht, das armselige Würstchen. Wenn wir die Polizei auf ihn ansetzen, reißt das alte Wunden auf, die längst vernarbt sind, und was bringt das? Der Mann hat mit seiner Krankheit genug Pech gehabt. Seien wir fair und vergessen wir ihn einfach, d'accord?“

Peter runzelte die Stirn und spürte dem neuen Ton in der Stimme des Nachbarn nach.

„Kein Wort zur Polizei“, sagte Clemens mit Nachdruck, als spräche er mit einem Untergebenen. „Wir dürfen sie nicht in die Irre führen. Behalten wir ihn privat im Auge, das reicht.“

Er schien entschlossen, sich nun voll und ganz dem Zaun zu widmen. Peter murmelte einen Abschiedsgruß, der durch stummes Nicken erwidert wurde, und schlenderte auf seine Haustür zu. Er zweifelte nicht daran, dass Clemens der von Mörike erwähnte Beamte war, der sich taub gestellt hatte, als er den Namen des Architekturbüros vernommen hatte. Welchen Grund gab es, die Bauaufsicht lax zu handhaben? Zu jener Zeit waren Curd und Clemens noch nicht Nachbarn, und Peter hatte nicht den Eindruck, dass sie schon vorher dicke Freunde gewesen waren. Mörike schien jedenfalls kein *Querulant* zu sein, allenfalls neigte er zur Übertreibung. Aber wenn die Kriminalpolizei Kenntnis davon bekäme, dass er wenige Stunden vor dem Brand im Pappelweg war, hätte das Nachforschungen zur Folge, die früher oder später zu den Akten der Bauaufsichtsbehörde führen konnten. War damals nicht alles mit rechten Dingen zugegangen, musste Clemens unliebsame Aufdeckungen befürchten. Er würde zur Rechenschaft gezogen werden, vielleicht sogar schmachvoll aus dem Staatsdienst fliegen.

Peter stöhnte auf. Was für eine Idylle! In die bald seine fragwürdige Ehefrau zurückkehren würde, die es mit der Wahrheit auch nicht so genau hielt.

7

SONNTAG

Peter

Der neue Blick auf seine Beziehung zu Birte machte ihm zu schaffen. Ihm war, als stünde er kopfschüttelnd neben sich und fragte sich, ob das wirklich noch sein eigenes Leben war. Der Nebenbuhler, dessen Gesicht er nur aus der Zeitung kannte, war tot und trotzdem quälend präsent.

In der Nacht konnte Peter stundenlang nicht einschlafen. Laufend tauchten neue Details in seinem Kopf auf, die sich wie Puzzlesteine in das lückenhafte Bild der untreuen Gattin einfügten. Bisher war er nie auf die Idee gekommen, sich so etwas vorzustellen, obwohl Birte oft spät nach Hause kam und gelegentlich Fortbildungen besuchte, die ein ganzes Wochenende in Anspruch nahmen. Erst jetzt fiel ihm auf, dass sich derartige Termine in letzter Zeit gehäuft hatten.

Gegen Morgen nickte er schließlich ein. Und erwachte mit einem Brummschädel. Ihn kitzelte etwas Feuchtes an den Füßen. Die Zunge des Hundes. Eine behaarte Pfote erschien neben dem Kopfkissen, darüber glänzende braune Augen mit einer eindeutigen Botschaft: *Ich muss mal.* Peters Blick wanderte zum Wecker auf dem Nachttisch. Viertel nach zehn.

Eine Tasse Kaffee, eine heiße Dusche und ein Ibuprofen gegen den Schmerz unter der Schädeldecke brachten ihn halbwegs in Schwung. Eine Stunde später stand er mit Bolli draußen vor dem Haus. Es war warm für Oktober. Die Sonne schien, und ein milder Wind bewegte die schütteren Baumkronen. Ein Wetter für gute Laune. Wenn nur nicht diese Fragen wären, die wie Schmeißfliegen durch seinen Kopf surrten.

Als er losging, warf er einen Blick über die Straße. Der rätselhafte Jasper murkste vor seinem Schuppen herum, schaute aber nicht herüber. Bolli setzte geschäftig Pfote vor Pfote und passierte die Brandruine diesmal ohne innezuhalten. Peter ertappte sich dabei, dass er versucht war, es völlig in Ordnung zu finden, dass Curd Lemon sterben musste, dieser Frauenheld, dieses Ungeheuer, das Ehemänner, Bauherren und Jäger zur Raserei brachte! Jetzt war es ihm gleichgültig, wer den Mann ermordet hatte. Birte würde er ohnehin nicht beruhigen können, wenn jeder Blick zum Fenster sie daran erinnerte, was für eine Tragödie es war, nicht Zaun an Zaun mit dem Geliebten leben zu können.

Vor dem letzten Haus, der Nummer 8, saß Konrad auf einer Bank, die langen Beine übereinandergeschlagen, den Kopf mit dem dünnen weißen Haar, das an Flaumfedern erinnerte, gegen die Hauswand gelehnt. Er trug eine dunkelblaue Jacke mit einer Kapuze, die wie ein Kragen um seinen mageren Hals lag. Die leicht gebräunte Haut des schmalen Gesichts sah erstaunlich straff aus, obwohl er hoch in den Achtzigern sein musste.

Peter riss sich zusammen. Dass er mies gelaunt war, musste niemand mitbekommen. „Genießt du die Sonne, Konrad?“ Merkwürdig, gegenüber dem alten Herrn kam Peter das Duzen schwer über die Lippen, während es ihm bei Gudrun ganz leicht fiel.

„Und die Stille“, erwiderte Konrad. „Früher konntest du hier nicht sitzen. Die Kinder machten einen Höllenlärm.“

„Die Enkel von Curd Lemon?“

„Acht oder neun Stück. Richtige Bengels. Die reden nicht wie normale Menschen, das können die nicht, die brüllen nur herum. Die jetzige Ruhe ist eine Wohltat. Aber der Geruch geht mir nicht aus der Nase.“

„Das Haus wird bald saniert, dann riechst du frisches Bauholz und Farbe."
Konrad wiegte den Kopf hin und her, als sei er nicht überzeugt davon.
Seine Schwester kam mit einer Tasse Tee aus dem Haus, reichte sie ihm und trat an den kniehohen Jägerzaun.
„Gott sei gedankt, dass er es so gut wegsteckt", flüsterte sie. „Vor dreizehn Jahren mussten wir aus dem Bonner Norden fortziehen, nachdem in der Nachbarschaft ein Feuer ausgebrochen war, Gottlob ohne Tote, aber er ertrug den Anblick des zerstörten Hauses nicht. Das kommt vom Krieg, das ganze Viertel stand in Flammen und …"
Sie verstummte, und Peter sah, weshalb: Konrad blickte zu ihr herüber. Seine struppigen Brauen zogen sich zusammen, die Tasse klapperte auf der Untertasse.
„Was redest du da, Gudrun?"
„Mein Lieber, ich freue mich, dass Peter sich hier wohlfühlt."
Sie ging zurück zur Bank, hob eine Wolldecke vom Boden auf und legte sie ihrem Bruder um Knie und Hüfte. Ihr Benehmen glich dem einer sorgsamen Altenpflegerin, obwohl Konrad keineswegs gebrechlich wirkte. Warum ertrug er diesen Brandfall besser? Es gab ein Todesopfer! Peter hatte noch nie einen Brand erlebt, außer dem eines Adventskranzes, der sich mit der Teekanne löschen ließ.
Er wandte sich dem Weg am Ende des Asphalts zu. Die Blätter der Pappeln hatten das Gras über Nacht gelb gesprenkelt. Die Luft war von einem würzigen Duft erfüllt, der von den Tälern und Hängen der Hohen Eifel herübergeweht schien.
Am letzten Pfosten der Pferdeweide kam die massige Gestalt des Jagdpächters auf ihn zu. Der Jagdhund knurrte, zog die Lefzen hoch und legte die mächtigen weißen Zähne frei. Bollis

Rückenhaare verwandelten sich in eine stattliche Bürste. Cöllner hielt sich nicht mit Grüßen auf.
„Sehen Sie, wie aggressiv der Architektenköter ist?"
„Ihrer hat zuerst geknurrt."
„Wie die Töle schon guckt! Da soll einer nicht knurren, hee?"
„Aber Ihrer …"
Es war zu dämlich. Peter zuckte mit den Schultern und schickte sich an weiterzugehen. Das schien dem Jäger nicht zu passen. Er fasste die Leine kürzer und trat ihm in den Weg.
„Meine Tochter meint, ich soll Ihnen schlichtweg sagen, was Sache ist. Sonst breitet sich noch das Gerücht aus, der Lämong sei so ein feiner Kerl gewesen. Man kennt die Sprüche ja, wenn einer tot ist."
Der Ton des Mannes war keine Spur freundlicher geworden. Dennoch nickte Peter beifällig. Immerhin konnte die Tochter durch solche Freimütigkeit in den Kreis der Verdächtigen geraten. Falls sie nicht eher der Typ war, der Lemons Schädel mit der Axt gespalten hätte, statt feige Feuer zu legen.
„Manuela hatte ein Grundstück in Hilberath gekauft und wollte bauen, aber nix Schlüsselfertiges, nein, ein Architekt musste her! Da landete sie bei Lämong wegen seiner *originellen Ideen*, die jeder vernünftige Mensch zum Kotzen gefunden hätte. Aber sie war jung, wollte was Besonderes, runde Fenster, dreieckige Balkone, schräger Eingang, solche Schnapsideen. Während der ewig langen Bauzeit wurde ihr permanent versichert, alles laufe perfekt, und was geringfügig mehr koste, sei nur zu ihrem Vorteil. Am Schluss war das Haus dreimal so teuer und voller Mängel, die für übelste Überraschungen sorgten. Heute, nach einundzwanzig Jahren, hängen immer noch zehn bis zwölf Eimer unter jeder Zimmerdecke, weil man nie weiß, wo der nächste Sturzregen durchkommt!"

Die Geschichte ähnelte Mörikes, und erkrankt war der Ehemann der Tochter, der seinen Leiden erlag. Die zornige Manuela trat einer Gruppe von Bauherren bei – dem *Club der Lemon-Geschädigten*.

„Die nannten sich doch nicht wirklich so?"

„Aber sicher. Sie sammelten Beweise, die sie der Staatsanwaltschaft mit einer Betrugsanzeige präsentierten."

„Und?"

„Nix *und*!", donnerte der Jäger. „Abgeheftet und eingestellt! Angeblich fehlte der Beweis für vorsätzliches Handeln. Da zieht einer mit Hilfe dubioser Handwerker, die kein Wort Deutsch können, ein mangelhaftes Bauwerk hoch, stellt pottfrech Kosten in Rechnung, die überhaupt nicht angefallen sind, und genießt noch den Schutz des Staates! So ist das in unserem Land! Der Schurke hatte damals eine Angestellte, ein ganz fragwürdiges Früchtchen, die hat den zuständigen Herrn vom Bauaufsichtsamt nach Strich und Faden bezirzt, damit er nicht genau hinschaut bei der Dicke der Decken und Wände, der Eignung der Materialien, den Dehnungsfugen am Balkon und was da sonst noch anfällt. Das Biest hat auch die Fantasierechnungen geschrieben und den Bauherren was vorgerechnet, sodass keiner mitkam. Höhere Mathematik, als hätte sie's studiert."

„Eine Angestellte des Architekten hat …" Peter konnte nicht weiterreden. Dunkle Ahnungen beschlichen ihn. Er sah sie vor sich, die junge Birte, mit aufgeknöpfter Bluse und hochgeschobenem Rock auf Clemens' feisten Oberschenkeln sitzend, damit er die Beschwerden aufgebrachter Bauherren ignorierte und ihrem Curd Mühe und Kosten ersparte.

„Die hat natürlich was vom Kuchen abbekommen und schön kassiert. Später war sie nicht mehr in dem Büro, ist sicher im Kittchen gelandet."

Oder als Mathelehrerin im Gymnasium, dachte Peter, bemüht, seine Erschütterung zu verbergen.
„Wie sah sie aus?"
„Kannten Sie die eventuell? Manuela hat was von einer Brünetten gesagt, bildhübsch, so nach Nuttenart."
Unmöglich länger zuzuhören und dem Ankläger ins rot angelaufene Gesicht zu sehen. Peter wandte sich ab. Fahrig murmelte er was von dringenden Terminen und dass Bolli noch sein Geschäft erledigen müsse. Dann floh er in den Schatten des Waldes.
Den Jäger war er los, aber die Gedanken ließen sich nicht abschütteln. *Ein ganz fragwürdiges Früchtchen.* Nein, das war nicht Birte. Hübsche Brünette gab es wie Sand am Meer, und sie sah kein bisschen nuttig aus. Aber wenn sie es doch war? Als er sie kennenlernte, war sie Studentin, trug Designer-Klamotten und bezahlte den gemeinsamen Urlaub. Sie schien mehr Geld zu haben als jede andere jobbende Studentin. Wieso hatte ihn das nie gewundert? Wenn sie jene Angestellte war und Lemon der Rache eines Kunden von damals zum Opfer gefallen war, ließ sich nicht von der Hand weisen, dass der sich auch an Birte rächen könnte. Dann war ihre Panik nachvollziehbar.
Peter überlief es kalt. Seine Wut erlosch auf der Stelle, die Eifersucht fiel in sich zusammen. Womöglich schwebte Birte in echter Gefahr! Er blieb stehen und atmete tief durch. Innerhalb von 24 Stunden hatte er Unglaubliches erfahren. Konnte das alles wahr sein? Vielleicht tat der *Club der Lemon-Geschädigten* dem Architekten Unrecht. Doch was nützte es, wenn die verbitterten Leute sich im Recht fühlten, endlich Genugtuung wollten und einfach Selbstjustiz übten?
Nun beschlich auch Peter die Angst. Ein erschreckendes Szenario zog vor seinem inneren Auge auf: Nach Birtes Rückkehr drang der rachdurstige Brandstifter, der bei Curd so erfolgreich

war, in tiefer Nacht in das graue Haus ein und legte ein Feuer, das rasch um sich griff und das schlafende Paar im ersten Stock ins Jenseits gleiten ließ. Am Morgen stünde die Polizei mit der traurigen Nachricht vor einer Tür in Berlin und risse den Sohn aus seinen Träumen, Max, der erst achtzehn war.

Im nächsten Moment belächelte er seine Hysterie. Wie sollte ein Brandstifter bei ihnen hereinkommen? Fenster aufhebeln? Schlösser ausbauen? Sie hatten es nicht mit einem gewieften Einbrecher zu tun, und anders als bei Lemon hing in ihrem Haus kein Schlüsselbrett am Eingang, wo sich jeder, dem geöffnet wurde, bedienen konnte.

Peter trat aus dem Wald heraus, zog sein Handy aus der Tasche und wählte die Nummer der Witwe des Architekten.

„Ja?", klang es verschlafen an sein Ohr.

Er begrüßte sie und fragte, wann der Privatdetektiv endlich komme, die Situation im Pappelweg mache ihm Sorgen.

Lisa von Axfeld gähnte ausgiebig. „Tschuldigung", sagte sie. „Der Detektiv ist längst da."

„Hier?"

„Undercover natürlich. Er kann als Gärtner, Straßenkehrer oder Waldarbeiter herumlaufen. Ich habe schon erste Informationen von ihm."

„Und?"

„Bei Ihnen war einer von Curds früheren Kunden."

„Mörike! Woher weiß er das?"

„Hat mit ihm geredet." Lisa gähnte erneut und verabschiedete sich.

Peter bemerkte nur zwei halbwüchsige Mädels auf der Pferdeweide. Auch der Graspfad, den er nun betrat, und der Pappelweg dahinter lagen ruhig in der Sonne des späten Vormittags, nirgends ein Waldarbeiter, Straßenkehrer oder Gärtner, was an einem Sonntag nicht verwunderlich war. Wo steckte der Mann?

Konrad saß noch auf der Bank in seinem Vorgarten, Jasper werkelte, über ein Fahrrad gebeugt, neben dem Schuppen, und Ella war am Hochbeet mit ihrem Gemüse beschäftigt.

Ein Moped kam knatternd um die Ecke. Es gab nochmal Gas, bremste und hielt am Gartenzaun von Nummer 8. Der Fahrer zog den Helm ab. Es war der Mieter der Souterrainwohnung von Gudrun und Konrad, jung, etwa Mitte zwanzig, schlank, mit kleiner Nase und dunklem Haar. Peter erinnerte sich, ihn am letzten Sonntag gesehen zu haben.

„Geht's dir gut, Pascal?“, rief Gudrun.

„Ich war in der Kirche in Hilberath und hab ein Licht für unseren toten Nachbarn angezündet.“

„Wozu?“, ertönte Konrads brüchige Stimme.

Mehr war für Peter, der auf sein Haus zuging, nicht zu verstehen, zudem war er abgelenkt von dem blitzblanken silberfarbenen Mercedes vor dem Haus Nummer 2, in dessen Kofferraum Clemens eine Laptoptasche verstaute und dabei bemerkenswert beschwingt und verjüngt wirkte. Sichtlich gut gelaunt tänzelte der Nachbar zur Fahrertür und stieg ein. Seine bunte Krawatte leuchtete durchs Seitenfenster, als der Wagen losfuhr. Renate stand neben den grinsenden Enten vor der Haustür und winkte.

„Arbeitsessen bei seiner Chefin“, erklärte sie Peter lächelnd. „Bei der Bezirksregierung sind die höheren Beamten so fleißig. Sogar sonntags.“

Sie wandte sich den Petunien zu, deren samtene Blüten über den Rand der Blumenampel hingen, und zupfte welke Blättchen heraus. In der offenen Tür lehnte Roland in kurzer Laufhose und Turnschuhen. Er blickte mit missmutigem Gesicht über die Straße und schien Peter nicht zu sehen.

Clemens' Wagen verschwand um die Ecke. Fast gleichzeitig quietschte das Eisentor des unbebauten Grundstücks. Jasper schob eilig sein Rad auf die Straße und schwang sich auf den Sattel. Und schon war er vorbeigesaust, diesmal nicht schlaff über der Lenkstange hängend, sondern verblüffend straff, als sei er zu irgendwas entschlossen. Eine erstaunliche Veränderung. Schlagartig begriff Peter: Dieser Mann war nicht Jasper.

Freddy

Optimal, dass der Pappelweg so schmal ist, dachte er, während er mit dem Rad auf die Straßenecke zuschoss. Wenn die Nachbarn laut genug sprachen, konnte ein stiller Beobachter viel davon verstehen, vorausgesetzt, es sprang kein Rasenmäher an. Mit der unverstellten Sicht auf jedes der fünf Häuser bot die Wildnis des unbebauten Grundstücks ohnehin ideale Bedingungen.

Anscheinend hatte noch niemand bemerkt, dass der Mann am Schuppen neuerdings nicht immer Jasper war, sondern oft ein Double. Freddys Figur war der des Originals sehr ähnlich, und das war natürlich der Grund, weshalb die Witwe des Architekten ihn sämtlichen Detektiven zwischen Köln und Koblenz vorgezogen hatte. Trotzdem hatte er sich stark verwandeln müssen, ein wahres Kunststück, für das er Requisiten und Schminktricks benötigte, die er zu Hause mit Lisa und später mit Jasper im Schuppen getestet hatte, wo er auch dessen Mimik und Bewegungen einstudiert hatte.

Im Moment fürchtete er jedoch, einen Fehler begangen zu haben. Er hatte versäumt, auf Jaspers charakteristische Haltung zu achten, ausgerechnet jetzt, wo sich mehrere Personen vor ihren Häusern aufhielten und Clemens Müllenbach vielleicht in den Rückspiegel blickte. Falls er überhaupt genau hinschaute und nicht in Vorfreude dahinschmolz.

Am Vormittag hatte Freddy ins Innere des Mercedes gespäht und im Fußraum eine pinkfarbene Vase mit einem niedlichen Blumenstrauß entdeckt, in dem ein Stoff-Häschen thronte. Das Paar trifft ein junges Mädel, hatte er vermutet, doch nun fuhr Müllenbach allein mit dem Sträußchen zu seiner Chefin, bestimmt eine gestandene Dezernatsleiterin, für die so was Neckisches nicht passend schien. Müllenbachs Ausflug war einer Überprüfung wert.

Mit dem Fahrrad waren dem allerdings Grenzen gesetzt. Freddy beschloss, in Windeseile auf seinen Polo umzusteigen, der auf dem Platz an der Kapelle stand. Rad abstellen, Schlüssel aus der Tasche, rein ins Auto. Es sprang sofort an. Nur wenige Meter bis zur L 492. Doch der Mercedes war verschwunden. Nach links oder rechts? Freddy entschied sich, hinunter nach Rheinbach zu fahren.

Auf der gewundenen Landstraße mit dem eindrucksvollen Blick ins Flachland war nur eine lange Reihe Rennradfahrer in bunten Trikots zu sehen. Erst auf der geraden Strecke durch den Wald glückte es Freddy, sie zu überholen. Noch immer kein Mercedes in Sicht. Dafür ein riesiger Traktor und reichlich Gegenverkehr. Und Müllenbach womöglich in der anderen Richtung unterwegs.

Der Traktor scherte in einen Waldweg ein. Freddy näherte sich dem Straßenknick, an dem sich die „Waldkapelle" mit den Kreuzwegstationen befand, einst eine Pilgerstätte und vor mehr als 200 Jahren auch ein Kloster. Gegenüber befand sich ein Wanderparkplatz. Und ha! Da stand der silbrige Wagen auf der Fahrbahn! Vor seiner Kühlerhaube überquerte eine rund 50-köpfige Gruppe von Wanderern im Rentenalter die Straße. Kaum hatte der letzte der Senioren die andere Seite erreicht, preschte der Mercedes los und verwandelte sich in einen

schrumpfenden Klecks auf dem Asphalt. Der alte Polo beschleunigte quälend langsam.
In Höhe des Waldhotels, das linkerhand im Grünen stand, wurde der Mercedes wieder größer. Im Näherkommen sah Freddy, dass eine Autoschlange, ein Hochzeitskonvoi, von der L 113 kommend, vorbeizog. Der Mercedes folgte den trötenden und hupenden Wagen. Freddy fühlte sich siegreich. Auf solchen Strecken war seine alte Mühle doch nicht so schlecht. Wenn der Mann nur nicht zur Autobahn wollte! Dort konnte der Polo nicht mithalten. Wenn es nach Köln ginge, langte nicht mal sein Benzin.
Im Zentrum von Rheinbach war viel los. Klar, Sonntag und gutes Wetter. Freddy passierte den Wasemer Turm, Rest der mittelalterlichen Stadtbefestigung, und näherte sich der großen Kreuzung. Weitere Wagen drängten sich vor den Polo, aber Freddy sah den Mercedes rechts in die Hauptstraße einbiegen und folgte ihm. Scharen von Menschen jeden Alters, Familien und Gruppen junger Leute füllten die Bürgersteige vor den Geschäften im Parterre der schmucken alten Häuser. Die Stühle der Straßencafés schienen allesamt besetzt.
Und – nein! Ein weißer Pudel mit roter Leine sauste auf die Fahrbahn, ein kleines Mädchen hintendrein.
Freddys Fuß flog auf die Bremse.
Mit hartem Ruck kam der Polo zum Stehen. Dicht vor dem Kühler hüpfte das Mädchen und schlang die Arme um den Hund. Beide unversehrt. Freddy stieß die angehaltene Luft aus. Seine Knie zitterten.
Mit einem Schwall italienischer Worte stürzte eine schwarzhaarige junge Frau herbei und schnatterte auf Kind und Hund ein. Gestenreich bat sie Freddy um Entschuldigung, bevor sie Tochter und Pudel von der Fahrbahn zerrte. Er ließ den abgewürgten Motor wieder an. Langsam fuhr er weiter. Der

Mercedes war natürlich fort. Nirgends zu sehen. Links oder rechts abgebogen oder geradeaus gefahren, nach Meckenheim, Bonn oder zur Autobahn. Viele Möglichkeiten. Zu viele.
So was passierte Freddy nicht zum ersten Mal. Kein Wunder, dass er im Detektivgewerbe nicht kometenartig aufgestiegen war. Das Ziel, im Fall Lemon vorwärtszukommen, schien mit einem Schlag unerreichbar. Das pinkfarbene Väschen hatte ihn mit Hoffnung erfüllt, deutete es doch auf ein sorgsam gehütetes Geheimnis hin. Derartiges ergab nicht selten eine Spur. Bis sich eine neue Chance auftat, konnten Wochen vergehen.
Vor sich sah er das weiße Mauerwerk und den schwarzen Turmhelm von St. Martin, neben sich das Fachwerkhaus des Café Schlich. Unter den Ahornbäumen war jeder Tisch besetzt, nur ein einziger Stuhl war frei. Ein verlockender Platz. Nach dieser Schlappe hatte die Aussicht auf Kaffee und Kuchen etwas ungemein Tröstliches. Freddy bog in die nächste breite Straße ein, er brauchte nur noch einen Parkplatz.
Nach ein paar Metern stutzte er und hielt an. Am Straßenrand stand ein silberner Mercedes! Von hinten ertönte Hupen. Egal, er musste das Nummernschild lesen: SU – C … Von wegen SU für Rhein-Sieg-Kreis. Es war ein D für Düsseldorf. Also doch Kaffee und Kuchen.
Ein Stück weiter fand Freddy eine Parklücke. Aber mit dem Jasper-Outfit zum Café? Dort saß vielleicht Jaspers Oma und brach in Begeisterung aus, wenn sie den vermeintlichen Enkel erblickte. Er tauschte die Hornbrille gegen seine Goldrandbrille aus, zog Kappe, Bart und Perücke ab, und während er noch die Reste der falschen Narbe von der Wange rieb, beeilte er sich, in die Hauptstraße zu kommen. Als er um die Ecke bog, ließ sich ein älterer Herr auf dem einzigen freien Stuhl nieder.
Heute lief alles schief.

„Können Sie sagen mir, wo Bahnhof?“, platzte eine fremde Stimme in Freddys Enttäuschung. Ein junger Mann mit südländischem Aussehen lächelte ihn freundlich an.
Freddy fühlte sich ausgelaugt. Eine Strecke zu beschreiben, die er nur so ungefähr kannte, schien ein nicht zu bewältigender Kraftakt. „Ich komme einfach mit.“
Während sie die Hauptstraße verließen, erzählte der junge Mann, er studiere in Bonn, stamme aus Alicante und vermisse das Meer. Freddy entfuhr ein Seufzer. Das Meer hatte er seit einer Ewigkeit nicht gesehen.
Hinter dem Kallenturm, einem eckigen Turm der einstigen Stadtbefestigung, mündete die Gasse in die breitere Grabenstraße. Sie verlief in einem sanften Bogen, dem sie folgten. An der nächsten Ecke blieb Freddy ruckartig stehen. Jenseits der kreuzenden Schweigelstraße glänzte auf der rechten Seite etwas Silbergraues. Ein Mercedes. Freddy mochte kaum hinschauen, das Nummernschild trug ja doch wieder das falsche Kennzeichen. Dennoch spähte er, während er dem Spanier bei der Schilderung seiner Familienverhältnisse zuhörte, genauer dorthin. Unglaublich, es war das richtige! Hastig verabschiedete er sich, beschrieb in wenigen Worten, wo der Bahnhof vermutlich zu finden sei, und war erleichtert, dass der Student sich nicht übermäßig wunderte und ihn sofort verließ, um die Schweigelstraße hinunterzugehen.
Hinter welcher Tür war Clemens Müllenbach verschwunden? Auf welcher Straßenseite? Er war nicht zu sehen, natürlich nicht, er hatte längst eines der Häuser betreten, und sein Verfolger durfte warten, bis er nach vier oder fünf Stunden irgendwo herauskam.
Langsam ging Freddy auf dem linksseitigen Bürgersteig weiter und musterte die Hauseingänge, die nach und nach in sein Blickfeld rückten. Auf den Stufen vor einer Tür bemerkte er eine

schwarze Schuhspitze. Sein Herz schlug schneller. Ein graues Hosenbein. Ein breiter Rücken. Unverkennbar Clemens Müllenbach. In einer Hand leuchtete die pinkfarbene Vase, der Zeigefinger der anderen stieß gegen den obersten Klingelknopf. Die Bewegung wirkte ungeduldig. Wartete er schon lange darauf, dass die Tür mit dem gelben Glaseinsatz nachgab? Nun summte der Öffner.

Der graue Anzug verschwand in einem braun gefliesten Hausflur. Freddy ging mit gesenktem Kopf vorüber und fixierte sein Handy, als hätte er eine wichtige Nachricht erhalten. Er hörte die Tür ins Schloss fallen und kehrte um. Auf dem obersten Klingelschild las er: *Irina Breuer.*

Ein Geräusch ließ ihn zurückfahren. Die Tür wurde von innen aufgezogen. Eine korpulente ältere Frau trat heraus. Fliederfarbenes Kostüm, unterm Doppelkinn eine weiße Perlenkette, die Lippen korallenrot. Die Chefin aus der Bezirksregierung. Im Begriff, ihn abzukanzeln, weil er ihren fähigsten Mitarbeiter verfolgte.

Die strenge Miene der Dame, die über siebzig sein musste, wurde milder. „Wollen Sie herein?"

Er nickte, worauf sie die Tür stoppte, die beinah zugeflogen wäre.

„Zu wem wollen Sie, wenn ich fragen darf?"

„Irina Breuer."

„Ach?" Der korallenrote Mund verzog sich spöttisch. „Gerade ist ein Herr bei ihr eingetroffen. Wenn der da ist, macht sie nicht auf."

„Ah so …"

„Ich halte nichts davon, wenn so junge Frauen mit Männern rummachen, die ihre Väter sein könnten. Jeder ist seines Glückes Schmied, aber was die schmiedet, ist Schrott."

Die vorquellenden Augen musterten Freddy, ihr Blick hatte etwas Stechendes. Womöglich hatte sie auf seiner Wange Spuren der künstlichen Narbe entdeckt. „Kennen Sie sie gut?" Offenbar erwartete sie keine Antwort. „Es ist unheimlich, sie hat nämlich noch einen. Der ist jung, das hört man am Tritt, aber fast lautlos und völlig unsichtbar. Kommt wie ein Geist gegen Mitternacht. Kein Licht auf der Treppe. Schleicht hoch, und oben geht leise die Tür. Angeblich weiß Irina von nichts. Aber ich schlafe nachts schlecht und höre jedes Knarren."

Freddy gab ein vieldeutiges Brummeln von sich. Er sah fasziniert auf die scharlachroten Flecken, die sich auf dem Hals und dem Gesicht der Frau gebildet hatten. Ihre Augen traten bedenklich weit aus den Höhlen.

„Wie oft kommt der?"

„Was weiß ich! Meine Migräne ist die Hölle, trotz doppelt dosierter Tabletten, die mir gar nicht guttun. Reden Sie mit ihr, und dann klingeln Sie im Parterre bei Schneider. In zwei Stunden bin ich zurück."

Sie löste ihre Hand vom Türblatt und ging hinaus. Freddy betrat den Hausflur und stieg die Holztreppe hinauf. Seine Vermutung war also richtig gewesen: Der bieder aussehende Clemens Müllenbach hatte eine Freundin.

Auf der obersten Etage blieb Freddy vor einer Tür mit verkratztem braunem Anstrich stehen. Aus dem Innern der Wohnung war kein Laut zu hören. Natürlich nicht, die zwei da drinnen wollten keine Aufmerksamkeit erregen.

Er wartete eine Weile. Nichts rührte sich. Wahrscheinlich lohnte es nicht, länger hier auszuharren. Aber wo er auf so wunderbare Weise ins Haus gelangt war, mochte er auch nicht sofort wieder gehen. Unentschlossen stieg er die Treppe hinunter. Bleiben oder Gehen war in solchen Fällen eine schwierige Entscheidung. Bleiben konnte Stunden verschwendeter Zeit bedeuten

und Fortgehen das Verpassen neuer, bahnbrechender Erkenntnisse.
Im Parterre fiel sein Blick auf eine schmale graue Tür. Er drückte die Klinke herunter, sie war unverschlossen. Eine Steintreppe führte steil ins Dunkle hinab. Von unten stiegen kühle Luft und typischer Kellergeruch herauf. Freddy setzte sich auf die zweitoberste Stufe, zog die Tür ganz heran, ohne sie zu schließen, und lauschte. Im Hausflur blieb es still. Er nahm sein Handy aus der Hosentasche und rief Lisa von Axfeld an.
Sie meldete sich sofort. Vor seinem inneren Auge erschien eine hochbeinige Biene Maja.
„Lisa, ist dir bekannt, dass euer Nachbar Clemens eine junge Freundin hat?“, fragte er mit gedämpfter Stimme.
„Curd machte mal so eine Bemerkung: *Clemens schnappt über, will für ein verwöhntes Schätzchen ein Schlösschen bauen.* Ich war mit einer neuen Rolle beschäftigt und habe nicht nachgehakt. Curd schien die Sache nicht zu gefallen, er nahm den Auftrag aber an. Schließlich brauchte er Geld, er gab so viel für Spenden aus, und Clemens war, seit sie Nachbarn waren, auch ein guter Freund. Zwar waren sie ständig verschiedener Meinung, aber abends beim Bier waren sie ein Herz und eine Seele. Bis es Ärger mit dem Architektenhonorar gab.“
„Das Schätzchen wohnt im Dachgeschoss eines schlichten Altbaus. Was ist mit dem *Schlösschen*?“
„Der Bau müsste fertig sein. Aber die Unterlagen sind verbrannt, es ist alles hin, auch der Computer. Nur die älteren Akten, die im Parterre lagerten, haben überlebt und befinden sich jetzt im Polizeipräsidium. Da Clemens nicht zahlte, behielt Curd die Schlüssel und legte sie in seinen Banktresor, so viel habe ich aufgeschnappt. Mehr weiß ich nicht. Wenn ich zu Hause war, sprach Curd nie über Bau und Finanzen, dafür war ich dankbar, und über das Liebesleben anderer Männer verlor er sonst kein Wort.“

„Von dem Streit wegen des Honorars musst du die Polizei unterrichten, Lisa."
„Hältst du Clemens für verdächtig? Hör mal, der Mann ist richtig nett! Curd kannte ihn seit mehr als zwanzig Jahren, weil Renates Bruder, Wolf Sinzig, sein Partner im Bonner Büro war. Er war damals dankbar, dass Sinzig sämtliche Bauleitungen übernahm, denn ihm ging es richtig schlecht: Leocardia ständig besoffen, Stress mit der Scheidung, drei halbwüchsige Jungs und die Diagnose Darmkrebs mit allem, was dazugehört. Leider hat Sinzig eine Menge Mist gebaut, Curd musste sich von ihm trennen. Sinzig ist nach Südamerika abgehauen, hochverschuldet, wofür die Müllenbachs teilweise aufgekommen sind. Renate hängt sehr an ihrem Bruder. Der Rauswurf war zwischen Curd und Clemens aber nie ein Thema."
„Zahlungsprobleme ergäben ein Motiv."
„Clemens hätte Auswege gefunden, und als Beamter bekommt man überall Kredit."
„Und wenn da nichts mehr ging und alles ausgeschöpft war? Wenn Mord der letzte Ausweg war?"
„Freddy, ich schwärze den Clemens nicht an, ich weiß ja nichts Genaues. Er hat mich gestern angerufen und sich erkundigt, wie ich klarkomme, das fand ich super lieb, ich habe mich riesig gefreut. Vielleicht hat er die Rechnung längst beglichen."
„Den Kontoauszug hast du nicht gesehen?"
„Das spielt keine Rolle. Curd kann die Forderung ja gestundet oder anderweitig verrechnet haben. Ich traue ihm sogar zu, dass er auf das Geld verzichtet hat, wenn Clemens sich bereit erklärt hat, für Tier- und Naturschutzprojekte zu spenden."
Von oben war ein Poltern zu hören. Eine Tür knallte zu. Das Haus erzitterte. Schwere Schritte auf der Treppe.
Freddy schob die Kellertür eine Handbreit auf und spähte in den Hausflur. In seinem Blickfeld erschien eine gedrungene

Gestalt, die auf die Haustür zustampfte und sie ruckartig aufzog. Der graue Anzugsstoff bebte, und für einen Augenblick war die Seitenpartie des rot angelaufenen Gesichts zu sehen – Clemens Müllenbach im Zorn. Die Tür fiel krachend hinter ihm ins Schloss, der Glaseinsatz klirrte.

„Da oben ist was passiert, Lisa", raunte Freddy ins Handy. „Bis später."

Er sprang auf und rannte zur Haustür. Durch einen Spalt blickte er ins Freie. Müllenbach eilte über die Straße auf den Mercedes zu. Das Tempo passte nicht zu seiner untersetzten kurzbeinigen Figur und ließ ihn grotesk erscheinen. Die Wagentür fiel zu. Er startete und gab volles Rohr Gas.

Freddy schloss die Tür und stieg die Treppe hinauf. Er klingelte bei Irina Breuer – ohne festen Plan. Erst einmal wollte er sie sehen.

Nichts regte sich hinter der Wohnungstür. Er drückte ein zweites Mal auf den Klingelknopf. Der altertümlich blecherne Ton war ungebührlich laut, die darauf folgende Stille unheimlich.

Er wird sie doch nicht umgebracht haben?, schoss es Freddy durch den Kopf. Hatte er sie geschlagen, geschüttelt, gewürgt, zu Boden geworfen? Falls er bereits Curd Lemon auf dem Gewissen hatte, war die Hemmschwelle vermutlich nicht hoch.

Überraschend plötzlich ging die Tür auf. Eine zierliche junge Frau stand Freddy auf Socken gegenüber. Ihre kindlich anmutenden dünnen Beine verschwanden oberhalb der Knie unter einem zerknitterten Röckchen. Die rotblonden Locken ringelten sich um ein blasses, spitzes Gesicht und fielen wirr auf die mageren Schultern und die Träger eines verwaschenen grünen Tops. Die Augenlider und die schmale Nase waren gerötet. Sie wirkte nicht wie ein *verwöhntes Schätzchen,* für das ein verheirateter Mann sein letztes Geld ausgab. Eher wie ein zartes, hilfloses Vögelchen, das irgendwo Schutz suchte.

Freddy war verwirrt, musste aber irgendwas sagen. Irgendwas. „Entschuldigung, wohnt hier ein älterer Herr namens Curd?"
Sie fuhr zusammen. „Nein, wohnt hier nicht."
„Verzeihung, ich habe mich versprochen. Er heißt Clemens."
Kinn und Unterlippe zitterten. „Kenn ich nicht." Sie schlug die Tür zu.
Der Test, wie sie auf die Namen reagieren würde, war plump, vielleicht hätte er behaupten sollen, er komme von der Bausparkasse oder von der Kirche und habe ein paar Fragen an sie. Diese Möglichkeit war ihm zu spät eingefallen. Aber hätte er mehr erfahren? Mit Sicherheit hatte sie strengste Anweisung, den Mund zu halten – über den Geliebten, das Schlösschen und den Architekten. Was wusste sie noch?
Während er die Treppe hinunterging, überlegte Freddy, ob eine nächtliche Observation angebracht war, um zu sehen, ob Irina, wie die Dame vom Parterre behauptete, einen zweiten Mann empfing, der auf noch größere Heimlichkeit bedacht war als ihr Clemens. Er hatte keine Lust, sich die Nacht um die Ohren zu hauen oder dafür jemanden anzuheuern, um dann festzustellen, dass der Nachtgeist nur im Kopf der Frau Schneider existierte oder es sich um ein Jüngelchen handelte, das Irina gelegentlich mit Hasch versorgte.
Im Parterre angelangt, riss er eine Seite aus seinem Notizbuch und schrieb darauf eine Nachricht samt seiner Handynummer und der Bitte um sofortigen Anruf, wenn die Tritte auf der Treppe wieder zu hören seien. Er schob den Zettel unter Frau Schneiders Wohnungstür durch, auf die Gefahr hin, mitten in der Nacht aufgescheucht zu werden und schlaftrunken die Strecke von Bonn nach Rheinbach zurücklegen zu müssen, weil die Dame Gespenster vernahm.
Grübelnd fuhr er zum Dorf zurück. Was Lisa ihm erzählt hatte, war irritierend. Von seinem Freund Klaus Kohl, Haupt-

kommissar im Polizeipräsidium, wusste er, was es bedeutete, wenn die Leute der Polizei nicht alles anvertrauten, aus Angst, einen Menschen, den sie mochten, in Schwierigkeiten zu bringen: Sie schützten zugleich den Täter.

Irina

Sie stand mitten im Zimmer und starrte vor sich hin. Kevin hielt im Kinderzimmer noch seinen Mittagsschlaf. Falls er von dem Lärm nicht aufgewacht war und sich im Bett ein Bilderbuch ansah. Sie würde erst hinübergehen, wenn er sich meldete. Dass seine Mutter geheult hatte, sollte er nicht merken.

Als es vor einer halben Stunde unten an der Haustür klingelte, hatte sie keine Ahnung gehabt, wer da zu ihr wollte. Sie hatte den ersten Liebesbrief ihres Lebens verfasst. Eine ganze Seite und gerade fertig. *Lieber Stefan …* Der Text kam zu kitschig daher, und ihre Schrift sah scheiße aus, wie bei einem schlampigen Zweitklässler, als hätte sie verlernt, mit der Hand zu schreiben. Obwohl sie noch keine Idee hatte, wie der Süße den Brief bekommen sollte, wollte sie nochmal von vorn anfangen. Jedenfalls musste sie das Blatt gut verstecken, bevor jemand mit neugierigen Augen hereinkam. Das wiederholte Schellen machte sie verrückt, aber dann fand sie endlich einen Platz und konnte den Türöffner drücken. Sie hörte den vertrauten Schritt auf der Treppe und freute sich wie Bolle, dass wenigstens der Hasi vorbeikam, obwohl er gesagt hatte, die nächste Zeit ginge es nicht. Und wie super der drauf war! Er wirkte zwanzig Jahre jünger, als er erzählte, er habe mit der Witwe des Architekten telefoniert. Die wisse nichts davon, dass er ihrem Mann noch Geld schuldete, und diese Riesensumme könne auch gar nicht Curds Ernst gewesen sein. *Das ist also vom Tisch, mein Täubchen,* sagte der verjüngte Hasi, offensichtlich in Feierlaune, die auf Irina übergriff. *Sobald die Frau Zeit hat, an den Banktresor zu gehen, bekomme ich die Schlüssel, das hat sie mir versichert. Morgen bestelle ich unser Bett! Hast du Sekt im Haus?*

Nein, Sekt hatte Irina nicht. Aber sie versprach, leckeren Kaffee mit geschäumter Milch zu machen und Kakaopulver oben draufzustreuen. Der Hasi blieb auf dem Sofa zurück, während sie beschwingt in die Küche ging, nur ein kleines bisschen gebremst, weil in ihrem Kopf das Problem mit dem Süßen herumgeisterte. Ob sie wohl ohne den auskäme?

Als sie mit den schaumgekrönten Bechern ins Wohnzimmer zurückkehrte, stand der Hasi mitten im Raum und war total verändert. Glotzte sie an wie ein böser dicker Fisch. *Was ist los?*, fragte sie, erhielt aber keine Antwort. In der Tasche seines Sakkos raschelte was, und da polterte er schon los: *Du falsche Schlange! Du Betrügerin! Ich zeig dich an, du bist erledigt! So ein Dreck gehört vernichtet!* Ehe sie etwas sagen konnte, stürzte er an ihr vorbei aus der Wohnung und knallte die Tür zu. Der Kaffee schwappte zu Boden, von der Wand rieselte der Putz, und auf der Treppe stampften seine Schuhe.

In ihrem Kopf war nur Chaos. Sie hatte nichts kapiert. Als es dann an der Wohnungstür schellte, dachte sie, der Hasi käme zurück und würde ihr alles erklären. Aber es war nur der Kauz in den schwarzen Klamotten, der nach Clemens fragte. Wer war das, und was wollte der?

Mit gerunzelter Stirn blieb sie vor der Kommode stehen und betrachtete den Stapel Blätter mit den Strickanleitungen für „hochaktuelle Loops im Mustermix“, die sie sich im Wollgeschäft besorgt hatte. Da war irgendwas anders. Sie hob die Blätter hoch. Ihr stockte der Atem.

Der Brief! Er war weg! Der Hasi hatte ihn gefunden. Das Rascheln in seiner Tasche. Mitgenommen hatte er den! Geklaut! Diesen Brief an den Süßen, wo sie sich alles von der Seele gequatscht hatte. Dass sie ihn liebe, egal, was er mit der Jenny angefangen habe, dass sie jede Nacht auf ihn warte und es mit ihrem Haus bestimmt bald klappen würde, und was nicht alles. Sie hatte das Blatt unter die Strickseiten geschoben, dem besten Ort der Welt, um vor Männeraugen sicher zu sein.

Jetzt wusste der Hasi, dass sie nicht mit ihm, sondern mit dem Süßen in dem Haus leben wollte, das er ihr in innigster Liebe gebaut hatte. Dass ihm ihr Herz nicht wirklich gehörte. Sie hatte den Süßen beim Vornamen genannt und die Jenny erwähnt, die der Hasi kannte, weil sie an den Eisensteinen dabei gewesen war, an dem Tag, den der Hasi als den schönsten in seinem Leben bezeichnet hatte.

Irina dachte, sie müsste umkippen, kotzen, bewusstlos werden. Im Geiste sah sie wieder ihre Mutter in der Tür stehen. *Hab ich es nicht gesagt? Da kommt nix Gutes bei raus.* Ja, Mama hätte geschimpft wie ein Rohrspatz, sie aber trotzdem in den Arm genommen und feste gedrückt. Jetzt saß Irina ganz allein auf ihrem Scherbenhaufen.

Der Hasi war so geladen. Er wollte sie vernichten. Das war todernst. *Männer darfst du nie in ihrer Ehre verletzen*, hatte Mama gesagt, *sonst werden sie zu Berserkern. Das gibt Mord und Totschlag.*

Das Haus war natürlich futsch, aber es gab Schlimmeres. *Ich zeig dich an.* Hasis Frau würde alles erfahren, und auch die CDU, davor fürchtete sich der Hasi am meisten. Also vielleicht keine Anzeige. Und was dann? So wie der drauf war, schien eins sicher: Rache. *Wenn er halbwegs ein Mann ist, bringt er dich um.* Das hatte Mama ja nicht wirklich gesagt, aber es war was Wahres dran. So was kam vor. Was wäre dann mit Kevin? Irinas Augen füllten sich erneut mit Tränen.

Ach, der Hasi würde sie nicht umbringen, er liebte sie doch! Und wenn er sich an dem Süßen rächte? Wenn er ihn ausfindig machte – über die Jenny? Das konnte nicht gut gehen.

Freddy

Im Dorf parkte er wieder an der Kapelle. Auf dem freien Platz konnte er keinen Menschen sehen, niemanden, der beobachten konnte, was im Innern des Wagens vor sich ging: Er zog die Tube Theaterpaste hervor, formte den sichelförmigen Narbenwulst auf der Wange, setzte Perücke, Hornbrille und Kappe auf, fixierte den Bart und kontrollierte alles im Autospiegel. Der perfekte Jasper. Wenn man nicht ganz genau hinsah.

Das Fahrrad stand noch am Rand der Rasenfläche, was für ein Glück. In der Eile hatte er vergessen, es abzuschließen, und es gehörte Jasper. Auf dem Land wurde nichts geklaut, das war ja bekannt. Freddy schwang sich auf den Sattel. Wie gewohnt trat er kräftig in die Pedale.

Nein!

Da war nichts mehr, was ihn hielt. Unter ihm brach alles weg. Er stürzte über den Lenker dem harten Asphalt entgegen. Ein Krachen, als spränge sein Schädel auseinander. Unfassbar der Schmerz.

Alles zerdeppert. Aus und vorbei.

Es war sehr still auf dem Asphalt. Hoch oben der Schrei eines Bussards. Irgendwo das Bellen eines Hundes. Etwas Warmes rann von der Schläfe herab und tropfte auf den Boden. Im Handgelenk, im Ellbogen vielfaches Stechen. *Ich denke, also bin ich.* Er lebte. Sicher war gleich Schluss damit.

Behutsam rollte er sich auf die Seite. Jede unbedachte Bewegung konnte das Ende beschleunigen. Den Kopf in zwei Hälften zerfallen lassen. Er war sonst nie ohne Helm unterwegs. Jasper fuhr immer ohne.

In dem Gefühl, die Schädeldecke zusammenhalten zu müssen, richtete Freddy sich Stück für Stück auf. Ebenso vorsichtig ging er auf die Knie, wo sich ein Brennen ausbreitete. Immer wieder innehaltend und den Schmerzen nachspürend, kam er auf die

Füße. Es war ein Wunder. Alles blieb am Platz. Nichts war zerschellt. Sein Blick war verändert, doch die Welt schien dieselbe. Er sah auf das Fahrrad, das am Boden lag. Das Vorderrad hatte sich gelöst, war herausgekippt, hing schräg unter der Gabel. Ein Stück weiter lag eine Schraube. Hatte Jasper sie nicht richtig festgedreht? War der Mann, der vorgab, sich auf Räder zu verstehen, eine Niete?
Der linke Arm wollte nicht so recht, als Freddy das Fahrrad vom Boden hob. Mit dem rechten lehnte er es gegen einen Pfahl. Er zog ein Taschentuch heraus und tupfte sein Gesicht ab. Der Stoff färbte sich rot bis zu den Rändern. An den Händen war die Haut abgeschürft, das brannte wie Feuer. An den Knien sickerte Blut durch den zerfetzten Stoff der Jeans.
Humpelnd ging Freddy vorwärts. Er musste zum Pappelweg. Unbedingt. Wenn nur der dröhnende Kopf noch durchhielt. Und sein Magen. Ihm war schlecht.
In der Stichstraße wirkte alles ruhig. Kein Mercedes vor Nummer 2, vermutlich auch nicht in der Garage. Das angebliche Arbeitsessen konnte noch nicht zu Ende sein. Vielleicht jagte Müllenbach seinen Wagen in weißglühender Wut über die Höhen und durch die Täler der Eifel. Was hatte das Mädchen angestellt, das ihn so in Rage versetzt hatte?
Peter Beerlauch war der einzige, der zu sehen war. Er arbeitete in seinem Vorgarten mit einer Schaufel, neben sich ein Netz voll Blumenzwiebeln. Zu seinen Füßen lag der grauschwarze Hund. Freddy hinkte auf die beiden zu. Es war soweit. Jetzt wusste er, wie er vorgehen sollte.
„Hallo, Herr Beerlauch.“ Er verzichtete auf das für Jasper typische Zucken der unteren Gesichtshälfte. Das war jetzt überflüssig. *Die Beerlauchs sind einen Tag nach dem Brand eingezogen,* hatte Lisa gesagt. *Der Mann scheint in Ordnung. Wenn nötig, zieh ihn ins Vertrauen.*

Beerlauch richtete sich von seinen Erdarbeiten auf und kniff die Augen zusammen. War er misstrauisch? Er setzte einen Fuß auf die niedrige Mauer, die den Vorgarten begrenzte.
„Sie haben es schon gemerkt", sagte Freddy leise und sah dem Mann fest in die grünlich braunen Augen.
„Sie sind der Privatdetektiv", war die gedämpfte Antwort.
„Ich habe eine Bitte." Freddy sah sich um. „Vielleicht lieber im Haus? Wenn jemand Sie fragt, warum Sie den komischen Jasper hereingelassen haben, sagen Sie einfach, Sie kannten seine Eltern. Die können nichts verraten."
Beerlauch machte eine Kopfbewegung zur offenen Haustür. „Kommen Sie rein. Was ist passiert? Sie sind voller Blut."
In diesem Moment begriff Freddy, was sein Unfall bedeutete: Es war ein Attentat. Galt es Jasper? Wollte ihm jemand an den Kragen – Mattes Borke im Kampf um das Grundstück? Jemand, der Jasper für den Brandstifter hielt? Es gab eine weitere Möglichkeit: Der Angriff galt Stieger, dem Detektiv. Dann steckte der Brandmörder dahinter, und er wusste Bescheid. Er hatte genau hingeschaut und gesehen, dass der falsche Jasper zur Kapelle radelte und in ein Auto stieg. Jasper besaß keinen Führerschein. Das wusste hier jeder. Daran hatte Freddy nicht gedacht.
Wenn der Mörder die Schrauben gelöst hatte, war das eine Warnung. Mehr noch: der Versuch, den Schnüffler aus dem Weg zu räumen. Nicht der letzte Versuch vermutlich. Was Freddy vorhatte, barg ein hohes Risiko. Der Mörder würde anwesend sein.

Pilar

Es war schon Abend, als sich ihr Handy meldete. Diesen Anruf hatte sie erwartet. Es war natürlich falsch, dass sie Freddy ihre

Hilfe zugesagt hatte, weil der Zorn sie übermannt hatte, aber ein Rückzieher kam nicht in Frage. Und normalerweise verlief die Arbeit eines Detektivs ganz harmlos. Entdeckte er konkrete Anhaltspunkte, die auf den Täter eines Verbrechens hinwiesen, informierte er die Polizei, dann war das nicht mehr seine Sache. Dass es früher mal verflixt eng geworden war, lag an der Besonderheit des Falles, man musste eben aufpassen.
Sie rührte gerade in einem Topf mit Kürbissuppe, die arg langweilig schmeckte. Im Kochen war sie eine Null, Richard war um Welten besser. Aber er konnte nicht an den Herd. Er schrieb eine Rede für den Landwirtschaftsminister über die Umsetzung von EU-Richtlinien, die mit Lagerung und Transport von Düngemitteln zu tun hatten. In solchen Fällen ging es ihm hundsmiserabel, und der Sonntag mutierte zum quälenden Arbeitstag eines Mannes, der grimmig seine Pensionierung herbeisehnte, von der ihn viele Jahre trennten.
„Hallo Freddy, wie sieht es aus?"
Sie setzte sich mit dem Handy an den Küchentisch. In ihrem Rücken blubberte leise die Suppe, der nur noch etwas Gewürz fehlte.
„Übermorgen benötigt der Partyservice meines Vertrauens eine gebrochen Deutsch sprechende Servierkraft."
„Spanierin?"
„Bevorzugt."
„Die Nummer kann ich." Schließlich hatte ihr verstorbener Vater, der aus Spanien stammte, ihr sein südländisches Aussehen vererbt. Allerdings hatte er stets einwandfrei und ohne Akzent gesprochen. Gebrochenes Deutsch gab es in ihrer Familie nicht, zumal die andalusischen Verwandten es ablehnten, auch nur ein einziges deutsches Wort in den Mund zu nehmen. Doch wozu gehörte sie einer Theatergruppe an? Man durfte nur nicht aus der Rolle fallen.

„Bitte im weißen Schürzchen, was ganz Adrettes. Möglichst mit Täschchen für dein Notizbuch oder Smartphone, es könnte was zu notieren geben."

„Was wird das?"

„Abendlicher Umtrunk im Pappelweg Nummer 4, neben dem zerstörten Haus. Peter Beerlauch feiert seinen Einstand. Geladene Gäste sind die Nachbarn, zuzüglich des Jagdpächters –"

„Ein Jäger?", fiel Pilar ihm ins Wort. „Mit dem lag Curd bestimmt im Dauerstreit."

„Des Waidmanns Tochter Manuela und die geschiedene Architekten-Gattin Leocardia waren dem Curd ebenso wenig grün und sind auch dabei. Außerdem kommt ein jüngerer Mann namens Jasper mit seiner Oma, der das unbebaute Grundstück gehört, auf das der Curd verdammt scharf war, ebenso wie Mattes Borke, der damit seinen Garten verlängern möchte."

„Hat der Garten-Mattes den Curd umgebracht, um das Grundstück zu ergattern? Ausschaltung von Konkurrenten? Tatmotiv Gier?"

„Die Chance, das Stück Land zu erwerben, ist gleich null, solange Jasper lebt. Die Oma will nicht verkaufen, sondern vererben. Der Enkel ist ihr einziger Angehöriger."

„Willst du andeuten, dieser Jasper könnte das nächste Opfer sein?" Sie spürte, dass Freddy irgendwas zurückhielt. Der Enkel käme auch selbst als Curds Mörder in Betracht, das hatte Freddy sicher schon bedacht. Vielleicht wollte er sie nicht zu sehr beeinflussen. „Ich brauche mehr Informationen, Freddy, damit ich weiß, worauf ich meine Adleraugen und Luchsohren richten soll."

„Clemens aus Nummer 2, ein Beamter, hat ein blutjunges Liebchen namens Irina und ließ ihr von Curd ein Luxushaus bauen. Beim Honorar gab es dann Probleme, über die er auf der Party

bestimmt nicht reden wird, schon weil Ehefrau Renate dabei ist. Aus demselben Grund können wir Irina nicht einladen."
„Ist Clemens dein Lieblingsverdächtiger?"
„Es kommen noch andere in Frage. Zum Beispiel die alten Leute vom letzten Haus, Gudrun und ihr Bruder Konrad, den ein Kriegstrauma plagt, die halbe Familie ist den Brandbomben zum Opfer gefallen. Konrad genießt die Ruhe in der Straße, seit Curds lärmende Enkel nicht mehr auftauchen. Ob ihm das eine Leiche wert war?"
„Mordmotiv Ruhebedürfnis? Hm …"
„Und Leocardia Lemon. Sie ist Alkoholikerin, hat ihren Ex angeblich gehasst und möchte die Brandruine kaufen."
„Was ist mit der zweiten Ehefrau, der Schauspielerin, die wesentlich jünger ist als Curd?"
„Sie weilt unabkömmlich in Bielefeld. Ich sehe keinen Grund, warum sie ihren Alten hätte umbringen wollen."
„Überdruss? Liebhaber?"
„Bisher keine Anhaltspunkte."
„Brandstiftung gilt als typisches Männerdelikt, aber –"
„Warum?", unterbrach Freddy. „Dafür brauchst du keine körperliche Kraft, und die meisten Frauen wissen, wie sie ihr Kaminholz ans Brennen bekommen."
„Die Statistik ist eindeutig: Brandstifter sind in der Regel Männer."
„Es gibt also Ausnahmen?"
„Deshalb meine Frage: Wie sind die Ehefrauen von Clemens und Mattes und die Schwester des ruhebedürftigen Herrn?"
„Beerlauch meint, sie verschweigen was. Das ist auf dem Land, wo man sich gut kennt und einander hilft, ganz verständlich. Man will niemanden verdächtig machen."
„Sie könnten auch gemeinsam verdächtig werden, wenn sie richtig den Mund aufmachen. Lemons Haus war recht unge-

wöhnlich. Vielleicht missfiel es den Anwohnern so sehr, dass sie den Anblick nicht länger hinnehmen wollten. Ebenso der Kinderlärm. Hab aber nie gehört, dass Nachbarn deshalb morden."

„Wie willst du davon hören, wenn alle perfekt schweigen?"

„Vielleicht sickert was durch. Wen haben wir sonst noch?"

„Roland, den Sohn von Renate und Clemens, Student, Mitte Zwanzig. Beerlauch meint, dass der Vater ihn bevormunde, der Sohn das aber gut wegstecke. Warum sollte er was gegen Lemon haben?"

„Vielleicht brauchte er was, um seinen Frust abzureagieren. Beim Zündeln soll es das öfter geben, und der Brand eines schicken Wohnhauses ist aufregender als das Abfackeln irgendeiner abgelegenen ollen Hütte."

„Seit wann bist du Expertin in Brandsachen?"

„Ich lese regelmäßig Zeitung."

„Dann ist da noch Pascal, der Mieter der alten Geschwister, ein schicker junger Mann mit problematischer Familie. Vor etwa fünfzehn Jahren hat sein Vater, von Beruf Metzger, die Mutter mit dem Schlachtmesser getötet und sich selbst mit einem Bolzenschuss. Das Waisenkind wurde in der Verwandtschaft mehr oder weniger herumgeschubst."

„Interessant." Pilar machte sich Notizen.

„Das muss nichts bedeuten, warum soll er nicht trotzdem ein prächtiger Mensch sein? Und überhaupt – für die jungen Männer war der Architekt ein Opi, mit dem sie nichts zu schaffen hatten."

„Es sei denn, einer von denen ist leidenschaftlicher Tierquäler, und Curd hatte ihm den Kampf angesagt."

„Och, nö, Pilar."

„Alles schon vorgekommen. Und was ist mit der Jägertochter, warum mochte die den Curd nicht?"

„Manuela Ansbach hat sich vor rund zwanzig Jahren von ihm ein Haus bauen lassen. Dabei soll eine Menge schiefgelaufen sein. Auch andere Kunden fühlten sich geschädigt. Einer namens Mörike ist darüber schwer erkrankt, seine Eingaben beim Bauaufsichtsamt waren vergebens. Dem Amt stand damals Clemens vor, dessen Schwager Curds Partner im Architekturbüro war."

„Puh! Ist späte Rache gegenüber Curd denkbar?"

„In dieser Richtung forsche ich noch."

Pilar schnupperte. Roch es hier verbrannt oder bildete sie sich das ein, weil sie unentwegt an Brandstiftung dachte?

„Und noch ein pikantes Detail", fuhr Freddy fort. „Beerlauchs Frau war damals Mitarbeiterin im Architekturbüro und soll bei dem Desaster mitgemischt haben, ein Gerücht, das ihrem Mann zu schaffen macht. Zurzeit ist sie verreist. Von dem geplanten Umtrunk weiß sie nichts. Beerlauch wollte es so."

„Was für ein Sumpf, Freddy! Bleib nicht darin stecken."

„Ich hol dich am Dienstag gegen halb fünf ab."

„Kannst du für einen Holzkohlengrill und genügend Fleisch sorgen?"

„Wieso?"

„Mal sehen, wer sich da besonders hervortut - Grillen ist Männersache. Genau wie Brandstiftung."

Jetzt war es deutlich. Keine Einbildung. Irgendwas verkokelte hier. Pilar fuhr herum.

„Die Suppe!"

Sie sprang auf, ergriff den Topf und stellte ihn zur Seite. Vergessen, die Hitze herunterzuschalten. Vielleicht war noch was zu retten. Sie strich mit dem Kochlöffel über den Topfboden. Bestürzt sah sie auf die dicken schwarzen Fladen, die an die sämige gelbe Oberfläche stiegen. Der Geruch war ekelhaft. Nichts war zu retten.

„Auch fahrlässig ist ein Brand schnell entstanden", sprach sie düster ins Handy. „Ich hatte was auf dem Herd. Wenn ich die Küche verlassen und am Telefon eingepennt wäre …"

„Die Polizei ließ durchblicken, dass Derartiges bei Lemon ausscheidet."

„Was haben sie sonst noch ermittelt? Kannst du deinen Freund bei der Kripo nicht ausquetschen?"

„Keine Chance. Aber immerhin ist bekannt, dass Jaspers Spiritusflasche leer ist und der Hausschlüssel, der neben Curds Tür hing, auf Omas Grundstück gefunden wurde."

„Spiritus! Du bringst mich auf eine Idee."

„In dem Fall sind Ideen wirklich gefragt."

„In dem *Fall*? Freddy, meine Suppe ist hin! Aber Spiritus hab ich noch. Ich werfe das Fonduegerät an und mache Käsefondue.

8

DIENSTAG

Peter

Der Tag des Umtrunks war gekommen. Peter hatte dem Vorhaben des Detektivs bereitwillig zugestimmt, aber nun stellte er fest, dass er nervös war. Er goss die Milch neben die Tasse, und statt des Emmentalers legte er sein Handy in den Kühlschrank. Einerseits war er froh, dass etwas geschah, um dem Täter auf die Spur zu kommen, andererseits kamen ihm Bedenken. Zu spät, die Leute waren eingeladen.

Auf dem Grundstück gegenüber war der Mann neben dem Schuppen auch heute nicht der echte Jasper. Peter nahm sein verstaubtes Fahrrad aus der Garage, um es hinüberzubringen. Sie mussten über die Planung des Abends reden, und wer ihn beobachtete, sollte denken, er bringe nur sein Rad zur Reparatur. Und reparaturbedürftig war es wirklich. Die Felgen waren lädiert, zwei Speichen gebrochen. Es ließ sich kaum schieben, sodass er es mehr oder weniger tragen musste, erst über die Straße, dann den Trampelpfad entlang durchs herbstlich fahle Gras.

Der Detektiv winkte ihn zu sich. „Alles bereit?"

„Niemand hat abgesagt."

Gut, dass Birte erst am nächsten Abend zurückkehren wollte, diese Ansammlung von Nachbarn würde ihr nicht gefallen. Peter hatte vor, ihr davon zu erzählen, sobald sie da war, und am besten wäre es, wenn er ihr zugleich berichten könnte, das gesellige Beisammensein habe die Ermittlungen entscheidend vorwärtsgebracht, die Polizei brauche den Mörder nur noch festzunehmen.

„Da Lisa nicht dabei ist, werden die Leute offener reden", meinte Stieger. „Ich habe über jeden Erkundigungen eingezogen, Fakten, die mir als Hintergrund dienen, nur muss ich viel mehr wissen, vor allem, was Lemon betrifft. Was trug sich am letzten Abend seines Lebens zu? Kam jemand zu Besuch? Fuhr ein Auto vor?"

„Mit wem er telefoniert und E-Mails oder Nachrichten auf dem Handy gewechselt hat, findet die Kriminalpolizei heraus?", fragte Peter.

„Das dürfte zur Routine gehören, uns fehlen dazu die Mittel. Immerhin konnte ich außer Mörike und Ansbach noch weitere Kunden kontaktieren, die nicht gut auf das damalige Architekturbüro Lemon & Sinzig zu sprechen sind und schon Besuch von der Polizei hatten. Als ihre Häuser gebaut wurden, war Curd Lemon wegen privater und gesundheitlicher Probleme ziemlich fertig und hat die Bauleitung seinem Partner überlassen. Keine gute Idee. Wolf Sinzig war öfter im Spielcasino in Bad Neuenahr als auf der Baustelle anzutreffen. Zudem hatte er einen Deal mit ein paar Handwerkern: Sie sparten am Material, stellten den ahnungslosen Bauherren die nicht angefallenen Beträge in Rechnung und teilten den Gewinn – das behaupten jedenfalls die Kunden.

„Wolf?", fragte Peter. „So heiß er der Bruder von Renate."

„Ja, genau, der war Curds Partner."

Peter war verblüfft. „Da musste sich Clemens auf seinem Posten bei der Bauaufsicht natürlich vor ihn stellen, vielleicht auf Bitten von Renate?"

„Man munkelt auch, Wolf habe in einer Verkehrsstrafsache zu Clemens' Gunsten das Blaue vom Himmel gelogen. Demnach half man sich gegenseitig. Curd ließ den Partner später fallen, und die Kunden haben ihre Prozesse größtenteils gewonnen.

Der *Club der Lemon-Geschädigten* ist aufgelöst. Ihr Zorn scheint weitgehend verraucht, der Schaden ersetzt und verschmerzt."
„Bei Mörike ist das anders. Der leidet noch. Er konnte keinen Prozess führen und blieb auf dem Schaden sitzen."
„Heißt nicht, dass er verdächtig ist."
„Warum nicht?" Peter sah den Detektiv forschend an. Ob der überhaupt was taugte?
„Ein Fremder kann sich hier kaum umsehen, ohne dass es auffällt."
„Es ist ja aufgefallen!", konterte Peter gereizt. Der Detektiv war nicht mal richtig informiert! „Renate hat ihn am Samstag vor dem Brand hier im Pappelweg bemerkt, und Ella hat ihn am selben Nachmittag im Scheunen-Café im Nachbarort Hilberath gesehen."
„Der Brand wurde im Innern des Hauses gelegt. Mörike müsste sich vorher den Schlüssel besorgt haben. Denn nichts deutet darauf hin, dass der Täter auf andere Weise hineingelangt ist. So viel konnte Lisa von der Polizei erfahren."
„Curd hat ihn vielleicht in seinem Büro empfangen. Mörike kann unter dem Vorwand gekommen sein, einen Rat zu brauchen oder sich für ein neues Bauvorhaben zu interessieren, und in einem unbeobachteten Augenblick hat er sich am Schlüsselbrett bedient."
„Möglich, ja.
„Und ist in der Nacht leise und unauffällig zurückgekehrt."
„Hm."
Stiegers Stirn legte sich in Falten, als ob es ihm Mühe bereitete, sich den dürren Mann bei einem solchen Unterfangen vorzustellen. Peter hatte den Eindruck, dass der Detektiv sich bereits auf eine Richtung festgelegt hatte, und das ärgerte ihn.
„Sie glauben, der Täter war jemand aus der Nachbarschaft."

„Ich muss erst alle aus der Nähe sehen. Getränke, Geschirr, Besteck, Snacks und Zutaten werden gegen fünf gebracht, der Grill um halb sechs."
„Der Grill?"
„Die letzten schönen Tage, Herr Beerlauch, die letzte Chance, draußen ums Kohlefeuer zu stehen. Das lieben die Leute."
Peter war nicht begeistert, er machte sich nichts aus Grillen. Man wartete zu lang, bis die Holzkohle richtig glühte, und in aller Regel war er es, der das schwärzeste Schnitzel und die schwärzeste Wurst auf seinem Teller wiederfand. Er hatte nie verstanden, warum alle Welt so wild aufs Grillen war.
„Ist wohl kommunikativ", räumte er verdrossen ein.
„Eben." Der Detektiv grinste, was mit der künstlichen Narbe etwas seltsam wirkte. „Ich komme nachher mit einer Mitarbeiterin."
Hoffentlich erkenne ich ihn, wenn er aussieht, wie er selbst, dachte Peter, als er in sein Haus zurückkehrte, und hoffentlich spreche ich den echten Jasper nicht versehentlich mit *Herr Stieger* an.
Er ging in die Küche und machte sich einen Kaffee. Mit der Tasse in der Hand blickte er durchs Küchenfenster zur Straße. Sollte man Mörike zum Umtrunk einladen, um ihm auf den Zahn zu fühlen? Peter entfuhr ein krampfhaftes Lachen. Mörike ins Haus zu lassen, wäre purer Leichtsinn. Wenn er der Mörder des Architekten war und sich auch an Birte rächen wollte, weil er mittlerweile wusste, dass sie dessen Mitarbeiterin war, musste er die Gelegenheit, sich hier umzuschauen, nur so herbeisehnen! Stieger würde bald einsehen, dass er sich den Mann schnellstens vorknöpfen sollte – aber bitte nicht in diesem Haus.

Ella

Dieser Umtrunk ging ihr mächtig gegen den Strich. Die polizeilichen Ermittlungen waren nicht abgeschlossen, die Beisetzung hatte noch nicht stattgefunden. Noch dazu war Peters Ehefrau verreist. Zwischen denen stimmte was nicht, das hatte Ella schon am ersten Tag bemerkt. Laut Renate war es so gut wie sicher, dass Birte was mit Curd gehabt hatte, *der liebe Peter* dürfe nichts davon erfahren. Aber hallo, vielleicht wusste er es ganz genau! Die Rolle des betrogenen Ehemanns ließ allerlei Vermutungen aufkommen. Möglicherweise verfolgte Peter mit diesem sogenannten Einstand nur einen einzigen Zweck – zu checken, was die Leute über ihn und Birte wussten, und ob sie es der Polizei gesagt hatten.

Nun stand Ella neben Mattes zwischen ansehnlichen Antiquitäten und Bücherregalen und konnte die köstlichen mediterranen Snacks nicht so recht genießen, die eine südländische Frau mit schwarzen Locken, vermutlich eine Spanierin, ihnen alle paar Minuten auf einer Platte vor die Nase hielt. Sie hatte das Gefühl, dass hier jeder jeden beobachtete. Niemand hätte fernbleiben können, ohne sich verdächtig zu machen. Niemand wusste, welches Gerücht über ihn im Umlauf war oder wem man hier noch trauen konnte. Man riss sich zusammen. Doch in den Augen flackerten Argwohn und Angst.

Konrad blickte immer wieder zu einem Fenster in der Küche, das einen verkohlten Baum und ein Stück Mauerwerk der Pappelburg einrahmte. Ella fiel auf, dass er und Gudrun von ähnlicher Gestalt schienen, wenn man sie nebeneinander sah. Gudruns Figur wirkte eher männlich als weiblich, beide trugen gerade geschnittene Jeans und locker sitzende Pullover, waren ungefähr gleich groß und schmal mit erstaunlich aufrechtem Rücken, was sie von weitem sehr viel jünger wirken ließ. Konnte

man überhaupt sicher sein, wen von beiden man sah, wenn man in einer mondlosen Nacht am Fenster stand?
Ihr Blick begegnete Gudruns. Sie weiß es, durchfuhr es Ella. Schon seit Tagen hatte sie den Eindruck, dass auch Gudrun etwas für sich behielt. Diesen verkrampften Gesichtsausdruck hatte Gudrun früher nie gehabt. Wollte auch sie jemanden schützen? War es dieselbe Person? Es musste dieselbe sein. Sollten sie, konnten sie sich darüber verständigen? Sprechen brachte immer die Gefahr mit sich, dass ein Dritter mithörte. Und wie sollte man es anpacken? Diese Aufgabe fiele bestimmt Ella zu. Gudrun würde es von sich aus nicht tun.
Die alte Dame entfernte sich ein Stück und wandte sich Peter zu. Wahrscheinlich war er hier der einzige, der noch nicht hundertmal gehört hatte, dass Konrad, der jetzt abseits stand und ein Aquarell betrachtete, unter einem Kriegstrauma litt und die Schrecknisse nicht aus Kopf und Seele verbannen konnte. Ella hing an dem alten Mann wie an ihrem eigenen Großvater, aber es wäre ihr lieber, seine Schwester würde nicht ständig betonen, dass er schwerwiegende psychische Probleme hatte.
„Die Bomben, der Feuersturm“, hörte sie Gudruns gedämpfte Stimme. „Er durchlebt es wieder und wieder.“
Ein unangenehmer Geruch verdichtete sich in ihrem Rücken: Kalter Zigarettenrauch.
„Na, schöne Blonde?“
Pascal, der Mieter der Geschwister Rüttelfalk, trat mit einem Sektglas neben sie. Mit der freien Hand griff er nach dem fransigen Ende ihres Seidenschals. Jetzt stinkt mein bestes Stück nach Zigarette, ärgerte sie sich, da sie deutlich wahrnahm, dass auch seine Finger den Geruch verströmten. Wie immer machte er den Eindruck, als wolle er flirten. Diese Art hübscher Jungs mochte sie nicht. Da musste ein sachliches Thema her.

„Wie läuft es im Möbelmarkt? Arbeitest du noch dort?"
Sie wusste von Gudrun, dass er es satt hatte, mittelmäßige Polstergarnituren, Schränke und Bettgestelle anzupreisen, und bisweilen überlegte, was anderes zu probieren. Im Pappelweg wohnte er seit ein paar Jahren, und sie nahm an, dass er irgendwann mit einem Mädchen zusammenziehen würde. Vielleicht war er derjenige, der spätabends oft mit dem Auto wegfuhr. Tagsüber sah man ihn meistens auf dem schwarzroten Moped, das die Zwillinge *obercool* fanden.
„Psst." Pascal nahm die kleine Nase, die besser in ein Mädchengesicht gepasst hätte, vom Sektglas hoch. „Zurzeit fahre ich Geldtransporte in Millionenhöhe. Goldbarren und Scheine. Litauen-Lissabon, Marseille-Moskau."
Glitschig wie ein Fisch in der Hand, dachte Ella genervt. Unmöglich, mit ihm ein vernünftiges Gespräch zu führen, das war bei jedem Grillfest so gewesen. Wollte er sich interessant machen? Verbarg er irgendwas dahinter?
Pascal wandte sich Leocardia Lemon und ihrem Sohn Michael zu, dem Ältesten aus ihrer Ehe mit Curd. Michael war ein drahtiger Mann Mitte dreißig, Triathlet und zweifacher Ironman-Finisher. Zum Glück war Leocardia noch nicht richtig beschwipst. Sie lallte nicht, sprach aber so laut, als müsste sie die Gäste allein unterhalten.
„An dem Abend saß ich mit Freundinnen beim Käsefondue, das Gerät hatte ich mir vom Nachbarn geliehen. Und ob ihr's glaubt oder nicht, ich bekam keinen Bissen herunter! Ich musste dauernd an Curd denken, der mir sonst piepegal war. Sonderbar, nicht? Als hätte ich Vorahnungen gehabt. Nun will mir Lisa das Haus verkaufen, ihr wird alles zu viel."
Michael nickte beifällig. „Wäre schön für die Kinder. Dann könnten sie wieder regelmäßig in den Pappelweg kommen."

Renate und Clemens, die das anscheinend gehört hatten, blickten einander an. Waren sie entsetzt? Clemens sah kaputt und beinahe leidend aus. Am Sonntagmittag, als er zu dem Arbeitsessen aufbrach, hatte er ganz anders gewirkt, da hatte Ella sich schon gefragt, ob sein gutes Aussehen den Besuchen im Fitness-Studio zuzuschreiben war. Nun durchquerte er auf eine seltsam unruhige Art das Wohnzimmer. Um ein Haar hätte er die Spanierin mit der Platte voll Tapas umgerannt. Renate lief hinter ihm her wie ein aufgeregtes Huhn.

„Clemens, was hast du nur? Melde dich morgen einfach krank, du bist überarbeitet. Erhol dich, mach einen Spaziergang, geh zu deinen geliebten Eisensteinen! Die tun dir immer so gut."

Offensichtlich genervt, wandte Clemens sich um. „Ach, Unfug."

„Versprich mir das!"

Er lächelte gequält. Renate tätschelte ihm die Wange und rückte seine Krawatte zurecht.

Roland schien das Betragen der Eltern peinlich zu sein. Die Augen halb geschlossen, lehnte er mit seinem Kölschglas an der Wand. War er nur des guten Eindrucks wegen mitgekommen, auf den Renate und Clemens so großen Wert legten? Ella wusste, wie sehr die beiden darunter litten, dass er *sich nicht auf den Hosenboden setzte* und trotz des Drucks, den sie ausübten, nicht einmal mittelmäßige Leistungen zustande brachte – das war Renate im Literaturkreis herausgerutscht, Clemens hätte es bestimmt nicht zugegeben. Mattes behauptete sogar, dass Roland in Bonn nicht ins Juridicum, sondern ins Kino gehe und vor Spielautomaten herumhänge. Ob das stimmte? Ella hatte in letzter Zeit keinen Draht mehr zu dem jungen Mann, der früher manchmal auf die Zwillinge aufgepasst und mit offensichtlichem Spaß und beachtlichem Talent mit ihnen gespielt hatte, bis Clemens dem auf seine rigorose Art den Riegel vorschob, weil sein Sohn sich aufs Arbeiten konzentrieren müsse und der Kinderquatsch ihn ablenke. Als

Roland sein Studium an der Fachhochschule abbrach, hoffte Ella, er würde einen pädagogischen Beruf anstreben, aber das Jurastudium passte natürlich besser in die väterlichen Karrierewünsche, genau wie der soldatische Haarschnitt, mit dem er am Freitag an der Seite seines Vaters vom Friseur gekommen war. Ellas Bemerkung gegenüber Renate, Jungs in dem Alter sollten nicht mehr im Elternhaus wohnen, hatte nur Empörung ausgelöst. *Wir lassen ihn nicht in einer Studentenbude verlottern! Aus ihm soll etwas werden!*

Ja, dass aus den Kindern etwas wurde, wollte natürlich auch Mattes, indem er sie mit Spielgeräten überhäufte. Ella hörte ihn gegenüber dem Jagdpächter dozieren, dass man den Kids einiges bieten müsse, um sie zu fördern und konkurrenzfähig zu machen. Haus und Garten förderte er gleich mit, war ständig am Werkeln und Verbessern. Curd, dessen Fehlen ihr schmerzlich bewusst wurde, war ganz anders gewesen – nicht so auf die eigene Scholle und den Grill konzentriert, sondern weltoffen und engagiert, auch wenn böse Zungen behaupteten, seine Spenden für gute Zwecke gingen auf überhöhte Honorare zurück.

Ulrich Cöllner, heute in spack sitzender Weste mit Hirschhornknöpfen, schien nur auf ein Stichwort zu warten, um selbst ans Reden zu kommen. Nun glückte es ihm. Lautstark schilderte er das Naturerlebnis bei Ansitz- und Drückjagd und die erhebenden Gefühle beim Aufsuchen, Nachstellen und Erlegen des Wildes, wofür sich auch die Jugend begeistere, die sich fleißig im Schießen übe und zum Glück gegen die Angriffe verrückter Tierschützer immun sei. Clemens' Augen leuchteten auf und richteten sich auf den Sohn, der aber nicht zuzuhören schien.

Statt den anschließenden Äußerungen über Hege, Waidgerechtigkeit und Pirsch zu lauschen, ging Ella in den Flur, um ihren

Schal an die Garderobe zu hängen. Cöllners Tochter Manuela, deren Körpermasse ein wallendes Gewand umgab, folgte ihr schweren Schrittes, wobei sie mehrfach anstieß, jede Lücke schien für sie zu schmal. Vielleicht suchte sie die Toilette, blieb aber im Flur vor einem gerahmten Foto von Peters Frau stehen und betrachtete es eingehend.

Nicht weit davon stand Jasper in seinen verwaschenen schwarzen Klamotten und tippte auf seinem Handy herum, während seine Großmutter, deren knollige Figur in einem Sackkleid mit großflächigem Blumenmuster steckte, sich ein paar Tapas von der aufgefüllten Platte nahm und den Blätterteig großzügig um sich herumkrümelte.

„Ich sehe gern Krimis", verkündete die Oma kauend. „Und das Beste ist, wenn es eine zweite Leiche gibt. Oder eine dritte. Ich find's herrlich!"

Sie sind alle verrückt, dachte Ella. Und ich bin es auch, wenn ich nicht mal genau weiß, wen ich gesehen habe in der Nacht, und unentwegt meiner Vermutung nachhänge. Die dienstbaren Geister, einfache Leute mittleren Alters, kamen ihr im Vergleich erfrischend normal vor. Der schmächtige Mann mit der Mecki-Frisur hantierte in langer Schürze und Handschuhen schweigsam an neuen Köstlichkeiten herum, schenkte ab und zu Wein nach oder brachte frisches Bier. Vielleicht stammte auch er aus dem Ausland wie seine Kollegin, die auf eine ruhige, unaufdringliche Art mit den Tapas umherging und nach ihrem stumpfen, beinah einfältigen Gesichtsausdruck zu urteilen nicht ein Zehntel von dem verstand, was hier gesprochen wurde. Solche Helfer waren Gold wert. Wo Peter sie nur herhatte? Die wären was für Mattes' vierzigsten Geburtstag.

Pilar

Höchste Zeit für den Grill! Sie stand auf der Terrasse und war im Schein einer Wandlaterne schon eine Weile mit der Holzkohle, den Grillanzündern sowie einer Anzahl Streichhölzer beschäftigt und nach Kräften bemüht, alles falsch zu machen. Bisher war niemand darauf aufmerksam geworden.

„Oh, können einer vielleicht …“, warf sie mit verzweifelter Stimme und hilfloser Gestik ins Gemurmel der Gäste, die sich überwiegend im Wohnzimmer aufhielten. „Wir Fleisch und Gambas, und der Feuer nicht geht!“

Sofort eilten drei Männer herbei.

„Hätten Sie nur eher was gesagt!“, rief Clemens Müllenbach, plötzlich munter geworden.

„Lassen Sie mich mal!“ Der Jagdpächter Ulrich Cöllner.

„Das haben wir gleich!“, drängelte sich Mattes Borke vor.

Langsamer kam Michael Lemon hinzu. „Die Grillanzünder taugen nichts.“

„Männer!“, flötete Renate Müllenbach verzückt.

„Sie lieben das Feuermachen“, stimmte Leocardia Lemon zu. „Das ist seit der Steinzeit so.“

Die beiden jungen Männer, Pascal und Roland, schauten zur Terrassentür heraus und grinsten einander an.

„Mehr was für die Alten“, sagte Pascal.

„Steinzeit eben.“ Roland lachte.

Pascal zuckte mit den Achseln. „Ich versteh nichts davon.“

„Bei mir reicht's, um eine Kerze anzuzünden.“

„Und eine Zigarette?“ Pascal zog eine Packung Gauloises aus der Hosentasche.

Roland schüttelte den Kopf. „Nichtraucher.“

Bravo, dachte Pilar. Sie hasste Zigarettenrauch, und Pascal stank wie ein randvoller Aschenbecher.

„Jasper“, vernahm sie die pummelige Frau im Blumenmuster, die auf die Terrasse trat. „Du bist doch auch gut im Feuermachen.“

Der Enkel, der ihr folgte, schüttelte unwillig den Kopf und ließ seine Kappe tiefer ins Gesicht rutschen. Offenbar wollte er nicht mitmischen, schon der Gedanke daran schien ihm unangenehm.

Die vier Männer am Grill fachsimpelten über die beste Methode. Die Kohle zur Pyramide aufschichten, Pappdeckel oder Eierkartons dazunehmen, Holzspäne beschaffen, Speiseöl hinzugießen, einen Heißluftföhn anschmeißen …

„Werft einfach ein paar Bücher hinein! Hier gibt's doch genug!“ Der Jagdpächter brach in dröhnendes Gelächter aus, aber niemand lachte mit.

Endlich leuchtete ein Feuerschein auf, der aber allzu rasch wieder erlosch. Der Ruf nach einem Blasebalg wurde laut. Müllenbach wedelte mit den Armen, Cöllner pustete.

Pilar stand stumm an der Terrassentür und staunte, dass erwachsene Männer sich für das Erzeugen der Glut ereiferten, als ginge es um eine Überlebensfrage. Sie sah auf die mehr oder weniger breiten Rücken und hatte den Eindruck, dass die vier sich gegenseitig behinderten. Clemens Müllenbach zeigte am meisten Ehrgeiz, Michael Lemon war mehr der Theoretiker, Mattes Borke wirkte verärgert, weil seine Erfahrung nicht zum Zuge kam. Der Jäger nahm den meisten Platz ein und schien sich stetig zu verbreitern. Plötzlich brüllte er, als hätte er einen Zwölfender erlegt:

„Na, seht ihr!“

„¡Gracias! ¡Muchísimas gracias!“, rief Pilar mit dem Ausdruck fassungsloser Bewunderung. „Ich hole die Fleisch!“

„Sachte, sachte, meine Liebe“, sagte Clemens wichtigtuerisch und folgte ihr in die Küche. „Man darf es nicht zu früh auf den

Rost legen. Die Kohle muss gut durchglühen, das braucht Zeit. Überlassen Sie das Grillgut einfach mir, Señora. Ich kümmere mich darum." Mit verantwortungsbewusster Miene übernahm er die Platte mit den Steaks und Koteletts und trug sie gemessenen Schrittes hinaus, als lägen Kronjuwelen darauf.
In ihrem Rücken vernahm Pilar ein Räuspern von Freddy, der am Tisch eine Grillsauce anfertigte. Sie wandte sich um.
„*Grillen ist Männersache*", raunte er und seine Augen blitzten vor Spott. „*Genau wie Brandstiftung.* Wer ist unser Täter?"
„Der Jäger scheint den größten Anteil am Erfolg zu haben, Mattes und Clemens passt das nicht, und Michael erteilt Ratschläge, die niemand beachtet. Mattes hat immerhin das Grillbesteck erobert, und Clemens betrachtet das Fleisch als Kriegsbeute."
„Alle vier verdächtig?"
Pilar blickte auf den Teller mit den Gambas, die noch nicht vollständig aufgetaut waren. „Aufschlussreicher ist vielleicht, wer sich rausgehalten hat: Jasper, Konrad, Pascal, Roland und die Frauen."
Freddy zog die Augenbrauen hoch. „Jasper hat nicht das Zeug, sich gegen die anderen durchzusetzen, das weiß er. Und die zwei Grünschnäbel – wo ist da die Verbindung zu Lemon?"
Pilar bemerkte, dass Pascal an der Schiebtür stand und herübersah. Hoffentlich hatte er nichts verstanden. Wenn er auch nur einen ihrer Sätze halbwegs deutlich gehört hatte, wusste er, dass ihr spanischer Akzent gespielt war. Das würde er nicht für sich behalten. Sie trat nah an Freddy heran und tat so, als müsste sie die Sauce kosten.
„Bei jungen Leuten wäre Brandstiftung auch als Mutprobe denkbar, als Scherz unter Besoffenen oder als Wette", flüsterte sie mit einer Geste, die sich auf ein fehlendes Gewürz beziehen konnte.

Freddy griff nach der Chilimühle. „Konrad mit seinem Trauma scheidet jedenfalls aus. Schon das harmlose Grillfeuer hat ihn in die dunkelste Ecke des Wohnzimmers getrieben. Und die Frauen kommen nicht in Frage, weil Brandstiftung *Männersache* ist. Wie Grillen."

Sein Spott begann Pilar zu ärgern.

„Vielleicht war es eine Frau, die genau das ins Kalkül gezogen hat", schlug sie vor. „Mach die Sauce nicht zu scharf."

„Eine richtig raffinierte Brandstifterin? So ein seltener Falter ausgerechnet im Pappelweg?"

„Das Grillen war eine blödsinnige Idee, ich geb's zu."

„Aber es lockert die Stimmung. Pass auf, wir erfahren noch was."

Es klingelte an der Haustür. Pilar spähte in den Flur und sah, wie Peter Beerlauch die Tür öffnete. Draußen stand ein magerer Mann in den Fünfzigern mit gelblich bleicher Haut. Seine Halbglatze glänzte unter dem Licht des Türstrahlers wie frisch poliert.

„Herr Mörike ..."

Das hörte sich keineswegs erfreut an. Pilar hatte den Eindruck, an Beerlauchs Hinterkopf erkennen zu können, wie seine Augenbrauen sich zusammenzogen.

„Einen wunderschönen Abend", sagte der Mann vor der Tür und lächelte schief, als trüge er ein schlecht sitzendes Gebiss. „Ich komme hoffentlich nicht ungelegen? Da hier so viele Menschen versammelt sind, wie ich von draußen sehen konnte, dachte ich mir, es stört Sie jetzt nicht, wenn ich einen Blick durchs Parterre werfe. Ich meine sogar, durchs Fenster jemanden erkannt zu haben. Ist Ihre Frau ebenfalls anwesend?"

„Nein, ist sie nicht", erwiderte Beerlauch in einem Ton, der erkennen ließ, dass er den Mann nicht hereinlassen wollte.

Freddy ergriff die Saucenschüssel und eilte damit in den Flur. Er flüsterte Beerlauch etwas zu, das sicher mit dem ungebetenen Gast zu tun hatte, aber ebenso gut einen Aspekt bei der Herstellung der Grillsauce betreffen konnte. Beerlauch machte eine unwillige Handbewegung, Freddy raunte irgendwas Beschwichtigendes.

Schließlich gab Beerlauch die Tür frei. „Aber gut, bitte sehr."

Freddy kam zurück in die Küche. „Das ist der Bauherr, von dem ich dir erzählt habe", flüsterte er. „Wahrscheinlich hat er Frau Ansbach vom Club der Lemon-Geschädigten erkannt."

„Die Tochter des Waidmanns? Jetzt wird es interessant. Wie kommt es, dass der Mann hier auftaucht?"

„Ich habe ihm einen Wink gegeben."

Pilar durchfuhr ein Schreck. Es wäre nicht das erste Mal, dass Freddy ein folgenschwerer Fehler unterlief. „Er kennt dich? Weiß er, dass du Detektiv bist?"

„In meiner Rolle als Jasper hab ich ihn kurz gesprochen, ansonsten nur telefonisch kontaktiert. Als Vertreter der neuen Interessengemeinschaft *Ehrlichkeit am Bau.*"

Freddy

Pilars Frage war ihm durch und durch gegangen. *Weiß er, dass du Detektiv bist*?

Mörike konnte es wissen. Oder einer von den anderen Gästen. Jasper und Beerlauch wussten es sowieso, und ob man sie von jedem Verdacht freisprechen konnte, war nicht sicher. Freddy hatte das Problem verdrängt, er wollte diesen Umtrunk durchziehen und versprach sich einiges davon. Was sonst wäre in Betracht gekommen, um alle diese Leute näher in Augenschein zu nehmen und miteinander umgehen zu sehen?

Pilar stellte den Teller mit den Gambas in die Mikrowelle, und Freddy dachte an die Hinfahrt zum Pappelweg. Da hatte er ihr erzählt, dass er als Jaspers Double aufgetreten war. Den Fahrradunfall hatte er ausgespart, um sie nicht zu beunruhigen. War das ein Fehler gewesen? Die Küche war nicht der richtige Ort, um die Information nachzuholen. Seine Hautabschürfungen waren Pilar anscheinend nicht aufgefallen, ungewöhnlich für sie, die normalerweise eine gute Beobachterin war. Vielleicht war sie zu nervös. Er selbst war es natürlich auch. Wenn der Mörder Bescheid wusste und glaubte, den Detektiv ausschalten zu müssen, würde der zweite Angriff nicht lange auf sich warten lassen. Der Mörder würde es jetzt besser machen. Hinterhältiger, raffinierter, endgültig.
Wenn man nur eine ungefähre Ahnung hätte, wer es sein könnte! Irgendein verräterisches Zucken, ein bösartiger Zug um den Mund, würde schon helfen, sich gegen ihn zu wappnen. Aber zwischen Bier zapfen, Wein nachschenken und Anordnung neuer Häppchen war Freddy niemand aufgefallen, dessen Blick forschend auf ihm ruhte, niemand, der ihn verstohlen aus dem Augenwinkel beobachtete, niemand, der wie zufällig in die Küche kam und um sein Wasserglas strich, um etwas hineinzuträufeln. Alle machten den Eindruck, als wäre Freddy ihnen völlig gleichgültig, eine männliche Servicekraft eben, weiter nichts. Und dennoch konnte hier eine Person sein, für die er interessanter war als für alle anderen. Jemand, der nicht zulassen konnte, dass Freddy Stieger auf die richtige Spur kam.
Oder war der Täter keiner von den Gästen, sondern ein Unbekannter, der draußen vor der Tür lauerte? Der im Dunkeln darauf wartete, dass Freddy herauskam und sich anschickte, nach Hause zu fahren? Würde er ihm unterwegs eine Falle stellen? Freddys Gesicht verzog sich schmerzlich, als er an seine

Familie dachte, den kleinen Jonas und Birgit, die ihn gebeten hatte, den Auftrag abzulehnen. Während er ein Baguette in Scheiben schnitt, schielte er hinüber zu Pilar, die nichtsahnend mit einer Schale Oliven zu den Gästen unterwegs war und später auf dem Beifahrersitz mit ihm ins Verderben fahren würde. Hätte er sie bloß nicht hineingezogen.

Von der Terrasse klang ein Lachen herüber. Unwillkürlich lachte auch Freddy. Er war ja hoffnungslos überspannt! Hier lauerte niemand. Wahrscheinlich war der Brandmörder jemand von außerhalb, auf den der Verdacht nicht so leicht fiele, jemand, der sich relativ sicher fühlen konnte und sich hütete, noch einmal in der Gegend aufzutauchen. Die Schrauben am Fahrrad hatten sich von selbst gelöst, oder ein dummer Junge aus dem Dorf hatte daran herumgefummelt. Das Schlimme war nur, dass es keine zuverlässigen Anhaltspunkte dafür gab, was überhaupt wahrscheinlich war. Und das Gefühl, dass noch was passieren würde, ließ sich nicht durch ein Lachen wegfegen.

Irina

Es widerstrebte ihr fürchterlich. Für diesen Entschluss hatte sie zwei volle Tage gebraucht. Wenn der Süße wirklich in Gefahr schwebte, war das zu lang. Sie wartete noch, bis Kevin eingeschlafen war, und wählte dann Jennys Handynummer. Viel zu spät. Sie würde sich ewig vorwerfen müssen, nicht rechtzeitig gehandelt zu haben.

Das Freizeichen ertönte viele Male. Jenny ging nicht dran. Die hat keinen Bock, dachte Irina, sie sieht, dass ich es bin, und meint, ich will sie fertigmachen, weil sie den Süßen angebaggert hat. Dabei will ich nur, dass sie ihn warnt! Und dass sie dem Hasi nicht die kleinste Kleinigkeit über den Süßen verrät.

Sie schrieb eine Nachricht. Das Formulieren fiel ihr schwer, aber schließlich sandte sie die beiden Sätze ab.
Es kam keine Antwort. Nicht mal das Zeichen, dass Jenny die Nachricht gesehen hatte. Zu Hause schaute die fast nie aufs Handy, das hatte Irina schon öfter festgestellt.
Die Minuten verstrichen. Immer noch nichts. Sollte sie zu Jennys Wohnung laufen und dort klingeln? Und Kevin? Den konnte sie nicht einfach allein lassen. Andererseits schlief er bis Mitternacht immer wie ein Murmeltier, da konnte sie eventuell ruhig … Natürlich konnte sie! Das dauerte ja nicht lange.
Rasch zog sie sich die Jeansjacke über, blickte ins Kinderzimmer und horchte auf die gleichmäßigen Atemzüge ihres Sohnes. Leise verließ sie die Wohnung. Sie ging schnell und rannte ab und zu, bis sie Seitenstiche bekam. Jenny wohnte westlich vom Ölmühlenweg. Das war nicht allzu weit, aber auch nicht gerade um die Ecke. Den Straßennamen hatte Irina vergessen, aber den Wohnblock fand sie trotzdem.
Hinter den Fenstern im dritten Stock war alles dunkel. Sie klingelte. Einmal. Zweimal. Dreimal. Vielleicht lagen die zwei schon zusammen im Bett! Sie versuchte es nochmal auf dem Handy. Nichts. Sie trat unter eine Laterne und schrieb eine weitere Nachricht, länger als die erste und richtig Klartext. Ihre erste hatte viel zu verworren geklungen, mit vielen Fehlern, als sei sie besoffen. *Wenn du kannst, sag es ihm sofort!*, fügte sie als letzten Satz hinzu. Mehr konnte sie im Moment nicht tun.
Sie eilte nach Hause. Als sie die Grabenstraße erreicht hatte, gab ihr Handy einen Piepser von sich. Nachricht von Jenny: *Ach, so ist das! Ja, okay. Ich weiß, wo der wohnt, bin neulich hinterhergefahren. Heut ist er auf Party bei Nachbarn. Bin unterwegs.*
So ist sie, die Jenny, dachte Irina zerknirscht, die lässt sich nicht bieten, was ich monatelang hingenommen habe. Die will wissen,

wo er herkommt. Und sie hat ein Auto, die kann überallhin und fährt ihm einfach hinterher.
Irina schloss die Haustür auf. Im Treppenhaus kam ihr Frau Schneider im lindgrünen Steppmantel entgegen. Ihr Kopf war hochrot, die Augen schienen Irina entgegenzuspringen, die Hände fuchtelten durch die Luft.
„Ihr Kind schreit! Aber wie! Was laufen Sie in der Nacht herum, wenn Sie einen Zweijährigen haben, der mutterseelenallein zu Hause ist? Wie können Sie so was machen? Ich hab die Polizei gerufen, ich bin ja nicht reingekommen! Immerzu dieses Brüllen! Die Beamten müssten gleich hier sein."
Irina stöhnte und stürmte die Treppe hinauf. Von unten verfolgte sie Frau Schneiders Gekeife über *Unreife* und *Verantwortungslosigkeit*, von oben schlug ihr Kevins Gebrüll entgegen. Wie sollte sie der Polizei erklären, warum es so dringend gewesen war, die Wohnung zu verlassen? Würde sie womöglich verhaftet? Vor ein Strafgericht gestellt? Würden sie ihr Kevin wegnehmen? Wirklich, ihr Leben wurde immer komplizierter.

Gudrun

Dieser prüfende Blick … Der traf sie schon zum zweiten Mal, seit sie bei Peter versammelt waren. Ahnte Ella was?
Gudrun stellte ihr Glas auf die Schieferplatte des Couchtischs. Nicht, dass sie den Rotwein verschüttete! Denn plötzlich erinnerte sie sich an etwas, das ihr zwischenzeitlich entfallen war und nun erschreckend gegenwärtig war: Als sie in jener Nacht die Gestalt an Curds Haustür bemerkt hatte, weit nach Mitternacht und lange bevor der Turm lichterloh brannte, hatte sie für einen Augenblick gemeint, im ersten Stock von Nummer 1, dem einzigen Haus auf der anderen Straßenseite, stehe jemand am dunklen Fenster und schaue über den Garten hinweg

herüber. Es war nur eine unklare längliche Silhouette. Oder eine Spiegelung auf der Glasscheibe, eine optische Täuschung – das hatte sie sich schließlich eingeredet. War es Ella gewesen? Hatte auch sie die Gestalt an Curds Tür bemerkt?
Zu Gudruns Erleichterung blickte die junge Frau mit dem Zopf nun woanders hin, zur Terrasse, wo etwas gebrutzelt wurde, obwohl schon alle satt sein mussten. Gudrun hing weiter ihren Gedanken nach. Hätte sie nur von dem unseligen Streit nichts mitbekommen! Ihr gutes Gehör war nicht immer ein Segen. Es war am Freitagabend vor dem Brand und bereits dunkel gewesen. Sie saß mit einer Strickarbeit unter der Stehlampe in der Küche. Durch den geöffneten Kippflügel tönten Bruchstücke einer Schimpferei von der Tür des Nachbarhauses herüber. *Was ist denn mit Curd los?*, wunderte sie sich. So kannte sie ihn nicht. Es klang, als ob er sich in einem unerfreulichen Zwiespalt befände und durch die Lautstärke selbst überzeugen müsste. Er putzte da irgendwen herunter, es schien, als schnauzte er einen Sohn an. Aber der Zurechtgewiesene, der nichts oder nur Unverständliches sagte, war bestimmt nicht Michael, sie hatte den wuchtigen Geländewagen nicht kommen gehört, ebenso wenig ein Auto seiner Brüder. Wären ihr nicht zwei Maschen von der Nadel gerutscht, wäre sie aufgestanden und zum Fenster gegangen. Als sie die Maschen gerettet hatte, war Curds Stimme verstummt, und ein Stockwerk unter ihr klappte die Tür zu. Das wollte sie erst recht nicht gehört haben, war sich aber nicht sicher, ob es wirklich die Eingangstür der Souterrainwohnung war, die sich neben ihrer eigenen Tür unter dem Vordach befand. Konrad war auf dem Klo und hatte anscheinend nichts gehört.
Nichts war sicher, deshalb musste sie sich nicht vorwerfen, dass sie bei der Vernehmung durch die nette Kommissarin nichts davon erwähnt hatte. *Nach dem Abendbrot legte ich Patiencen,*

mein Bruder las, und Pascal sah in seiner Wohnung einen Film mit Schüssen und wiehernden Pferden – oh, Sie meinten Freitagabend? Da kann ich mich an nichts Besonderes erinnern. Außer dass der Wind ums Haus heulte und es überall klapperte.
Jedes dieser Worte lag ihr schwer im Magen, nun musste sie sich dringend setzen. Sie erblickte einen freien Sessel mit geschnitztem Holzrahmen, Nussbaum, mit grüner Seide bespannt. Vorsichtig ließ sie sich darauf nieder, wusste sie doch, dass antike Sitzmöbel oft nicht allzu belastbar waren.
Ach, der gute Pascal, jetzt kam er noch einmal zu ihr, ein volles Pilsglas in der Hand. Schade, dass Anja, ihr Patenkind, ihn nicht mochte, obwohl er ein hübscher Kerl war und im Alter genau passte. Es wäre wundervoll, die beiden als Paar zu sehen, und für ihn wäre es ein Trost, nach all dem Furchtbaren in seiner Jugend.
„Was ist los, Gudrun?", Pascal beugte sich zu ihr herunter. „In dir rumort doch was."
Sie fühlte sich ertappt. „Das sind die Käsepastetchen, von denen ich mehr verzehrt habe, als mir gut tut."
„Das Fleisch auf dem Grill musst du auch noch probieren. Riecht verlockend, was?" Sein Mund kam ihrem Ohr ganz nahe. „Peter treibt einen ganz schönen Aufwand. Warum macht er das, was meinst du?"
„Er feiert seinen Einstand, Pascal", erwiderte sie ebenso leise, „das gehört sich so."
„Du bist naiv, verzeih mir die Bemerkung. Der will herauskriegen, wer von uns dem Curd die Hütte angezündet hat."
„Ach, mein Lieber, man sollte nichts Schlechtes von den Menschen denken, das tu ich nie." Im Gegenteil, fügte sie in Gedanken hinzu, ich denke noch gut von einem Menschen, wenn ich Anlass habe, das Schlimmste zu vermuten.

„Ist doch nichts Schlechtes, einen Mörder finden zu wollen, oder?" Pascal grinste, seine Augen blitzten. Er hob sein Glas. „Wünschen wir ihm viel Erfolg. Prost!"
Gudrun streckte die Hand nach ihrem Weinglas aus und stellte fest, dass sie zitterte. Doch als ihre Finger den Kelch erreichten, hielt sie inne. Durch die Gesellschaft schien ein Ruck zu gehen. Alle blickten zur Schiebetür. Schlagartig trat Stille ein. Jemand Neues hatte den Raum betreten: Birte, Peters Frau. Über die Renate so unmissverständliche Andeutungen gemacht hatte.
Birte lächelte steif und sah vom einen zum anderen. „Was für eine Überraschung. Willkommen in meinem Haus."
Peter eilte auf sie zu. „Liebling, ich muss dir das erklären."
„Weshalb *erklären*, Schatz? Ich finde es furchtbar nett, dass du dir die Einsamkeit vertreibst."
Sie schob ein rotes Stück Leder, an dem ein Schlüssel baumelte, in die seitliche Tasche ihrer schicken kurzen Cordjacke und ging hinaus auf die Terrasse. Gudrun sah, wie sie die Jacke abstreifte und über eine Stuhllehne legte, die Männer am Grill begrüßte und ins Wohnzimmer zurückkam. Daran war nichts verkehrt, das dachten wohl auch die anderen, denn die Gespräche wurden wiederaufgenommen. Einzig Manuela, die Tochter des Jagdpächters, deren Körperfülle kaum in den Clubsessel passte, erweckte den Eindruck, die schöne Lehrerin mit den Augen aufspießen zu wollen. Sie brach ihre Unterhaltung mit dem knochigen Herrn namens Mörike ab und stellte ihr Glas so fest auf den Couchtisch, dass es klang, als ginge es zu Bruch.
„Komm, Vater", sagte sie auf die ruppige Art, die man an ihr gewohnt war.
Sie wuchtete sich aus dem Sessel, ergriff den Arm des Jägers, der daneben stand, und steuerte mit ihm den Flur an, ohne die Frau

des Hauses zu grüßen. Cöllner blickte Birte mit unverhohlener Neugier an und nickte ihr zu, aber die Tochter zog ihn weiter. Gudrun schämte sich für sie, so unhöflich durfte man nicht sein. Von ihrem Sessel aus konnte sie bis zum Eingangsbereich schauen und sah nun, dass Manuela Halt machte und mit jemandem sprach. Es war eine dunkelhaarige junge Frau, die Gudrun unbekannt war. Sie trug einen zipfeligen kurzen Rock über schwarzen Leggings, und am Hals glitzerte ein mit Strass besetztes Band. Gudrun hätte Pascal gern gefragt, ob er sie kenne. Aber ihr Mieter stand wieder mit Roland in der Nähe der Terrassentür, was für diesen sicher Ärger nach sich zog, denn Clemens hatte dem Filius jeden Kontakt zu der *Metzgerbrut* verboten und führte oft Bemerkungen wie *Mördersohn* und *der Apfel fällt nicht weit vom Stamm* im Mund.

„Gehen Sie einfach hinein", sagte Manuela zu dem Mädchen und verschwand mit dem Vater an der Hand nach draußen.

Die junge Frau trat zögernd an die Schiebetür. Die Menge der stehenden und sitzenden Gäste verwirrte sie offenbar, auch wenn niemand sie beachtete. Alle schienen auf Birte konzentriert, bis auf Pascal und Roland, die der Terrasse zustrebten und im Türrahmen mit der schwarzlockigen Servierkraft zusammenstießen. Die trug einen Stapel schmutziger Teller, und es schepperte gewaltig. Die Köpfe der Gäste schwenkten herum, Leocardia entfuhr ein Schrei. Doch der Spanierin gelang es, alles in Balance zu halten. Sie schritt weiter, ohne dass auch nur eine einzige Gabel herunterfiel. An der Schiebetür blieb sie stehen.

„Señorita suche was?"

„Ich bin die Jenny und suche den Stefan. Der muss hier irgendwo sein."

„Stefan", wiederholte die Spanierin und stoppte zwei Messer, die auf ihrem Tellerstoß ins Rutschen gerieten.

Gudrun blickte sich verwundert um. Der Name sagte ihr nichts.
„Wer ist Stefan?“ Die Frage kam von Clemens, den Gudrun eben noch am Grill gesehen hatte. Mit vorgeneigtem Kopf näherte er sich dem Mädchen, das erschrocken dreinblickte und einen Schritt zurückwich. „Hm, liebe Jenny? Wer ist das? Oder heißt er vielleicht anders?“
Das klang nicht freundlich, mutete sogar drohend an. Was war in Clemens gefahren? Kannten die beiden sich? Das junge Ding passte eher zu seinem Sohn, den Gudrun im Moment nicht sehen konnte, und natürlich zu Pascal. Der stand plötzlich wieder im Raum und ging schnurstracks auf das Mädel zu.
„Mein Zweitname“, sagte er zu Clemens, „den benutze ich sonst nie. Aber er gefällt der Jenny besser.“
„Äh – wie?“ Das Mädchen schien verdutzt. „Mensch, lass mich in Ruh, ich muss, ich …“
Pascal legte den Arm um ihre Schulter und schob sie zur Haustür. Dabei flüsterte er ihr etwas zu, das sicher nur sie verstehen konnte. Ihre Stirn kräuselte sich, als versuche sie zu begreifen.
Gudrun konnte nicht anders – sie erhob sich und folgte den beiden in den Flur. Es kam ihr so vor, als hätte diese Jenny etwas ganz anderes gewollt und Pascal sie überrumpelt. *Pascal Stefan Heckes …* Das wollte nicht so recht passen. Aber was für ein bildhübsches Ding. War sie Pascals Freundin? War sie womöglich das Mädchen, von dem in Curds Geschimpfe die Rede gewesen war – am Freitag vor dem Brand?
Die Haustür schloss sich hinter den beiden. Gudrun befiel ein leichtes Unwohlsein, sie musste zurück zum Sessel. Als sie sich umwandte, traf ihr Blick auf Clemens. In angespannter Haltung stand er da und starrte das Türblatt an. Auf seiner Stirn perlten Schweißtropfen.
„Stimmt was nicht, Clemens?“

Auch ohne eine Antwort wusste sie, dass hier ganz gewiss nicht alles stimmte. Ihre Augen begegneten denen der spanischen Servierfrau, die die Szene gleichfalls verfolgt hatte. Mit der weißen Rüschenschürze und dem klobigen goldenen Kreuz am Hals wirkte sie wie eine brave, fromme Frau vom Land, wie es sie hierzulande kaum noch gab, doch empfand sie offenbar das Gleiche wie Gudrun: Hier ist eine Geschichte im Gang, das riecht nach Eifersucht. Hatte Clemens mit der Jenny ein Techtelmechtel? War Pascal sein Konkurrent? Sicher war nur eins: Die arme Renate, die am Stehtisch an ihrem Kotelett herumsäbelte, hatte nichts davon gewusst. Clemens würde ihr einiges erklären müssen.

Peter

Die Gäste hatten das Haus verlassen. Gläser, Geschirr und Besteck waren in Kisten eingeräumt, die letzten Tapas im Kühlschrank verstaut, die Reste teils in den Mülleimer, teils in Bollis Magen gewandert. Peter schloss die Terrassentür, ließ sich in die Sofaecke fallen und legte die Füße auf den Couchtisch. Er war völlig erledigt.

Die Anspannung der letzten Stunden war enorm gewesen, seine Rolle als Gastgeber allzu fragwürdig. Einerseits wollte er die Sympathie der Leute gewinnen, andererseits war er der heimliche Handlanger des Spions einer argwöhnischen Witwe. In diesem Spagat hatte ihn Birtes Beziehung zu dem Architekten kaum noch aufgeregt, und er war froh, dass sie nicht sauer war, das Haus voller Gäste vorzufinden. Der gefürchtete Moment des Wiedersehens war untergegangen in der Geselligkeit, in die Birte eintauchte, als wäre es selbstverständlich. Ihre vorzeitige Rückkehr hatte ihren Grund in einem Wasserrohrbruch in Monikas Haus, den ein Nachbar gemeldet hatte, worauf die Freundinnen Hals über Kopf die Heimfahrt antraten.

Doch Mörikes Auftauchen hatte Peter in Unruhe versetzt. Er hatte ihn kaum aus den Augen gelassen. Der Mann warf einen kurzen Blick in die Küche und zur Treppe und nahm mit reich beladenem Teller neben Manuela Ansbach Platz. Als Birte erschien, unterbrach er seine Mahlzeit. Peter war gespannt, wie Birte reagieren würde, aber sie schien sich nur schwach an den damaligen Bauherren zu erinnern, der ihr mit einem Kompliment über ihr Aussehen die Hand drückte und zu seinem Teller zurückkehrte. Ob sie beunruhigt war, hätte Peter nicht sagen können. Clemens dagegen erstarrte mitten im Gespräch, als er den Mann mit dem blassblonden Haarkranz durch die offenstehende Terrassentür erblickte, und wirkte bemüht, kein zweites Mal in diese Richtung zu schauen. Mörike selbst zeigte keine Reaktion. Hatte er den ehemaligen Leiter des Bauaufsichtsamts nicht erkannt, weil die Sache zwei Jahrzehnte her war? Oder tat er nur so? Legte er es darauf an, nicht aufzufallen?

Detektiv Stieger und seine Mitarbeiterin Pilar Álvarez-Scholz setzten sich Peter gegenüber in die kleinen Clubsessel. Birte ließ sich in der anderen Ecke des Sofas nieder. Auf Peters antikem Lieblingsstück lag zusammengerollt der Kater.

„Dann mal los“, sagte Freddy Stieger mit einer Munterkeit, die nicht ganz echt wirkte. „Was haben wir an interessanten Details?“

Peter wurde von einem heftigen Unwillen gepackt. Warum hatte er so was Dubiosem wie einem Umtrunk zur Oberservierung der Nachbarn zugestimmt?

„Wer sind wir, dass wir hier Worte und Mimik jedes Gastes sezieren und praktisch jedem einen Mord zutrauen dürfen? Das ist ekelhaft!“

Stieger sah ihn gleichmütig an. „Ich hab nun mal einen ekelhaften Beruf. Und Pilar ist ekelhaft aus Leidenschaft."
Die beiden grinsten einander an. Peter ärgerte das. Hatten die zwei auch noch ihren Spaß daran?
„Es dient einem guten Zweck", entgegnete Pilar Álvarez-Scholz ohne einen Hauch südländischen Akzents. „Dem Mörder auf die Spur zu kommen. Daran müssten alle ein Interesse haben. Bis auf den Täter selbst."
„Als ob das so leicht wäre, wenn schon die Polizei es nicht schafft", sagte Peter gereizt. „Das grenzt an Naivität und Überheblichkeit. Abgesehen von der Alkoholikerin hat kein Mensch über Curd geredet."
„Natürlich nicht", erwiderte Pilar. „Alle waren auf der Hut. Ohne zu wissen, wer sie beobachtet. Von der einfältigen spanischen Serviermaus haben sie es bestimmt nicht erwartet."
„Und was hat die *Serviermaus* zu Tage gefördert?"
„Es gibt Erkenntnisse, aus denen sich was ergeben kann. Mein Eindruck: Ella Borke weiß was, Gudrun Rüttelfalk weiß was. Sie begegnen einander vorsichtig und forschend, als fürchteten sie, dass die jeweils andere ebenfalls Bescheid weiß."
„Das kann was ganz Bedeutungsloses sein", meinte Peter kratzbürstig.
„Ella schläft schlecht, und Gudrun steht wegen ihrer Blasenschwäche öfter auf", schaltete sich Birte ein. „Könnten sie in der Brandnacht nicht was bemerkt haben? Eine Person, die sie nicht verraten wollen?"
Erstaunt sah Peter sie an. Offenbar hatte sie die Zeit, die sie sich unter die Leute gemischt hatte, auf ihre Weise genutzt.
„Für das Feuer wurde vermutlich Spiritus aus Jaspers Schuppen benutzt", erklärte der Detektiv. „Die Flasche ist polizeilich beschlagnahmt. Gudrun und Ella könnten Jasper gesehen haben."

„Ihn oder jemand anderen", sagte Birte. „Der Schuppen ist nicht abgeschlossen, sagt Jaspers Oma. Jeder kann sich den Spiritus geholt haben."

„Was war mit Ihnen?", wandte Pilar sich unvermittelt an Birte. „Ihr Auftauchen trieb Manuela Ansbach in die Flucht."

„Sie hatte Angst, dass ich ihr Kotelett vergifte."

Peter hielt die Luft an. Die Serviermaus brachte wirklich was ins Rollen.

„Als ich bei Curd einen Job hatte, versuchte sie, mir was anzuhängen", fuhr Birte fort. „Ich hätte falsche Berechnungen aufgestellt und die Männer vom Bauaufsichtsamt bezirzt, damit sie nichts beanstandeten. Das ist Blödsinn, und sie weiß es. Ich habe Rechnungen nur nach Diktat getippt, ich war eine unbedarfte junge Studentin. Mit der Kreisverwaltung hatte ich nichts zu tun, außer mal ein Telefongespräch durchzustellen. Curd ging es nicht gut, ihm fehlte der Überblick, und er zahlte mir viel zu viel." Trotz des gedämpften Lichts der Stehlampe sah Peter, dass sie errötete. „Er verwöhnte mich, angeblich war es ihm eine Freude, vielleicht war es Verliebtheit. Ich dumme Gans fühlte mich geschmeichelt und unternahm nur halbherzige Versuche, die Dinge klarzustellen. Deshalb habe ich ihn nie erwähnt, Peter, diese unrühmliche Zeit war mir peinlich. Als wir beide zusammenzogen und sich der Fall erledigt hatte, wollte ich erst recht nicht darüber reden."

Wenn das mal alles ist, dachte Peter griesgrämig.

„Frau Ansbachs Unterstellungen machten die Runde. Sie heizte den anderen Bauherren ein. Die riefen an und beschimpften mich. Es folgten anonyme Briefe und Strafanzeigen."

„Davon hättest du mir ruhig erzählen können", maulte Peter. Er ärgerte sich, dass es so quengelig klang.

„Ich dachte, es hilft mir, wenn ich die Sache totschweige. Die Angst, womöglich nicht in den Staatsdienst zu dürfen, lähmte mich."

Pilar Álvarez-Scholz nickte, als hätte sie sich das alles schon gedacht. „Hat Herr Mörike Sie auch beschimpft?"

„Nicht offen. Vielleicht hat er einen anonymen Brief verfasst."

„Wissen Sie, dass der damalige Leiter des Bauaufsichtsamts unter den Gästen war?"

Birte lachte. Glockenklar, wie Peter es mochte, rein wie die Wahrheit. „Wer soll das denn gewesen sein?"

„Clemens Müllenbach. Ihr Nachbar."

„Müllenbach! Der Name kam mir schon bekannt vor. Ihn selbst habe ich nie gesehen."

Nun grinste auch Peter. Vor Erleichterung. Birte hatte also nie auf Clemens' Schoß gesessen.

„Jetzt zu Konrad Rüttelfalk, dem alten Herrn", fuhr die Serviermaus fort. „Da er im Krieg unter dem Feuer litt, wäre es nicht unverständlich, wenn er seinen ärgsten Feinden den Feuertod wünschte. War Curd Lemon ein Feind?" Sie sah fragend in die Runde.

Wieder war es Birte, die sich äußerte. „Curd war der Sohn seines verhassten Vetters Johann."

Peter war verdutzt. „Woher weißt du das?"

„Von Gudrun. Wir haben Familiengeschichte ausgetauscht, meine war leider erfunden. Johann war zwei Jahre älter als der große Bruder der Geschwister Rüttelfalk und ein strammer junger Nazi mit kurzer, steiler Karriere in der Wehrmacht. Im Gegensatz zum Bruder, der in Russland fiel, kam Johann unversehrt zurück ins heil gebliebene Elternhaus, machte Karriere, heiratete, hatte Kinder – all das, was Konrad versagt war, da er nach dem Krieg körperlich und seelisch so gestört war, dass er keine Ausbildung zuwege brachte und nicht in der Lage war, einem Beruf nachzugehen und eine Familie zu gründen. Vor ein paar Jahren kaufte der 95-jährige Vetter seinem Sohn Curd das Grundstück im Pappelweg, ausgerechnet neben dem der Rüttelfalks. Als hätte er sie kurz vor seinem Tod noch einmal ärgern wollen."

„Ist er auf natürliche Weise gestorben?", wollte der Detektiv wissen.

„Er starb im Marien-Hospital in Euskirchen, wo Renate arbeitet. An einer Lungenembolie."

„Schwer vorstellbar, dass Konrad sich nachts in Curds Haus geschlichen hat", meinte Peter. „Er ist Ende achtzig."

„Wirkt aber noch recht mobil", wandte Pilar ein.

„Gudrun und Ella könnten Konrad jedenfalls in der Brandnacht gesehen haben", sagte Stieger. „Der Schlüssel neben Curds Haustür war leicht einzustecken für den alten Herrn."

„Konrad hätte das nicht nötig gehabt!", ertönte eine aufgebrachte Stimme aus dem Flur.

Freddy und Pilar fuhren herum. Peter sprang auf. Die Schiebetür flog zur Seite. Auf der Schwelle stand Ella. Er fing ihren zornigen Blick auf. Die nachbarschaftliche Freundschaft war im Eimer.

„Mensch, ihr Pfeifen!", schnauzte Ella in einer Heftigkeit, die Peter ihr nicht zugetraut hätte. „Konrad ist seit Jahren im Besitz eines Schlüssels! Er hat immer die Katze gefüttert, wenn Curd und Lisa im Urlaub waren!"

„Du bist noch hier, Ella?", murmelte Peter hilflos.

„Ich hatte mein Seidentuch in der Garderobe vergessen. Eure Haustür stand angelehnt, deshalb bin ich einfach reingegangen. Schließ erst mal richtig die Tür, bevor du hier Sherlock Holmes spielst!" Sie drehte sich abrupt um. Der Arm mit dem blauen Tuch zuckte an ihrer Seite.

„O je“, murmelte Peter, als die Haustür hinter ihr ins Schloss fiel. „Da hab ich beim letzten Gast nicht aufgepasst.“
Zögernd setzten sich alle wieder hin.
„Konrad kann den Schlüssel trotzdem vom Brett genommen und über den Zaun geworfen haben, um den Verdacht von sich auf Jasper zu lenken“, überlegte Pilar. „Und Ella regt sich so maßlos auf, weil sie ihn tatsächlich gesehen hat und das verheimlichen möchte.“
Freddy nickte. „Aber wir dürfen den seltsamen Auftritt von Clemens Müllenbach nicht vergessen. Was war mit ihm, als die Jenny auftauchte? Offenbar kannte er sie.“
„Für eine Liebesaffäre war sein Blick zu kalt“, meinte Birte.
„Die beiden jungen Männer zogen auf die Terrasse und rannten mich fast um“, sagte Pilar. „Sie zischten sich was zu, ich hab nur das Wort *Hals* verstanden. Als Clemens mit dem Mädchen sprach, kam Pascal wieder herein und stürzte auf sie zu. Roland hab ich nicht mehr gesehen.“
„Jenny kann Rolands Freundin sein, und die Eltern sollen es nicht wissen“, schlug der Detektiv vor.
„Der Sohn soll erst Karriere machen, bevor er sich an Mädels ranmacht“, sagte Peter.
„Ich glaube, beide Jungs haben mit dem Mädel nichts am Hut“, wandte Pilar ein. „Die wollten nur, dass sie abhaut.“
„Wieso?“, fragte Peter. „Die ist doch hübsch.“
„Sie kann eine Nervensäge sein. Warum hat ihr Pascal zuvor den Namen *Stefan* genannt? Damit sie ihn nicht findet! Und dann kreuzt sie hier auf. Das Zischen hieß vielleicht: *Die wirft sich jedem an den Hals*, oder: *Schaff mir die vom Hals.* Nur weiß ich nicht, von welchem der beiden es kam.“
Birte gähnte. „Sie sind unreif. In unserer Oberstufe höre ich ständig solche Sprüche.“
„Der reife Clemens hat auch eine Freundin“, sagte Stieger.

Peter richtete sich ungläubig in der Sofaecke auf. „Nee!"
„Ich habe ihn beschattet. Und Lisa hat erzählt, dass Curd ein Luxushaus für das Schätzchen gebaut hat. In Clemens' Auftrag und streng geheim. Die junge Dame ist im Grundbuch als Eigentümerin eingetragen, lebt aber bescheiden in einer Dachwohnung. Clemens hat das Architektenhonorar nicht gezahlt, worauf Lemon die Schlüssel zum Liebesnest zurückbehielt."
„Wittere ich da ein Motiv?" Peter ergriff eine plötzliche Aufregung. Clemens und ein Liebchen – das allein war schon unvorstellbar. Aber sich den Nachbarn, an dessen Tisch er gegessen hatte und dessen Sohn sich für seine Bücher interessierte, als Brandstifter und Mörder vorzustellen, schien außerhalb jeder Möglichkeit. Peter sah zu Birte hinüber. Sie zuckte nur mit den Schultern, als hätte sie nie daran gezweifelt, dass jeder Bewohner des Pappelwegs als Brandmörder in Betracht käme.
„Wer ist das Herzchen?", fragte Peter. „Nicht die Jenny?"
„Sie heißt Irina, ist rötlich blond und mit Sicherheit jünger als seine Tochter. Am Sonntag kam er nicht beglückt aus ihrer Wohnung, sondern wütend."
Stieger runzelte die Stirn, als spüre er der Szene im Geiste nach. Es trat eine grüblerische Stille ein. Vielleicht versuchten alle, sich vorzustellen, wie der behäbige Clemens nachts in den Turm tapste und ein Feuer entfachte, um dem schlafenden Curd samt seinen unbezahlten Rechnungen den Garaus zu machen. Peter wollte es nicht gelingen.
„Er war also wütend", brach Pilar das Schweigen. „Hat sie ihn beleidigt? Ausgelacht und Fettsack genannt? Oder Schluss gemacht? Ich bin zu müde, mein Verstand tut's nicht mehr." Sie lehnte sich zurück und blickte neben sich auf den Teppich, wo Bolli sich behaglich grummelnd auf dem Rücken räkelte. „Der hat kein einziges Mal gebellt, als die Gäste kamen. Ist er immer so?"

Peter streckte die Hand nach Bollis weicher Stirn aus. „Das wissen wir zu schätzen."
„Ein kläffender Hund wäre nervig", sagte Birte.
Hieß das, dass sie den ruhigen Bolli jetzt akzeptierte? Peter wurde warm ums Herz. Die Mitarbeiterin des Detektivs aber hob die dunklen Augenbrauen. Was dachte sie?
Birte gähnte schon zum zweiten Mal. Freddy Stieger und Pilar Álvarez-Scholz erhoben sich. Peter brachte die beiden zur Tür. *Und was hat der ganze Aufwand gebracht?*, dachte er, während er hinter ihnen abschloss. *Erkenntnisse, aus denen sich was ergeben kann.* So ein Schwachsinn.
Er spürte einen kühlen Luftzug im Nacken und sah, dass der Kippflügel des straßenseitigen Küchenfensters noch offen war. Gefolgt von Bolli eilte er dorthin, um ihn zu schließen. Danach den Kater füttern und schnell ins Bett!
Die Hand schon am Fenstergriff, hielt er inne. Der Detektiv und seine Mitarbeiterin sprachen miteinander vor dem Haus. Es war nicht laut, aber sie standen neben dem Kippflügel.
„Ein Hund, der bellt, kann Leben retten", sagte sie.
„Der Mörder hat gewusst, dass Bolli nicht anschlägt, und konnte sich darauf verlassen", meinte er.
Peter blickte auf den Hund hinunter, der Ohren und Rute hängen ließ, als wüsste er, dass er versagt hatte. In seinem Käfig in Rumänien wäre Bellen zwecklos gewesen. Er hatte vergessen, wozu es gut war.

Freddy

„Jetzt wissen wir schon eine ganze Menge", sagte Pilar und stieg auf der Beifahrerseite in den Twingo, den Freddy sich von Birgit ausgeliehen hatte, weil es ihm ratsam schien, heute ein anderes Auto zu benutzen.

Er ließ seinen Blick noch einmal rundum schweifen, bevor er sich ans Lenkrad setzte.

„Wieso drehst du dich nach allen Seiten um? Denkst du, wir könnten eins auf die Rübe bekommen? Weshalb? Bis auf Ellas Hereinplatzen ist alles bestens gelaufen, und ich glaube nicht, dass sie überall herumposaunt, die Servicekräfte seien nicht ganz echt. Vielleicht hält sie uns für Hilfspersonal der Polizei, dann wird sie schweigen."

Freddy lenkte den Twingo um die Ecke. Sämtliche Fenster in den Häusern links und rechts waren dunkel. Nur in einem Dachfenster war ein schwacher Schein.

„Beobachte bitte den rechten Straßenrand und den Außenrückspiegel."

„Hä? Was ist los?"

„Ich hab dir nicht alles erzählt. Ich war nicht gut als falscher Jasper."

„Quatsch, ich bin mir sicher, du warst grandios."

„Jemand weiß Bescheid."

„Du meinst aber nicht Peter und Jasper selbst?"

„Nein. Da ist noch irgendwer. Am Sonntag, als ich hinter Clemens her war, hab ich Jaspers Rad an der Kapelle abgestellt und bin aufs Auto umgestiegen. Als ich zurückkam und mich aufs Fahrrad schwang, brach das Vorderrad weg. Mein Neffe ist nach so einem Sturz gestorben."

„Ich kenne mich mit Fahrrädern nicht aus, aber …"

„Jemand hatte die Schrauben gelöst."

„Können die sich nicht von allein lockern und abfallen?"

„Jasper beteuert, er habe das Rad vor Kurzem überholt und alles kontrolliert."

„Jasper. Hm."

Sie befanden sich mittlerweile auf der L 492. Im Scheinwerferlicht neigten sich links und rechts die Wiesen in sanften grauen

Wellen. An ihrem Ende erhob sich die schwarze Masse des Waldes. In den Häusern von Hilberath, wo Freddy der L 261 folgte, brannten ein paar Lichter, dahinter begann das Waldstück Richtung Altendorf. Die Straße war völlig frei. Im Rückspiegel blieb es dunkel.

„Und wenn Jasper der Mörder ist?", kam Pilars Stimme aus der Finsternis.

„Schau zum rechten Straßenrand, bitte."

„Da ist nichts, Freddy."

Der Wald blieb hinter ihnen. Altendorf rückte näher. Ein Ort, der im Laternenlicht zu schlafen schien. Niemand zu sehen. Tiefe Schwärze über Feldern und Obstplantagen. Erst im hellen Kern von Meckenheim waren Leute unterwegs. Man sah ihnen an, dass es sie heim ins Bett zog.

„Wir müssen herausbekommen, was Gudrun und Ella wissen", sagte Freddy, als jenseits des Scheinwerferlichts alles wieder düster war. „Ob sie Jasper oder Konrad in der Brandnacht gesehen haben. Oder sonst irgendwen."

Am Straßenrand standen Bäume, hinter denen blitzschnell jemand auftauchen, sie zum Halten zwingen und überfallen konnte. Oder man blendete ihn jäh, was an einer solchen Straße nicht gut ausgehen konnte. Von dieser Methode hatte er schon gehört.

Nun kam die gerade Strecke durch den Kottenforst, die heute länger schien als je zuvor. Im Rückspiegel tauchten Scheinwerfer auf. Sie wurden rasch größer und erhellten den Innenraum des Twingos. Warum fuhr der Kerl so nah auf?

Endlich das ersehnte gelbe Schild: Bundesstadt Bonn. Der Stadtteil Röttgen. Der Heimathafen. Ein Stück Sicherheit. Noch nie war Freddy die Reichsstraße, die mitten hindurchführte, so schön erschienen. Das Licht der Straßenlaternen umfing ihn mit freundlicher Helligkeit.

Er musste Pilar noch ins benachbarte Ückesdorf bringen und fuhr die von Bäumen gesäumte Reichsstraße weiter. Als er linkerhand einbog, rauschten die fremden Scheinwerfer geradeaus. Himmel, er war ja nur hysterisch. Niemand war hinter ihm her. Ein vernünftiger Mörder verhielt sich still, um sich nicht zu verraten. Aber waren Mörder vernünftig?
„Lass uns morgen telefonieren, Freddy."
Pilar stieg vor ihrem Haus aus, an dem noch mehrere Fenster hell erleuchtet waren. Freddy fühlte, dass sein Hemd schweißnass war. Fröstelnd fuhr er zurück nach Röttgen, zum Kurfürstenplatz, wo sein bescheidenes kleines Haus stand, ein 150-jähriger Fachwerkbau, den sein Vater einst von einem Bauern gekauft hatte. Birgit hatte am nächsten Tag Frühdienst im Malteserkrankenhaus, sie war bestimmt schon im Bett. Er musste leise sein.
Als er den Twingo abgestellt hatte und auf das Häuschen zuging, sprang die Tür auf. Warmes gelbes Licht strömte ihm entgegen, und mittendrin stand Birgit im Nachthemd, das Haar verwuschelt.
„Freddy, ich hab was Furchtbares geträumt. Der Mörder des Architekten hat den Twingo angehalten! Und dich massakriert."
Genau das hatte er sich die ganze Fahrt über vorgestellt. Er schloss sie in seine Arme. „Was für eine abwegige Idee! Wie kommst du darauf?"
Im selben Moment fiel ihm etwas viel Schlimmeres ein: Die Sicherheit zu Hause war trügerisch. Der Brandmörder kam, wenn sein Opfer schlief. Er konnte längst wissen, wo der Detektiv wohnte. Das Fachwerk würde brennen wie Zunder.

9

MITTWOCH

Peter

Es musste mitten in der Nacht sein. Er war aufgewacht, hatte aber nicht den Eindruck, dass ihn Alpträume geplagt hätten. Im Gegenteil. Kurz vor dem Aufwachen hatte er eine friedliche Urlaubsszene durchlebt: Birte und er auf einem frühlingshaften Pfad in einem lichten Wald.

Nach und nach kam ihm zu Bewusstsein, dass im Dunkeln etwas war, das nach seiner Aufmerksamkeit verlangte. Widerstrebend öffnete er die Augen. Es war stockfinster. Sein Kopf tat höllisch weh. Schon die Drehung zum Wecker auf dem Nachttisch war zu mühsam. Wie viel Rotwein hatte er intus? Er hatte sich an den guten aus dem Weingeschäft gehalten. Fantastischer Tropfen, soweit er sich erinnerte.

Die Augen drohten wieder zuzufallen. Er war hundemüde. Eine Qual, sich halb aufzurichten und zum Horchen zu zwingen. Aber nichts. Nur Birtes zartes Schnarchen und das dumpfe Pochen unter seiner Schädeldecke, die zwei Nummern zu klein schien.

Er ließ den Kopf zurück aufs Kissen sinken. Und fuhr wieder hoch. Oha, da war doch was! Nicht das Knirschen des Kissens, es war an der Tür. Ein sehr feines Geräusch, das ihm kalte Schauder über den Rücken trieb. Als ob da jemand vorsichtig mit einer Feile herumkratzte. Oder einem Schraubenzieher, einem Draht …

Seine Hand tastete nach dem Knopf der Nachttischlampe. Die plötzliche Helligkeit schmerzte in den Augen. Der Eindringling

hinter der Tür musste den Lichtstreifen sehen, schien aber unbeeindruckt. Er feilte und kratzte unablässig weiter.
Peter sprang auf und sah sich hektisch um. Was kam als Waffe in Frage? Bücher, Schuhe, Gürtel? Der Kleiderbügel, der stabile aus Holz! Das Kratzen wurde schwächer. Peter lauschte, mit dem Bügel in der Hand.
Er glaubte, ein Fiepen zu vernehmen. Ein Tier? Der Kater! Beschämt warf Peter seine Waffe zu Boden. Er legte sich ins Bett, schaltete das Licht aus und rollte sich auf die andere Seite, weg von dem lästigen Geräusch. Der Kater konnte warten. Sollte sich ein Beispiel an Bolli nehmen, der jede Nacht ruhig und brav unten im Flur auf seiner Decke blieb.
Das Kratzen hörte nicht auf. So ein unverschämter Bursche! Es war ein beharrliches rhythmisches Arbeiten, bei dem man unmöglich einschlafen konnte. Und es wurde stärker. Der ruinierte den Anstrich! Im Nu war Peter wieder auf den Beinen. Er knipste die Lampe an und wankte zur Tür.
„Mistvieh! Was willst du?“
Die grünen Riesenaugen blickten zu ihm hoch. Das getigerte Fell war bis in die Schwanzspitze gesträubt, die Ohren waren abgeklappt. Was sollte das? Rätselhaftes Tier! Nun drehte es den Kopf zur Treppe und fauchte. Krach mit dem Hund? Peter stöhnte. Die Viecher konnten verdammt lästig sein.
„Rein oder raus? Entscheide dich, ich muss schlafen!“
„Lass doch den Krach“, murrte Birte schläfrig. „Mach die Lampe aus.“
Das Licht erlosch von selbst.
Irgendwo im Parterre knisterte und knackte was. Fremdartige, emsige Laute wie von einer Invasion gefräßiger kleiner Wesen. An der Wand über der Treppe flackerte ein Lichtschein auf und nieder. Und es roch – verbrannt!

Peter stieß einen Schrei aus. Er rannte zur Balkontür und riss beide Flügel auf. Kühle Nachtluft strömte herein. Der Kater schoss an ihm vorbei, sprang auf die Brüstung und von dort zum Apfelbaum.

„Es ist so kalt", murmelte Birte aus der Bettdecke.

Peter tastete auf dem Nachttisch nach dem Handy und tippte die 112 ein. Wir hätten nichts gemerkt, schoss es ihm durch den Kopf, giftige Rauchgase hätten uns lautlos vom Schlaf zum Tod befördert. Genau wie Curd Lemon. Wenn nicht der Kater dagewesen wäre. Lemons Kater. Der sonst jede Nacht draußen war.

Die Feuerwache meldete sich, doch konnte Peter nicht sagen, ob unten ein Kleinbrand, Mittelbrand oder Großbrand loderte. Er war so durcheinander, dass er die alte Adresse durchgab. Beim Korrigieren verhaspelte er sich. Die neue Anschrift musste er zweimal wiederholen.

„Wir sind in wenigen Minuten da. Schließen Sie die Tür zum Flur. Gehen Sie raus auf den Balkon."

Peter hatte vorgehabt, sich dem Brandherd zu nähern, um ein paar Dinge zu retten, so wie die Großeltern im Krieg ihre besten Stücke aus den Flammen geholt hatten. Aber der Mann am Telefon sagte eindringlich, dass dies keine gute Idee sei. Je nachdem, was da unten verbrannte, konnten einige Atemzüge für eine tödliche Rauchgasvergiftung ausreichen.

Der Hund!, fiel Peter ein. Er raste zum Treppengeländer. Qualm versperrte die Sicht nach unten.

„Bolli!", brüllte er außer sich. Er wusste, dass es sinnlos war: Wenn der Hund auf seiner Decke lag, war er tot.

„Was schreist du so?", rief Birte aus dem Bett.

„Es brennt!"

Sie warf die Bettdecke von sich und stürzte auf den Balkon. Verzweifelt rannte Peter zwischen ihr und dem Treppengeländer hin und her, zu keinem vernünftigen Gedanken fähig. Der

Qualm! Der Hund! Die Möbel und was sonst dran glauben musste, waren egal – aber der Hund!
„Mach die Tür zu!", schrie Birte zitternd und zähneklappernd. „Die zur Treppe!" Vor dem blauschwarzen Himmel glich sie in ihrem Nachthemd einem verirrten Geist.
Fahrig tastete Peter nach ihren Hausschuhen und ihrem Morgenmantel und nahm beides mit hinaus. Da hörte er die durchdringenden Signale. Blaulichter zuckten durch die Nacht. Ein gigantischer Feuerwehrwagen bog um die Ecke. Zwei weitere Löschfahrzeuge und ein Mannschaftswagen folgten. Männer mit Helmen und Signalstreifen auf der Einsatzkleidung sprangen heraus. In Windeseile rollten sie Schläuche aus. Andere legten eine Leiter an den Balkon und halfen Birte, die jetzt Schläppchen und Morgenrock trug, und Peter mit seiner rutschenden Pyjamahose hinunter auf die Wiese neben dem Haus.
Was war mit Bolli?
Scheinwerfer strahlten auf, Leute mit Atemschutzmasken drangen ins Parterre ein. Motoren brummten, Generatoren ratterten, Wasser lief, Befehle wurden gebrüllt. Es zischte, rauschte, brodelte, roch nach Diesel und Verbranntem. In den umliegenden Häusern gingen die Lichter an.
„Wo ist mein Hund?"
Die Frage verhallte ungehört in Hektik und Betriebsamkeit. Es war viel zu laut, und noch lief die Wasserpumpe. Auf der Straße waren Polizeiautos und Rettungswagen eingetroffen. Von Blaulichtern umkreiselt standen Peter und Birte im nachtfeuchten Gras und verfolgten fröstelnd das Geschehen, Birte stumm, mit zusammengepressten Lippen, Peter in fieberhaften Überlegungen, ob im Parterre eine vergessene Kerze gebrannt hatte oder Funken vom Grill ins Haus gelangt sein konnten. Das Angebot,

sich in einem Polizeiauto aufzuwärmen, lehnten sie dankend ab. Die Rettungswagen konnten ohne sie abfahren.
Ein Mann kam auf sie zu und stellte sich als Einsatzleiter vor. „Was für ein Glück, dass Sie wach geworden sind! Ein Brandherd im Wohnzimmer, einer unter der Treppe. Beide waren rasch unter Kontrolle und sind gelöscht. Gleich kann die Spurensicherung ins Haus. Wenn die mit allem durch ist, dürfen Sie bald wieder rein. Was ich Ihnen allerdings jetzt schon sagen muss …" Er drehte sich der Straße zu, wo gerade die Schläuche eingezogen wurden.
Jetzt kommt es, dachte Peter, jetzt sagt er mir, dass leider der Hund … Er hatte nicht für möglich gehalten, derart an einem Tier hängen zu können.
Der Einsatzleiter wandte sich wieder um. „Es tut mir Leid: Die Treppe lässt sich reparieren, aber ein Bücherregal ist völlig hin, was drin war, ist mehr oder weniger Asche."
„Haben Sie denn den …" Durch den dünnen Stoff des Schlafanzugs spürte Peter etwas Feuchtes, Weiches in den Kniekehlen. Er zuckte zusammen. Im nächsten Moment konnte er sich nichts Schöneres vorstellen. Ihm kamen die Tränen. „Bolli!"
„Ist das Ihr Hund? Der lief auf der Straße herum, als wir kamen."
Peter umarmte Bolli und drückte ihn an sich. Dann begriff er: Wenn der Hund beim Eintreffen des Löschzugs auf der Straße herumlief, war er durch die Haustür hinausgelangt. Die Peter selbst abgeschlossen hatte … Jemand war durch die Tür gegangen, als sie schliefen.
Allmählich dämmerte der Morgen herauf. Es war lausekalt. Birte und Peter hatten von den Feuerwehrleuten Wolldecken erhalten, die sie halbwegs warmhielten. Zwei Kriminalbeamte baten sie zu einem Gespräch an den Gartentisch. Im Wohnzimmer nahmen zwei Männer in Schutzanzügen Proben aus

der Umgebung des Brandherds und verpackten sie in verschließbare Aluminiumtüten. Eine zerschmolzene Steckdosenleiste war auch dabei, wie Peter durch die geöffnete Terrassentür erkennen konnte. Er nahm an, dass die Leute Brandsachverständige waren. Die Holztreppe hatten sie schon untersucht. Ein Teil des Geländers war zerstört, mehrere der massiven Stufen waren oberflächig angekokelt, mit Ausnahme der untersten, die verkohlt und brüchig war. Einer der Experten kündigte an, das Labor des Landeskriminalamts könne am Abend vielleicht erste Aussagen zur Brandursache machen.
„Selbstverständlich war es Brandstiftung", sagte Birte. „Wir hatten die ganze Straße zu Gast und noch ein paar Leute mehr. Eine fantastische Möglichkeit für den Täter, sich gründlich umzusehen."
Mörike, dachte Peter mit Bitternis. Während der Ex-Bauherr im Sessel saß und mit harmlosem Gesicht sein Grillfleisch verzehrte, hatte er die geeigneten Stellen für die Brandherde vermutlich schon ausgewählt. Diese Niete von Detektiv hätte ihm nichts von dem Umtrunk erzählen dürfen, und er, Peter, war bescheuert genug gewesen, sich bequatschen und jede Vorsicht fahren zu lassen und dem Mann die Tür weit zu öffnen! Auf dessen trauriges Lächeln waren alle hereingefallen. Obgleich die bleiche Visage an Graf Dracula erinnerte.
Die Beamten notierten die Namen der Gäste. Peter wies darauf hin, dass frühere Kunden Lemons darunter waren, die seine Frau aus dem Architekturbüro kannten. Inzwischen waren auch die Mitglieder der Mordkommission eingetroffen, die Peter und Birte bereits am ersten Sonntag gesehen hatten, die Hauptkommissarin mit dem Pferdeschwanz, Sabine Ahrbrück, und ihr großer, breitschultriger Kollege, Oberkommissar Jan Möller. Ob ihnen irgendwas Besonderes aufgefallen sei? Peter schüttelte den Kopf und Birte ebenso. Das Gespräch mit den Detektiven

war zur Weitergabe nicht geeignet, und die kleine Szene zwischen Jenny, Clemens und Pascal hatte Peter nur zur Hälfte mitbekommen, abgesehen davon, dass solche Liebesgeschichten mit Birte und ihm überhaupt nichts zu tun haben konnten.

„Die Kollegen haben keine Auffälligkeiten an Türen und Fenstern entdeckt", sagte die Kommissarin. „Auf welchem Weg kann jemand heute Nacht ins Haus gelangt sein?"

„Es war alles geschlossen", sagte Peter. „Einschließlich der Kellerfenster."

„Moment", stieß Birte hervor.

Sie stürzte ins Wohnzimmer und weiter zur Schiebetür. Peter machte ein paar Schritte in den Raum hinein, wo die Brandexperten gerade ihre Sachen einpackten. Er sah Birte im Flur stehen. Sie hantierte mit hastigen Bewegungen an der Garderobe herum.

„Als ich gestern nach Hause kam, hatte ich diese Jacke an! Der Schlüssel war in der rechten Tasche und jetzt …" Sie hielt ihr grünes Cordjäckchen hoch, drehte es um und schüttelte es. Ein weißes Papiertaschentuch segelte heraus. „Nichts! Er ist weg! Den hat einer geklaut!"

„Du könntest ihn in deine Handtasche …"

„Die ist in der Küche. Ich schau nach."

Sie verschwand um die Ecke. Die Kommissare traten ins Wohnzimmer, wechselten ein paar Worte mit den Brandexperten und verabschiedeten sich von ihnen. Birte kam bereits zurück.

„In der Handtasche ist er nicht."

Ahrbrück und Möller sahen einander an.

„Hing die Jacke auch gestern an der Garderobe?", fragte die Kommissarin.

„Ich hatte sie auf der Terrasse über eine Stuhllehne gelegt."

„Waren da noch alle Gäste anwesend?"

Peter nickte. „Frau Ansbach und Herr Cöllner sind kurz darauf gegangen."

„Beim Aufräumen habe ich die Jacke hereingeholt und an die Garderobe gehängt", sagte Birte, „aber nicht darauf geachtet, ob der Schlüssel noch drin war."

„Wer war zu der Zeit noch da?"

Peter erklärte, wie das mit Freddy Stieger und Pilar Álvarez-Scholz war.

Möller grinste breit. „Die zwei kennen wir aus Bonn. Die machen alles komplizierter."

Birte betonte, dass die Haustür anscheinend nur angelehnt und Ella Borke unbemerkt hereingekommen war. Ob zwischen der Verabschiedung der letzten Gäste und Ellas Auftauchen jemand im Flur gewesen war, wüssten sie nicht, sie hätten die Schiebetür zugemacht.

Frau Ahrbrück fragte nach dem Aussehen des verschwundenen Schlüssels.

Peter reichte ihr seinen Hausschlüssel. „Wie dieser."

„Aber an meinem hängt ein rotes Ledertäschchen, dessen Reißverschluss kaputt ist", sagte Birte.

Die Kommissarin bat darum, die Form und Größe des Täschchens aufzuzeichnen. Birte nahm Stift und Notizblock entgegen und ging damit zum Couchtisch.

„Einer der Gäste wollte uns umbringen", erklärte sie in düsterem Ton, während sie etwas Ovales aufmalte. „Hier verbringe ich keine weitere Nacht. Keine einzige."

Ahrbück versicherte, eine Polizeistreife werde in kurzen Abständen Kontrollfahrten machen, und bot an, einen Kollegen aus der Abteilung Prävention und Opferschutz vorbeizuschicken, was Birte jedoch ablehnte. Als die Kriminalbeamten das Haus verließen, sank Birte auf den nächststehenden Küchenstuhl.

„*Opferschutz*. Davon verspreche ich mir nichts.“
Peter warf einen Blick ins Wohnzimmer. Das zusammengebrochene Regal vor der verrußten Wand, die verkohlten Bretter, das versengte Parkett, die schwarzen Fetzen von Papier und Pappe und die vom Löschwasser zu grauem Brei vermengte Asche – all das beschwor die Vorstellung herauf, wie es ohne den beharrlichen Kater weitergegangen wäre. Es brachte ihn immer noch aus der Fassung.
Er hörte, dass Birte telefonierte, und ging zu ihr in die Küche. Sie bestellte gerade ein Hotelzimmer für zwei Personen.
„Lass uns packen“, sagte sie und legte auf.
„Kann der Hund mit ins Hotel?“
„Der muss hierbleiben.“
„Dann bleibe ich auch. Ich kaufe Brandmelder und bringe sie sofort an, dann können wir beruhigt schlafen.“
„Mensch, Peter! Der Mörder schraubt sie einfach ab. Oder er kommt mit einem Messer direkt an unser Bett. Zwei Leute im Tiefschlaf zu erstechen ist nicht schwerer als Feuer zu legen.“
„Lassen wir das Schloss austauschen.“
„Dann hebelt er die Terrassentür auf oder benutzt einen Glasschneider. Wer unbedingt ins Haus will, schafft das.“
„Ich bezweifele, dass es sich um einen geübten Einbrecher handelt. Sonst müsste er keine Schlüssel klauen.“
„Er kann sich einschlägige Tipps besorgen. Erhöhter Aufwand schreckt einen Mörder nicht ab. Oder eine Mörderin.
„Denkst du an Frau Ansbach mit ihrem hasserfüllten Blick?“
„Ihr traue ich eine Menge zu. Aber sie kann den Schlüssel nicht geklaut haben, ihr Elefantenschritt hätte das Haus zum Beben gebracht. Das hätten wir gemerkt. Ihr Umfang hat sich seit damals verdreifacht.“
„Traust du es Herrn Mörike zu?“

„Ich weiß nicht. Pilar hatte ihm weiteres Grillfleisch auf den Teller gelegt, auf dem er so verzückt herumkaute, als sei das sein höchstes Glück. Einen Brandstifter vor der Tat stelle ich mir anders vor."
„Hast du nicht immer gemeint, es müsste jemand von damals sein?"
„Ja, ja, irgendwie, aber jetzt … und der Club der Geschädigten aufgelöst …" Birte wirkte plötzlich abwesend. „Der Brandgeruch macht mich wahnsinnig. Hier war es mir vom ersten Tag an nicht geheuer, und nun ist Schluss." Sie erhob sich. „Die Kaufinteressenten sollen nächste Woche kommen. Ich rufe den Makler an." Sie ging zur Treppe, streckte die rechte Hand wie gewohnt zum Geländer aus und zuckte zurück – sie hatte in zerborstenes schwarzes Gestrüpp gegriffen.
Peter befielen heftige Schuldgefühle, die der Schrecken bislang in Schach gehalten hatte. Hätte er nicht auf dem Einzug bestanden, wäre Birte der Horror der vergangenen Stunden erspart geblieben. Ja, sie mussten fort von hier.
„Ich gehe mit dem Hund raus und erkundige mich, wer ihn nehmen kann."
Birte lächelte schwach, griff zum unversehrten Handlauf an der anderen Seite und machte einen großen Schritt zur zweiten Stufe. „Ich packe meine Sachen und fahre. Wann kommst du nach?"
„Augenblick." Ihm war plötzlich, als würde er sie vielleicht niemals wiedersehen. Zwischen ihnen war noch was zu klären. „Hast du dieses Haus ausgesucht, um nah bei Curd zu sein, weil du …"
Sie starrte ihn an. Erschrocken? Überrascht?
„… ein Verhältnis mit ihm hattest?"
„Peter!"
„Clemens hat dich mit ihm vor dem Wein-Depot gesehen."

„Was für ein aufmerksamer Nachbar!“ Sie lachte, klangvoll wie gewohnt und ungekünstelt. „Ich habe dort den Wein für den Geburtstag unseres Direktors besorgt.“

„Wer in der Großstadt wohnt, fährt nicht zum Einkaufen in eine Kleinstadt. Jacques’ Wein-Depot gibt es auch in Bonn.“

„Peter, das war der Tag, an dem die Kollegin, die zum Kultusministerium gewechselt hat, ihren Abschied im Waldhotel in Rheinbach feierte. Auf der Heimfahrt fiel mir das Wein-Depot auf, da kam mir die Idee, die paar Flaschen dort zu besorgen. Und dann sah ich Curd auf dem Parkplatz! Ich war völlig baff. Wir hatten uns seit damals nicht gesehen. Erst tauschten wir ein paar Neuigkeiten aus, dann schwärmte er von seinem Wohnort, und als er sagte, das Haus nebenan stehe zum Verkauf, dachte ich: Genau das brauchen wir – raus aus der Stadt, raus aus der schlechten Luft, der Anonymität …“

„Warum hast du mir das nicht erzählt?“

„Das wollte ich ja, hätte aber viel erklären müssen, und nie fand sich der richtige Moment. Ich wusste, dass alles, was ich verdrängt hatte, wieder hochkochen würde, deshalb schwebte mir dafür ein Spaziergang durch den Wald oder eine Bank mit Aussicht vor. Und dann geschah der Mord.“

„Da hättest du endlich reden können!“ Das kam schärfer heraus als beabsichtigt. Obwohl er ihr keine Vorwürfe machen wollte. Jetzt nicht mehr.

„Ich konnte nicht, Peter.“ Ihr Lächeln wirkte ungewohnt verlegen und hilflos. Sie küsste ihn auf die Stirn, schwang herum und eilte die Stufen hinauf.

Ja, so war sie. Für Birte, die stets danach strebte, alles im Griff zu haben, brauchte ein klärendes Gespräch den richtigen Zeitpunkt und den passenden Ort. Auch wenn beides nun heftig aus dem Rahmen fiel – ein Morgen, an dem sie der Katastrophe

entronnen waren, eine Treppe mit Brandspuren und dem Geruch von kalter Asche.
Peter hörte die Badezimmertür zuklappen und kurz darauf das Wasser in der Dusche rauschen. Seine Anspannung ließ nach, seine Haltung lockerte sich. So war das mit Vermutungen. Zuerst machte man sich verrückt, und dann war alles anders. Die Gerüchte um Birte und Curd waren nichts als eine hässliche dicke Blase. Waren auch seine übrigen Mutmaßungen falsch? Galt der heutige Anschlag nicht Birte, sondern ihm selbst? Würde der zweite Schlag kommen, wenn er allein war, anders und unabwendbar? Peter schüttelte sich. Ach, Unsinn, er war jetzt einfach fix und fertig.
Er stieg die Treppe hoch und betrat das Schlafzimmer, um seinen schlabbernden Pyjama gegen etwas Vorzeigbares einzutauschen. Sein Blick traf das Doppelbett mit den beiseitegeworfenen Decken. Ihn überkam das unabweisbare Bedürfnis, sich auszustrecken. Nur ganz kurz.
Kaum lag er, fielen ihm die Augen zu. Ich hab was vergessen, dachte er, während er dem Schlaf entgegenglitt, vergessen, als die Polizei da war. Einen Namen nicht genannt … Jenny-Wie-auch-immer … mach ich … noch …

Ella

Ich muss mit ihr reden. Ich hätte es längst tun müssen, längst! Das sagte sie sich schon seit drei Uhr morgens, als sie so jäh aus dem Schlaf erwacht war. Feuerwehrsirenen, Blaulicht, Löschzug, Rettungswagen, Polizei. Im ersten Augenblick hatte sie gemeint, den vorletzten Sonntag noch einmal zu erleben, wie in dem Film *Und täglich grüßt das Murmeltier*. Bis sie begriff, dass es ein neuer Brandfall war. Ein anderes Haus.
Und ihre Schuld.

Es war kaum zu ertragen. Wären Birte und Peter umgekommen, hätte sie das niemals verkraftet, auch wenn sie sich hundertmal gesagt hätte, dass sie es nicht hatte ahnen können. Sie durfte nicht länger schweigen. Er war gefährlich. Unberechenbar.

Heute begann ihre Arbeitszeit in der Apotheke erst mittags. Ursprünglich hatte sie vorgehabt, den freien Vormittag für ein paar Einkäufe zu nutzen, das war nun nebensächlich. Denn dies hier erlaubte keinen Aufschub.

Sie ging schräg über die Straße auf das Haus von Gudrun und Konrad zu. Auf ihr Klingeln öffnete die alte Dame selbst. Zum Glück.

„Ich muss mit dir reden", sagte Ella. „Allein."

„Komm rein. Konrad nimmt oben ein Bad."

Ella trat ein und hörte das Plätschern des Wassers in der ersten Etage. Gudrun schloss die Haustür und blieb davor stehen. Anscheinend sollte Ella hier im düsteren Flur reden, zwischen der Tür und den Stufen nach oben. Na gut.

„Ich habe in der Nacht jemanden gesehen."

„Heute Nacht?"

„In der Nacht, als Curd ums Leben kam. Ich werde das Gefühl nicht los, dass du ihn auch bemerkt hast."

Gudruns Gesicht glich einer Wand, an der die Tür ins Schloss gefallen war. Ich hab's falsch angefangen, dachte Ella zerknirscht. Nun musste sie weiterreden.

„Obwohl es weit nach Mitternacht war, dachte ich, er hätte die Katze gefüttert, weil Lisa und Curd fort sind. Später haben wir ja erfahren, dass Curd zu Hause war, also lag ich mit dem Katzenfüttern falsch. Was hat er an der Tür der Pappelburg gemacht? Ich hatte den Eindruck, er kam gerade heraus."

„Von wem redest du?"

„Von deinem Bruder."

Gudruns Gesichtszüge blieben unbewegt. Das Plätschern im ersten Stock verstummte.
„Ich hab der Polizei nichts gesagt", sagte Ella hastig. „Ich will ihn nicht in Schwierigkeiten bringen, in seinem Alter. Und ich hab mir eingeredet, dass man sich im Dunkeln nie hundertprozentig sicher sein kann."
Gudrun hob das Kinn. Ihre Miene war verändert, wirkte jetzt überlegen. „Wie kannst du behaupten, dass du ihn gesehen hast, wenn du dir nicht sicher bist?"
„Die schmale Figur, der bedächtige Schritt und die Kapuzenjacke, die konnte ich gut erkennen. Und er ging zu eurem Haus …"
Ella hielt inne. Was bin ich für ein Kamel, dachte sie, erst gestern hab ich festgestellt, wie sehr sie sich ähneln. Auch Gudrun kann diese Jacke getragen haben. Die Kapuze war übergestreift, die genaue Form des Kopfes nicht erkennbar, schon gar nicht von weitem.
„Kapuzenjacke", sagte Gudrun verächtlich. „So ein Ding hat fast jeder."
„Und nun der Brand bei Peter und Birte. Wir wissen alle, dass Konrad komisch mit Feuer ist. Er nannte es mal eine Strafe. Im Krieg fürs deutsche Volk, und jetzt vielleicht –"
„Du meinst, er ist verrückt?", fiel Gudrun ihr ins Wort. „Vom Wahn gepackt? Unberechenbar?" Ihre Stimme war scharf und laut, sicher im ganzen Haus zu hören.
„So hab ich es nicht gemeint. Aber er hat Curd und dessen Vater Johann gehasst. Das hast du mir erzählt."
„Hab ich das?"
„Es ist auch kein Geheimnis, dass ihm Curds lärmende Sippe ein Dorn im Auge war."
„Du meinst, das sei ein Grund zum Morden? Ich verrate dir, was er heute Morgen gesagt hat: *Da hat einer fürchterliche*

Probleme. Und er hat recht! Bloßes Ungemach wie Neid und Lärm kann das nicht sein. Geh in dich, Ella, du weißt, dass Konrad keiner Fliege was zuleide tut."
Ella musterte die hagere ältere Frau. War sie es gewesen in jener Nacht? Hatte sie Konrad zuliebe den Sohn des verhassten Vetters beseitigt? Und heute Nacht – was war da? Sie sahen einander in die Augen.
Sie verbirgt was, dachte Ella. Wenn sie es nicht selbst war, hat sie Konrad gesehen. Gudrun ist sonst immer aufrichtig. Wenn sie was verschweigt, ist ihr Herz beteiligt. Wenn sie lügt, ist der Grund gewichtig.
„Habt ihr Brandmelder im Haus?", fragte Ella, nur um irgendwas zu sagen.
„Pascal besorgt uns welche und baut sie ein."
„Dann brauchst du dir ja keine Gedanken zu machen."
Ella sah natürlich, dass Gudrun sich mächtig Gedanken machte. Und sie, Ella, musste sich bei der Polizei entschuldigen, weil sie so lange geschwiegen hatte, und endlich mitteilen, was sie gesehen hatte: Eine schmale Gestalt, die mitten in der Nacht aus Curds Haus kam und unter dem Vordach der Nummer 8 verschwand.
Aber wenn diese Person nur zur Täuschung unter das Vordach getreten war und das Manöver gewählt hatte, weil sie Ella am Fenster entdeckt hatte und sich beobachtet glaubte? Dann konnte es jeder sein, der die Absicht hatte, Ella in die Irre zu führen, damit sie den Falschen belastete. Lieber nicht zur Polizei. Noch nicht. Es konnte so viel kaputt machen.
Gudrun öffnete die Tür. Ella verabschiedete sich mit einem missglückten Lächeln, das die alte Frau nicht erwiderte.
Die Unterredung war unüberlegt und sinnlos gewesen, gestand sich Ella ein, als sie ins helle Sonnenlicht hinaustrat. Hoffentlich bedeutete sie nicht das Ende einer langjährigen Freundschaft, in

der man sich mit Eiern, Milch, Zwiebeln und Waschmittel aushalf und gemeinsam feierte. Vielleicht hätte sie Gudrun erzählen sollen, was sie herausgefunden hatte, nachdem sie gestern Abend Birte und Peter belauscht hatte, vielleicht wäre es dann besser gelaufen. Aber jetzt hatte sie keine Lust mehr dazu.
Die Tür der Nummer 8 fiel hinter ihr ins Schloss. Die Morgensonne kam Ella grell vor, sie musste blinzeln. Im Gegenlicht erblickte sie eine schlanke Silhouette, die sich einen Helm aufstülpte und mit langen Beinen auf ein Moped stieg, das an ein großes Insekt erinnerte. Pascal, der Mieter der Souterrainwohnung. Als sie näherkam, sah sie, dass er eine schwarze Lederjacke trug. An seinem Hals leuchtete wie gewohnt ein heller Hemdkragen. Darüber bauschte sich eine dunkelgraue Kapuze aus Baumwollstoff, die anscheinend zu einem Pullover unter der Jacke gehörte.
Ella durchfuhr ein Schreck. Er war schmal, relativ groß und besaß also nicht nur Sakkos, sondern auch eine Jacke oder einen Pulli mit Kapuze. Möglich, dass er auf die Entfernung, vom ersten Stock aus gesehen, von hinten und bei trüber Dunkelheit kaum anders aussah als Konrad oder Gudrun, und wenn die Kapuze übergestreift war, fiel das kurze schwarze Haar nicht auf.
Sie blickte ihm nach, bis das knatternde Zweirad um die Ecke bog. War er es, den sie in jener Nacht gesehen hatte? Hatte auch Gudrun ihn bemerkt? Schützte sie mit ihrem Schweigen nicht den Bruder, sondern den Mieter, diesen hübschen Kettenraucher Pascal, den sie liebte wie einen Sohn oder Enkel, von dem sie zu sagen pflegte, er habe sich trotz seiner problematischen Jugend und seines gewalttätigen Vaters zu einem liebenswürdigen jungen Mann mit hervorragendem Benehmen entwickelt? Hätte er denn … Konnte er denn … Oh, Gott. Natürlich, er konnte es getan haben. Aber warum?

Peter

Birte hatte das Haus mit zwei Reisetaschen verlassen. In dem taillierten rehbraunen Blazer, den sie sich in Potsdam gekauft hatte, einer cremefarbenen Hose und halbhohen Lederstiefeln war sie in ihren Golf Cabrio gestiegen und abgefahren. Der Herr von der Feuerversicherung war dagewesen, der erste Teil der Formalitäten erledigt, und später waren drei Angestellte einer Firma, die auf professionelle Reinigung in Brandfällen spezialisiert war, eingetroffen. Sie hatten Schutzkleidung angezogen und sich sogleich ans Werk gemacht, um unbrauchbare Reste zu entsorgen, Ruß- und Rauchablagerungen zu entfernen und den Brandgeruch zu neutralisieren. Dazu wurde Peter nicht gebraucht; er konnte sich mit dem Hund auf den geplanten Spaziergang begeben.

Wegen einer vorübergehenden Bleibe für Bolli wollte er die Müllenbachs ansprechen und hoffte auf Renates weiches Herz. Vielleicht war Roland bereit, die Früh- und Spätrunden zu übernehmen, selbstverständlich gegen Bezahlung, ein Student konnte immer Geld gebrauchen.

Peter trat auf die Straße, war aber noch unentschlossen, welchen Weg er einschlagen sollte. Vor dem Nachbarhaus sah er Renate mit einem Lappen über ihren Briefkasten wischen. Anscheinend hatte sie einen freien Tag, da konnte er sie gleich wegen Bolli fragen.

„Guten Morgen!“, rief er in ihre Richtung.

Abrupt wandte sie sich ab, eilte ins Haus und schloss die Tür hinter sich. Hatte sie ihn nicht gehört? War sie zu sehr in Gedanken? Der nächtliche Vorfall, der ihr bei all dem Lärm nicht entgangen sein konnte, hätte sie doch veranlassen müssen, sich nach dem Ausmaß des Schadens zu erkundigen! War bei Müllenbachs dicke Luft – wegen des Mädchens, das Clemens sichtlich aus der Fassung gebracht hatte?

Peter fielen die Eisensteine ein, deren Entdeckung er dem Nachbarn verdankte. Die Runde, die dort vorbeiführte, war für heute genau richtig. Bolli würde vergnügt über die Steingruppe springen, durch den Bach sausen, vielleicht einen Ast herausfischen, mit ihm davonstürmen und die pure Lebensfreude sein. Peter selbst würde der einsame Ort das Gefühl tiefen Friedens geben, und das brauchte er wie nie zuvor.
Den Wald erreichte Peter schnell und bald auch den hölzernen Wegweiser zu den Eisensteinen. Niemand begegnete ihm. Die einzigen Geräusche rührten vom Wind her, der in Böen in die Baumkronen fuhr.
Nach ein paar Schritten auf dem weichen, schmalen Pfad vernahm er ein Knacken, das nicht von oben kam, sondern vom Hauptweg, den er gerade verlassen hatte. Als wäre irgendwer auf einen morschen Ast getreten – Mensch oder Tier. Er drehte sich um und spähte zwischen den Bäumen hindurch, konnte aber niemanden entdecken. Vorsichtig auftretend ging er zwei, drei Meter zurück. Hatte er Angst, dass jemand ihm folgte? Unsinn, es war pure Neugier. Vielleicht war da irgendwo ein Hirsch.
Auf der anderen Seite des breiten Wegs zweigte ein weiterer Trampelpfad ab. Peter erinnerte sich, dort das Schild mit dem Hinweis „Grüner Stein" bemerkt zu haben, wahrscheinlich die Bezeichnung für den großen Einzelbrocken, den er zwischen Stämmen und Buschwerk erkannte. In diese Richtung entfernte sich eine Gestalt, ein Mann, dem ein grauer Regenmantel um den Körper schlotterte. Die Glatze und der sie umgebende Haarkranz leuchteten hell durchs bunte Herbstlaub.
Mörike!, durchfuhr es Peter. Was machte der hier? Sich erholen, nachdem er heute Nacht als Brandstifter unterwegs gewesen war? Seine Kleidung lüften, die nach Rauch roch? Oder wollte er vom Wald aus wie zufällig im Pappelweg auftauchen, um

nachzusehen, ob das Feuer gute Arbeit geleistet und die Bewohner der Nummer 4 erledigt hatte?
Peter überlegte, ob er ihm folgen, ihn ansprechen, ihm unbequeme Fragen stellen oder ihn wenigstens im Auge behalten sollte. Er zögerte. Sein Herz pochte bis zum Hals. Würde er sich nicht schärfste Vorwürfe machen, wenn der Mann sich davonmachte und sich später herausstellte, dass er der Brandstifter war? Was, wenn er ein weiteres Verbrechen beging?
Andererseits konnte laienhaftes Vorgehen leicht schiefgehen. Solche Dinge musste man der Polizei überlassen, die den geschädigten Bauherrn angeblich im Blick hatte. Es war nicht ratsam, den Helden spielen zu wollen. Und letztlich konnte man nicht ausschließen, dass dieser Mensch respektable Gründe hatte, sich hier im Wald aufzuhalten. Oder waren das nur feige Ausreden?
Inzwischen war Mörike zwischen den Bäumen verschwunden. Peter atmete erleichtert aus. Feigheit hin oder her, die Zeit drängte, Birte sollte nicht so lange warten müssen, und für Bolli musste eine Lösung her.
Er setzte seinen Weg fort und erblickte bald die oberen Kuppen der Eisensteine und die tiefen Einschnitte im Boden. In den Bäumen toste der Wind, bog Äste nieder, wirbelte Blätter durch die Luft und verlieh dem Ort eine bewegte, wilde Stimmung. Die unzähligen Sonnenflecken tanzten und waberten über das leuchtend grüne Moos, als wollten sie das uralte Gestein zum Leben erwecken.
Diesmal schaue ich mir das genauer an, beschloss Peter, wer weiß, wann die Gelegenheit wiederkommt, wenn Birte darauf besteht, dass wir wegziehen.
Ein Stück weiter erkannte er, dass er schon halb vorbei war. Er hätte sich oberhalb der Steine links halten müssen. Nun sah er sie zum Teil schon von unten. Aber auch hier konnte er den

Pfad nach links verlassen, um der Steingruppe näher zu kommen. Das war sogar besser, denn der Einschnitt, den er nun erreichte, verbreiterte sich zu einer Senke. Von hier aus wirkten die bemoosten Brocken, zu denen man hochblickte, besonders dekorativ.
Der Hund war diesmal nicht über die Kuppen gelaufen, er war an Peters Seite geblieben und hielt seine Nase schnuppernd in die Luft. Auf einmal preschte er vor. Peter beeilte sich, ihn einzuholen. Nicht, dass er in einen Fuchsbau geriet oder sich in Aas wälzte! So was taten Hunde doch gern.
Keine Sorge, stellte er nach ein paar Schritten fest. Bolli schnüffelte nur am Fuß des Steilstücks unterhalb eines Steinbrockens herum. Aber … Jäh blieb Peter stehen.
Er hatte Mühe, das Bild zu ordnen, das der Hund zum Teil verdeckte. Braune Jacke. Helle Hose. Polierte Schuhe. Eine weiße Hand. Das Glänzen eines Rings. Ein Mensch. Bäuchlings, leicht seitwärts verdreht und reglos. Zusammengebrochen oder gestürzt.
Bolli wedelte mit dem Schwanz. Peter trat näher, vom Grauen gebremst, auf Beinen wie aus Watte. Er fühlte sich sonderbar schwebend, als wäre er Teil eines Traums, wo das Unwirkliche wirklich ist.
Der Körper auf dem Boden schien nichts mehr zu fühlen. Mit dem Gesicht nach unten lag der Kopf auf einem platten Stein, das Haar von dunklem Rot durchtränkt und verklebt. Angetrocknete Rinnsale und Klumpen geronnenen Blutes bedeckten und verfremdeten die Seitenpartie, über die jetzt Bollis lange Zunge fuhr.
„Nein", stieß Peter hervor. „Nein."

Gudrun

Heute fuhr sie erst mittags mit dem Rad hinaus. Der gestrige Abend, die vielen Menschen, das Reden und was ihr dazu durch den Kopf ging, das späte Zubettgehen und die Aufregung in den frühen Morgenstunden hatten sie furchtbar angestrengt. Und schließlich das unerfreuliche Gespräch mit Ella, mit der sie sich bisher so gut verstanden hatte. Ach, dieses Misstrauen, dieses unerträgliche Misstrauen, das hier überall wuchs wie ein giftiger Pilz! Wohin führte das, wann hörte es endlich auf?

An der Hubertuskapelle hielt sie an, weil ihr ein Polizeiwagen entgegenkam. Ein zweiter folgte. Was war jetzt wieder los? Im Haus von Birte und Peter waren sie doch fertig, jedenfalls hatte es danach ausgesehen. Die blausilbernen Wagen, deren neongelbe Streifen weithin sichtbar waren, fuhren Richtung Wald. Gudrun blickte ihnen nach. Vor einer Weile hatte sie mehrfach ein Martinshorn gehört und angenommen, auf der Landstraße sei ein Unfall geschehen. Die Autofahrer wurden ja immer unvernünftiger, ganz zu schweigen von den Rennrad- und Motorradfahrern, die in todbringendem Tempo durch die Kurven düsten. Das jetzige Polizeiaufgebot schien aber einen anderen Grund zu haben.

Sie wendete ihr Rad und fuhr zum Waldrand. Die Geräusche, die ihr von dort entgegenschlugen, waren schwer zu deuten. Neben dem Kruzifix, vor das sie im September frische Stiefmütterchen gepflanzt hatte, standen mehrere Polizeiwagen quer zu den Waldwegen und versperrten den Zugang. Ein junger Polizist in Uniform trat auf sie zu.

„Wir müssen Sie leider an der Weiterfahrt hindern."

Alles Mögliche schoss ihr durch den Kopf: verunglückter Waldarbeiter, Raubüberfall, tollwütige Füchse, Blindgänger vom Krieg. Dann erblickte sie Peter. Er kam mit dem Hund an der

Leine zwischen den Bäumen hervor, ernst, verstört, grünlich bleich. Es musste etwas Schreckliches passiert sein.

„Peter …“

„Ich soll mit ins Polizeipräsidium fahren, um meine Aussage zu Protokoll zu geben. Ach, Gudrun …“

Er sah so verzweifelt aus, dass Gudrun ihn spontan in beide Arme nahm. Krachend landete ihr Fahrrad auf der Erde.

Sie drückte ihn an sich und dachte mit Bangen an Birte. Gestern hatte sie sich nett mit ihr unterhalten, auch wenn sie sich ein wenig ausgeforscht fühlte. Kurz entschlossen hatte sie von ihrem Vetter Johann, Curds Vater, erzählt, damit die Rede bloß nicht auf ihren Mieter kam. Niemand durfte wissen, dass er es sein musste, den sie nachts an Curds Tür bemerkt hatte, niemand durfte erfahren, dass Curd am Freitag davor vermutlich ihn zur Schnecke gemacht hatte. Ihr Schweigen war wichtiger denn je. In der Frühe hatte ihr Patenkind Anja ihr am Telefon anvertraut, sie habe sich mit Pascal verabredet. Es konnte noch was werden mit den beiden! Natürlich war Pascal zu keiner bösen Tat imstande, er war ganz anders als sein Vater. Aber wem hätte sie das klarmachen können? Wer hätte ihr das geglaubt?

Curds Mörder war ein grober, brutaler Mensch. Wenn Birte mit ihrer bohrenden Art, Fragen zu stellen, an ihn geraten wäre, hätte er nicht lange gefackelt. So einem Kerl machte es nichts aus, seinen Weg mit Leichen zu pflastern, Hauptsache, er kam davon.

„Peter, mein Lieber“, flüsterte Gudrun mit zittriger Stimme nah an seinem Ohr. „Was ist passiert?“

„An den Eisensteinen.“

„Ein Unglück?“

„Ja.“

„Schlimm?“

„Tot."
„Wer?"
Er zögerte. Seufzte. Schüttelte den Kopf.
O je, sie hatte es geahnt: Seine Birte. Gudrun drückte ihn fester an sich und hörte ihn zwei Silben murmeln, die sie nicht verstand.
„Wie bitte?"
„Clemens."

10

MITTWOCHNACHMITTAG

Freddy

Mittwoch war sein fester Tag am Stand von Neles Biohof auf dem Bonner Venusberg, am Rand der großen Wiese im gepflegten Wohnviertel, in der Nähe der Universitätskliniken und wenige Meter von der Bushaltestelle entfernt. An diesem Tag verkaufte er von morgens bis abends Gemüse, Obst, Grünkernfrikadellen, Vollkornbrot und vegane Brotaufstriche. Das machte ihm Spaß, und er war stolz auf die ausgebreitete Ware aus biologischem Anbau, besonders wenn sie so attraktiv aussah wie die Apfelernte in diesem Herbst.

Doch heute fiel ihm alles schwer. Er hatte in der Nacht wenig geschlafen und die meiste Zeit angestrengt gehorcht, ob irgendwo ein verdächtiges Geräusch zu hören war. Nichts war passiert. Was zugleich bedeutete, dass noch was passieren konnte - in der nächsten oder einer späteren Nacht. Heute Abend wollte er mit Lisa reden. Höchste Zeit, die Finger von dem Fall zu lassen. Wenn man enttarnt war, musste ein Kollege ran, alles andere war unvernünftig.

Sein Handy meldete sich. Freddy ließ es klingeln, da gerade ein hochbetagter Mann mit missmutigem Gesicht an den Stand heranschlurfte. Die schmutzige Spitze seines Gehstocks hob sich und touchierte einen der rotbackigen Äpfel.

„Datt soll bio senn?“, krächzte er. „Datt janze Bio-Jedöns es nix als Betroch, um de Löck datt Jeld us de Täsch ze trecke!“

Behutsam rollte Freddy den Apfel unter der Stockspitze weg und reichte ihn dem Griesgram. „Probieren Sie einfach.“

Mit verächtlicher Miene ließ der Mann den Apfel in seine Manteltasche gleiten und zuckelte davon. Gestern waren es zwei Tomaten gewesen. Vorgestern ein Vollkornbrötchen.
Das Handy klingelte erneut. Da keine Kunden in Sicht waren, nahm Freddy den Anruf entgegen. „Hallo Herr Beerlauch."
Der sonst eher ruhige Schriftsteller sprach aufgeregt und viel zu schnell. Er sei gerade mit dem Hund unterwegs und vorher im Polizeipräsidium gewesen, er habe schon am Morgen anrufen wollen. Es dauerte eine Weile, bis Freddy alles begriff. Feuer in Beerlauchs Haus, geklauter Schlüssel, Clemens tot an den Eisensteinen.
„Neben der Leiche lag etwas. Aus der Tasche gerutscht. Ein blauer Legostein. Ich erinnere mich, dass Lisa von Axfeld sagte, es hingen zwei Legosteine an Curds Schlüssel, ein roter und ein blauer. Der Schlüssel mit dem roten Stein fand sich ja auf Jaspers Wiese. Bei dem blauen könnte man denken, dass er nach der Tat versehentlich in Clemens' Tasche verblieben ist."
„Dann wäre Clemens der Mörder des Architekten?" Nun wurde auch Freddy aufgeregt. „Wenn er einen Prozess wegen des Honorars befürchtete, hatte er ein Motiv. Den Rechtsstreit hätte er verloren, sein Verhältnis zu Irina wäre aufgedeckt worden."
„Außerdem hat die Kommissarin mir ein Ledertäschchen samt Schlüssel gezeigt, das in seiner Hosentasche gefunden wurde. Es ist Birtes."
„Dann ist er auch der Brandstifter von heute Nacht? Ist er durchgedreht und hat sich in den Tod gestürzt, weil er mit seinen Taten nicht klarkam?"
„Das ist kein Ort für Selbstmörder, Herr Stieger. Da geht es nur drei bis vier Meter hinunter. Clemens muss kräftig eins auf die Rübe bekommen haben, sein Kopf war voller Blut."
„Also Mord."

„Jedenfalls geht die Polizei von einer Fremdeinwirkung aus. Sie haben das komplette Programm gestartet: Weiträumige Absperrung, Spurensicherung, Diensthunde im Einsatz."

„Aber Clemens kann nicht so dämlich gewesen sein, die verräterischen Gegenstände bei sich zu tragen!" Das geriet zu laut. Die Leute, die an der Haltestelle auf den Bus warteten, schauten herüber. „Sein Mörder", fuhr Freddy leiser fort, „wird sie ihm in die Tasche geschoben haben, um die Ermittler in die Irre zu führen. Dann ist der Eisenstein-Mörder auch der Brandmörder. Aber warum riskiert er diesen zweiten Mord? Warum Clemens?"

Freddys Gedanken überschlugen sich. Waren es doch zwei verschiedene Täter? Beide Tötungen hatten eine gewisse Hinterhältigkeit gemeinsam, unterschieden sich aber stark in der Art der Durchführung. Das sprach nicht gerade für ein und denselben Täter.

„Hätte es auch eine Frau geschafft, dem kompakten Clemens eins überzubraten und ihn hinunterzuschubsen? Die Ehefrau, von hinten mit Hilfe eines Stocks? Als der Gatte am Boden lag, hat sie auf ihn eingedroschen und ihm die Indizien, die sie irgendwo gefunden hatte, zugesteckt, damit man ihn für einen bösen Buben hält."

„Herr Stieger –"

„Ich denke nur laut. Renate hat ihrem Clemens gestern so auffallend zugeredet, am nächsten Tag zu den Eisensteinen zu gehen. Meine Mitarbeiterin hat es auch gehört."

„Das kann jeder gehört haben, aber –"

„Ich muss Schluss machen", unterbrach Freddy, da sich ein Bewohner des nahen Seniorenheims mit seinem Rollator näherte.

„Halt, das Wichtigste kommt noch! Ich bin ein bisschen stolz darauf, dass ich der Polizei einen Tipp geben konnte."

„Bitte kurz fassen. Ein Kunde."

„Die Polizei hat Mörike festgenommen." Der Triumph in Beerlauchs Stimme war nicht zu überhören.
„Warum das denn?"
„Bevor ich den toten Clemens entdeckte, hatte ich Mörike unweit der Eisensteine gesehen. Sie haben ihn ganz schnell geschnappt. Er hatte sich nicht mal versteckt, so sicher fühlte er sich."
„Er kann spazieren gegangen und nur zufällig in der Nähe gewesen sein. Warum sollte er Clemens –"
„Sie wissen doch", fiel ihm Beerlauch ins Wort, „dass Clemens damals Leiter des Bauaufsichtsamts war und Mörikes Zorn erregte, weil er die Beschwerden überging. Für das erlittene Unrecht rächte Mörike sich erst an seinem Architekten, heute Nacht an dessen Mitarbeiterin Birte, und heute Morgen an Clemens. Den Legostein und Birtes Schlüsseletui hat er zu dem Zweck verwahrt, sie dem verhassten Beamten in die Tasche zu stecken, damit man den für den Brandmörder hält. Alles passt hundertprozentig. Der Fall ist gelöst."
Freddy schwieg betroffen, Der Kunde lächelte ihm zu und schob bedächtig den Rollator vorbei. Beerlauch verabschiedete sich bereits.
Die Lösung war einfach und überzeugend. Mörike. Natürlich. Der Bauherr hatte nach jahrelanger Überlegung und gründlicher Vorbereitung zugeschlagen. Rache ist ein Gericht, das am besten kalt serviert wird, hieß das Sprichwort nicht so? Ein Mann, der nicht viel zu verlieren hatte. Geschäft kaputt, Gesundheit im Eimer, Ehefrau fort, und alles wegen des verdammten Baus. Bedingungen, unter denen die Rachlust gut gedeihen musste. Ganz logisch.
Und dennoch … Irgendwie … Die dürre Gestalt mit der ungesunden Gesichtsfarbe und dem bekümmerten Ausdruck schien von seinem Schicksal arg gebeutelt und geschwächt. Die

Planung einer ganzen Reihe von Verbrechen war ihm kaum zuzutrauen, noch weniger die Energie, sie bis zum Ende durchzuziehen. Oder hatte er seine gesamte letzte Kraft in diesen Racheakten gebündelt? Und woher wusste er, dass Clemens zu den Eisensteinen gehen würde – von Manuela Ansbach? Renates Worte konnte er nicht selbst gehört haben, er war erst später auf dem Umtrunk eingetroffen.
Der Umtrunk … Clemens. Am Sonntag wütend, gestern sonderbar. Siedend heiß kam Freddy zu Bewusstsein, was er aus den Augen verloren und als Treppenhaus-Geschwätz der Frau Schneider in den Hintergrund geschoben hatte: Die Möglichkeit, dass Irina einen zweiten Liebhaber hatte. Da Frau Schneider ihn nicht angerufen hatte, war er davon ausgegangen, dass sie den nächtlichen Besucher kein weiteres Mal bemerkt hatte. Und hier lag der Fehler. Denn dass ihr nichts mehr aufgefallen war, konnte verschiedene Gründe haben. Bildete sie sich nichts mehr ein, oder existierte der Mann und war nicht mehr gekommen? Hatte er Schluss mit Irina gemacht? Oder hielt er sich von ihr fern, um nicht in Verdacht zu geraten, etwas mit dem Architektenmord zu tun zu haben?
Freddy brach der Schweiß aus. Hier war was entsetzlich schiefgelaufen. Er fühlte sich schuldig. Hastig wählte er die Nummer seines Freundes Klaus Kohl, Kriminalhauptkommissar im Kommissariat 11 im Polizeipräsidium.
Während er auf die Freizeichen horchte, fiel ihm ein, dass Gudrun und Ella den Eindruck erweckt hatten, sie hüteten ein Geheimnis. Durfte man das jetzt vernachlässigen? Vielleicht war es bloßer Nachbarschaftsklatsch. Aber man wusste es nicht. Alles, was man jetzt versäumte, konnte sich später als schwere Unterlassungssünde darstellen.

Bei Klaus, der nicht abhob, musste er es gleich noch einmal probieren. Erst wollte er Pilar sprechen. Denn wer beherrschte das Herantasten an fremde Geheimnisse besser als sie?

Pilar

Das wird schwierig, dachte sie, während sie sich vor dem Spiegel im Schlafzimmer umzog. Sie hatte ein ungutes Gefühl und fragte sich, warum sie kürzlich noch so scharf darauf gewesen war, Freddy bei seinen Ermittlungen zu helfen. War das überhaupt noch nötig? Mörikes Festnahme ließ vermuten, dass die Polizei genügend Beweise in der Hand hatte. Aber der Exdetektiv hatte sich bei seinem Bio-Gemüse in den Kopf gesetzt, man müsse noch an anderer Stelle herumbohren. Als sie gefragt hatte: *Aber wie?*, erschien eine Kundin am Stand, die ein ganzes Menü plante, und Freddy musste auflegen.
Pilars Unmut währte nicht lange, die Neugierde auf die Stimmungslage im Dorf gewann die Oberhand. Ein zweiter Fall von Brandstiftung, ein zweiter Mord – das war erschütternd und enorm beunruhigend.
Allerdings war fraglich, wen sie mit ihrem Auftreten als einfache Frau aus einem ländlichen Gebiet Spaniens noch täuschen konnte. Ella Borke hatte am gestrigen Abend bestimmt gemerkt, dass Pilar nur eine Rolle gespielt hatte, ihr gegenüber musste eine andere Taktik her. *Unter Frauen, da geht doch immer was,* hatte Freddy gemeint. Bei Gudrun Rüttelfalk konnte die Nummer noch ziehen, vorausgesetzt, Ella hatte ihr nichts erzählt. Ein brauchbares Gespräch wird schon irgendwie in Gang kommen, sagte sich Pilar. Schlimmstenfalls erfuhr sie eben nichts.
Richard kehrte gerade aus dem Büro zurück, als Pilar an der Haustür stand und ihrem Hund erklärte, dass er nicht mitkönne und sie bald wieder da sei.

Ihr Mann musterte sie erstaunt. „Was hast du vor? Du siehst aus, als hättest du dich für die Bühne ausstaffiert."
Pilar blickte in den Spiegel neben der Tür. Ihre blaue Flatterbluse war eine Erwerbung aus einem Billigladen, die rosa Stoffschuhe stammten aus Sevilla, wo ihre spanische Verwandtschaft lebte, und im Haar prangte ein rotes Band, auf dem in gelben Lettern *Granada* geschrieben stand. Am Hals trug sie, wie am Vortag, ein vergoldetes Kreuz aus dem andalusischen Wallfahrtsort El Rocío, das übertrieben groß wirkte.
„Theater für Freddy", sagte sie. „In dem Dorf, wo wir gestern für den Partyservice waren."
„Schon wieder Freddy?"
Sie sah sein bestürztes Gesicht und ahnte, was in ihm vorging. Verständlich, dass er nichts von einem Detektiv hielt, bei dem am Ende meistens irgendwas schieflief. Aber diesmal konnte sie ihren Mann beruhigen.
„Keine Sorge, es ist harmlos. Ich soll mit zwei Frauen sprechen, die ich von der Party kenne. Die eine ist Apothekerin und Mutter von Zwillingen, die andere eine Seniorin von Mitte achtzig, mit ihr fange ich an."
Richard runzelte seine Stirn. Er schien zu überlegen, was es da zu besprechen gäbe und wie er ihr die Sache ausreden könnte. In solchen Dingen war er langsam, das passte ihr jetzt gut. Sie drückte ihm einen Kuss auf die Wange, schulterte ihre Tasche und eilte zu ihrem gelben Ford Fiesta.
Ückesdorf lag rasch hinter ihr. Vor der roten Ampel im benachbarten Röttgen ließ sie das Gespräch im Geiste Revue passieren. Sie hatte ihrem Mann nichts von dem neuen Brand und dem Mord im Wald erzählt. Auf die zwei Minuten wäre es nicht angekommen. Aber in dem Gefühl, sich beeilen zu müssen, und in Gedanken schon im Pappelweg, hatte sie es versäumt. Mit Sicherheit hätte er versucht, sie zurückzuhalten.

Sie hatte ihm keine Chance gegeben. Nun plagte sie ihr Gewissen.
Die letzten Häuser von Röttgen verschwanden im Rückspiegel. Die Straße durchquerte schnurgerade den Kottenforst. Es folgten Baumschulen, die Stadt Meckenheim und Obstplantagen. Die Hänge der Eifel rückten näher. Immer wieder schön, dachte Pilar, wer da oben ein Häuschen besitzt, ist begnadet. Kaum vorstellbar, dass dort ein Verbrecher sein Unwesen treibt.
Sie gelangte zur Höhe am „Tor zur Eifel", konnte aber die Landschaft, die sich im Sonnenlicht vor ihr ausbreitete, nicht genießen. Denn zum dritten Mal an diesem Tag spürte sie den vorletzten Backenzahn im linken Oberkiefer. Diesmal heftiger als zuvor. Es lenkte sie dermaßen ab, dass sie zum Bremsen aufs Gaspedal trat und im Dorf beinahe vergaß, von der Landstraße abzubiegen. Der Fiesta flog mit quietschenden Reifen um die Ecke.
Der Schmerz flaute ab. Wieder zurechnungsfähig parkte sie den Wagen am Ende des Pappelwegs. Während sie ausstieg, öffnete sich die Tür von Haus Nummer 8. In fleckiger Bluse, das kurze rote Haar zerzaust, trat Renate Müllenbach heraus.
„Wo ich ihn so dringend brauche, ist mein Sohn in der Uni!", klagte sie zum Haus gewandt. Sie lief an Pilar vorbei, ohne sie zu beachten. Vielleicht vernebelten Tränen ihre geröteten Augen. Sie schien in schrecklicher Verfassung.
Im Türrahmen stand Gudrun Rüttelfalk und blickte ihr nach. Bruder Konrad saß, in eine Decke gehüllt, auf der Bank im Vorgarten, hielt die Augen geschlossen und schien zu dösen. Sicher waren hier alle müde, weil die Feuerwehr sie aus dem Nachtschlaf gerissen hatte.
„Buenas tardes, Señora", sagte Pilar brav.
Dass Gudrun sie mochte, war beim Umtrunk deutlich geworden, und auch jetzt lächelte sie ihr freundlich, wenn auch

traurig, zu. In ihrem schmalen Gesicht mit den hellblauen Augen war kein Argwohn erkennbar. Anscheinend hatte Ella ihr nichts von der fragwürdigen Position der Servicekräfte erzählt, sicherlich hatte man im Pappelweg jetzt andere Sorgen.
„Kommen Sie herein. Es ist etwas Furchtbares passiert."
Pilar zog ein schockiertes Gesicht. Auf dem Weg zum Wohnzimmer vernahm sie, was sie schon wusste, die spanische Servicekraft aber nicht wissen konnte: Clemens Müllenbach war tot. Ermordet höchstwahrscheinlich. Bei den Eisensteinen im Wald. Und bei Beerlauchs hatte es gebrannt. Doch an der Wohnzimmertür erfuhr Pilar etwas, das ihr neu war.
„Unsere Renate hat gestern Nacht in ihrem Gartenhaus Licht bemerkt, eine knappe Stunde, nachdem sie mit Mann und Sohn heimgekehrt war. Sie wusste ja, dass es Clemens nicht gut ging, und wollte nachsehen, ob er sich dort zurückgezogen hatte. Wenige Meter davor merkte sie, dass er nicht allein war. Er schimpfte zornig auf jemanden ein, der die ganze Zeit schwieg. Da fielen Worte, auf die sie sich keinen Reim machen konnte, und was sie vollends verwirrte, war, dass von einem Mädel die Rede war."
Pilar folgte Gudrun in einen mit dunklen Möbeln unterschiedlichen Stils vollgestellten Raum. Vielleicht besaß die Familie Rüttelfalk früher schöne Antiquitäten, dachte sie, und alle sind im Krieg verbrannt.
„Nehmen Sie bitte Platz, liebe – wie darf ich Sie anreden?"
„María José."
Das plüschige Sofa sah behäbig und einladend aus. Pilar ließ sich darauf nieder, worauf das Polster beängstigend nachgab. Gudrun setzte sich in einen Sessel, der daneben stand und mit dem gleichen braunen Samt bezogen war. Offensichtlich hatte sie das Bedürfnis, auch noch den Rest ihrer Geschichte loszuwerden, gleichgültig, ob die Spanierin sie verstand oder nicht.

„Clemens, also der Mann, der jetzt tot ist, verlangte, dass der andere aus *der Gegend verschwindet,* er sei ein *Dreckskerl, ein Schurke,* und wenn er nicht abhaue, wolle er ihn *erledigen* und *vernichten.* Seine Stimme war so verändert, so scharf und drohend, dass die arme Renate sich an einen Mafiaboss erinnert fühlte! Ihr wurde ganz elend, zumal sie nicht wusste, wer der andere war, und am meisten irritierte sie das Wort *Verbrecher.* Die Jalousie war heruntergezogen, und Renate wagte nicht anzuklopfen. Sie fror und wollte nicht länger horchen. Es war ihr unangenehm, das kann man ja verstehen. Wieder im Bett bekam sie kein Auge zu. Als ihr Mann später ins Schlafzimmer trat, fragte sie, was los gewesen sei, erhielt aber keine Antwort und traute sich nicht, ein zweites Mal zu fragen, was sie nun bitterlich bereut. Herrgott nochmal, mit wem traf sich Clemens mitten in der Nacht?“

Mit Irinas zweitem Lover, schoss es Pilar durch den Kopf, Clemens hat ihn ins Gartenhaus zitiert. Freddy hatte ihr am Telefon mitgeteilt, was ihm Frau Schneider erzählt hatte. Typisch Freddy, solche Frauen lagen ihm nicht, er hatte sie nicht ernst genommen. Der nächtliche Besucher schien so real wie Clemens' Wut am Sonntag, beides passte zusammen, das hätte Freddy auffallen müssen. Clemens hatte vermutlich erfahren, dass Irina einen anderen hatte, und am gestrigen Abend begriffen, wer das war: Jener *Stefan*, den Jenny suchte, Jenny, die so erschrocken war, als sie Clemens erblickte.

Gudrun seufzte. „Nun frage ich mich: War das sein Mörder?“

Pilar hätte beinah heftig genickt. Die neue Konstellation war verwirrend. Sie starrte die alte Dame mit angstvoll aufgerissenen Augen an, das passte besser zu María José. Waren Stefan und Pascal wirklich identisch? Clemens war anscheinend dahintergekommen. Pascal hatte sich ja zu dem Namen bekannt. Aber irgendwas stimmte da nicht.

„Nun zu Ihnen, liebe María José. Was führt Sie zu mir?"
„Ich …" Sie schloss kurz die Augen. Es fiel ihr heute schwer, zwischen Rolle und Nachdenken reibungslos hin und her zu wechseln. „Ich such Arbeit in Haus. Putzeln, bugeln. Jemand hat sagen, Sie brauchen."
„Richtig, die Arbeit wird mir zu viel. Konrad mag zwar keine Fremden im Haus, aber mit Ihnen könnte es gehen." Gudrun neigte den Kopf und lächelte. Wie schön.
Pilar wollte das Lächeln erwidern, aber es misslang. Der Schmerz am Backenzahn flammte in unerhörter Stärke auf.
„Ist Ihnen nicht gut?"
„Ich gut, aber nicht meine Zahn." Sie deutete auf die linke Seite ihres Oberkiefers, die ihr geschwollen vorkam.
„Ach, Sie Ärmste! Ihre Backe sieht ganz dick aus. Ich habe nicht mal ein Schmerzmittel im Haus. Sie gehören schnellstens in Behandlung!"
„Das geht bestimmt gleich vorüber", erwiderte Pilar und erschrak. Über die Sorge, Gudrun könnte das Gespräch abbrechen und den zahnärztlichen Notdienst anrufen, hatte sie versäumt, auf den Akzent zu achten.
„Ihr Deutsch wird immer besser. Das wird Konrad gefallen. Überlegen wir, wann Sie anfangen können. Auf dem Heimweg halten Sie dann an unserer Kapelle und rufen die Heilige Apollonia an."
„Sie braucht auch Putzfrau?"
Gudrun lachte. „Apollonia von Alexandria bittet man bei Zahnschmerzen um Beistand. Aus diesem Grund kamen früher die Menschen von weither in die Hubertuskapelle. Dort steht eine Figur der Heiligen aus dem 15. Jahrhundert, mit einer Zahnzange in der einen Hand und der Märtyrerpalme in der anderen. In ihrem Martyrium wurden ihr die Zähne herausgebrochen."

Pilar schüttelte sich vor Entsetzen. Was der kranke Zahn ihr übel nahm und den Schmerz um eine teuflische Nuance steigerte.
Die alte Dame erhob sich, verschwand im Nebenraum und kehrte mit einem Wandkalender zurück.
Bis sie der putzenden und bügelnden Spanierin anvertraut, was sie bisher niemandem gesagt hat, werden Wochen und Monate vergehen, dachte Pilar. Doch im Auto war ihr eine Idee gekommen, wie sich die Dinge beschleunigen ließen.
„Komisch", sagte sie und zog ein nachdenkliches Gesicht. „Ich schon mal in die Straße."
„Ja, Sie haben Peters Gäste bedient. Und wie nett Sie das gemacht haben!"
„Nein, früher. War in die Nacht vor ein Sonntag. Mit meine Cousine Mercedes. Sie arbeiten für Wald. War hier wegen die Öle."
„Was für Öle?"
„Vogel, was hat Augen wie Katze."
„Meinen Sie Eulen?"
„Eulen ist das? Bueno, wir kommen sehr spät, und geht ein Mann in der schöne Haus, was wie castillo und der nächste Tag kaputt."
Das fein geschnittene Gesicht unter dem grauen Haar erbleichte. Der Blick der hellblauen Augen wurde starr, die schmale Unterlippe zitterte.
Der Stoß ging in die richtige Richtung, folgerte Pilar. Jetzt langsam vorwärts tasten. Wie im Dunkeln.

Gudrun

Ihr stockte der Atem. Ihr war ganz seltsam zumute. Unfassbar – die Spanierin hatte ihn gesehen! Was für ein Zufall, was für ein Pech, welche Gefahr!

„Wie sah er aus?“ Gudrun hatte Mühe, nicht zu keuchen. Die Frau durfte nicht merken, wie wichtig ihr die Antwort war.

María José zuckte mit den Schultern. „Zu dunkel.“

„Konnten Sie ihn nicht genau erkennen? Es war ein bisschen nebelig, nicht wahr?“

„Sí, Señora. Sie auch sehen?“

„Nein, nein, ich war nur kurz am Fenster. Ohne Brille sehe ich nachts fast nichts. War er denn alt oder jung?“

„Vielleicht mehr jung.“

„Um welche Uhrzeit war das?“

„Nicht weiß. In España Leute immer spät. Aber in Deutschland … Kein Licht in die Hause.“

„Aber am Freitag davor waren Sie nicht zufällig hier?“

Ich wage mich weit vor, dachte Gudrun, aber was kann es schaden? Sie ist eine einfache Frau und denkt sich nichts dabei. Auch wenn ihre Hände so gar nicht nach Putzen aussehen. Möglich, dass sie dazu Handschuhe trägt. Oder sie hat einfach die richtige Handcreme. Ob sie Olivenöl nimmt?

Die Spanierin schien die Tage an ihren Fingern abzuzählen. Gudrun blieb ganz ruhig. Es war ja völlig unwahrscheinlich, dass diese Frau ausgerechnet in den wenigen Minuten, die der Streit an Curds Haustür währte, hier vorbeigekommen war.

„Freitag? Sí, Señora.“

„Ach? Wieso das?“ Es klang nach Gleichmut, doch in ihrem Innern zitterte Gudrun.

„Mercedes musst gucken, wo die Weg zu die Öl … Eule.“

„War es denn noch hell?“, fragte Gudrun lauernd. Der Disput, den sie mit angehört hatte, fand statt, als es schon dunkel war.

Die Spanierin runzelte die Stirn. „Zuerst hell. Aber zuruck dunkel."
„Auf dem Rückweg? Aber da war niemand an dem schönen Haus?"
„Sí, da war. Aber … meiner Deutsch …" Sie schüttelte den Kopf.
„Haben Sie etwas gehört und nicht alles verstanden?"
„Gehört, sí."
Gudrun fühlte ihre Handflächen feucht werden. Jetzt nur nicht alle Vorsicht fahren lassen!
„War es ein Streit? Ein Schimpfen?"
„Sí. Männer." Die Spanierin hielt Daumen und Zeigefinger hoch.
„Zwei Männer? Wo?"
„Bei der schöne Haus. Oder bisschen drin."
„An der Tür, meinen Sie?"
„Sí, offen Tür. Bisschen hell von Lampe. War una cosa an die Wand für … Schussel."
Sogar das Schlüsselbrett hatte sie gesehen! Gudrun stöhnte innerlich.
„Haben Sie ein paar Worte verstanden?"
María José schien angestrengt nachzudenken. Gudrun hielt es kaum aus. Sie musste herausbekommen, was die Frau gehört hatte! Sicher würde auch die Polizei die Spanierin früher oder später ausfragen und mit Hilfe eines Dolmetschers noch mehr in Erfahrung bringen. Mit ihrem ehrlichen Gesicht war die Frau absolut glaubwürdig, und dann gnade ihm Gott!
„Ging es um einen Neubau? Ein Mädchen und ihr Haus? Wollte der Jüngere die Schlüssel haben, damit sie einziehen kann? Sie und er?"
„Sí. Sie habe auch hören, Señora?"
„Hatte der ältere Mann gesagt: *Verpiss dich oder ich sag ihm alles* – klang es so?"

María José schien verdattert und blickte sie aus runden Augen an. Und mein Gott, sie nickte! Gudrun merkte, wie riskant es war, beim Fragen so deutlich zu werden, aber sie hätte nicht anders gekonnt.
„Was ist *verpiss*?“, fragte María José.
Gudrun erklärte es ihr. Als sie jung war, wäre sie gern Lehrerin geworden, Erklären machte ihr Spaß. Und sie legte noch ein wenig drauf. „Da ging es wohl um ein Geheimnis oder eine Intrige. Das ist nicht gut.“
„Nicht gut“, echote die Spanierin. „Und junge Mann soll *verpiss* gehen …“
Gudrun lachte wider Willen, es klang so süß, wie die Frau das sagte, mit dem viel zu spitzen I.
„Und dann war sauer und wiederkommen in die Nacht und dickes Feuer macht.“
„Wie? Nein, warum denn?“ Gudrun war zutiefst erschrocken. Ein Beben, das stärker zu werden drohte, durchzog ihren Körper. Sie hatte zu viel gesagt. „Glauben Sie denn, es war beide Male derselbe junge Mann?“
„Sí.“
„Da ich ihn nicht gesehen habe … Könnten Sie ihn näher beschreiben?“
Die Spanierin zog die Brauen zusammen und stierte vor sich hin.
Bei einer Frau dieses Bildungsstands kann das Nachdenken dauern, dachte Gudrun. Aber dann wird sie mir sagen, dass er dunkelhaarig war, eine Stupsnase hatte und einen Kapuzenpullover trug. Im nächsten Augenblick könnte sie darauf kommen, dass ihre Beobachtungen vor die Polizei gehören. Und das alles nur, weil ich zu blöd war, die Klappe zu halten. Sie ist womöglich intelligenter, als es den Anschein hat. Ich muss aufpassen, dass ich nicht aufschreie.

Irina

Heute war sie eine gute Mutter. Sie las Kevin ein Bilderbuch vor, in dem zwei pfiffige Mäusekinder einen dicken alten Kater reinlegten. Kevin liebte das Vorlesen, aber sie selbst mochte es nicht besonders. Sie nickte meistens dabei ein, und Kevin zog sie an den Haaren, sobald sie verstummte. Es war so mühsam, die Augen krampfhaft offen zu halten, bis die Buchstaben dann doch verschwammen und sich auflösten.

Als ihr die Lider wieder zuklappten und gleichzeitig die Türklingel ertönte, war sie erleichtert. Das hässliche Scheppern machte hellwach, der tote Punkt war überwunden. Doch Kevin brüllte und versuchte, sie auf dem Sofa festzuhalten.

„Lass mich, Kevin. Ich lese gleich weiter."

Vor der Wohnungstür stand Frau Schneider vom Parterre.

„Wissen Sie es schon?"

„Äh, was?"

„Ein Mord."

„Echt? Wo?"

„Oben im Wald."

„Ach so."

„An den Eisensteinen."

Irina riss die Augen auf.

„Die kennen Sie doch, Irina?"

War das eine Anspielung? Die Frau konnte unmöglich wissen, dass Irina dort den Hasi kennengelernt hatte. Oder hatte die Jenny dafür gesorgt, dass die Story überall die Runde machte?

„Wer wurde da – ermordet?"

„Der Mann, der so oft hier war."

Irina schrie auf. „Stefan?" Sie glaubte umzukippen und hielt sich am Türrahmen fest. „Ich wollte ihn warnen, aber ich … Die Jenny …" Sie konnte nicht weitersprechen.

„Wie meinen Sie das?", wollte die Schneider wissen.

„Der Hasi war eifersüchtig."
„Und da denken Sie ..." Die Schneider zog ihr Handy aus der Jackentasche und fuhrwerkte mit ihren dicken Fingern darauf herum. Sie hielt Irina das Smartphone vor die Nase. „Dann schauen Sie mal selbst."
Irina sah das Display nicht an. „Bitte gehen Sie. Bitte."
„Junge Frau und alter Knacker. Verheiratet, war ja klar. Das konnte nicht gut gehen.
Langsam, sehr langsam begriff Irina. Der Hasi ... Ermordet. Wie grauenhaft. Ausgerechnet an den Eisensteinen. Tränen liefen über ihre Wangen. Sie war ein Biest. Sie hatte ihn gemein hintergangen. Das hatte er nicht verdient. Er war immer lieb zu ihr gewesen. Sie bereute alles. Nirgends eine Chance, es wiedergutzumachen. Ihr ganzes Leben lang würde sie sich mies fühlen.
„Dem sollten Sie keine Träne nachweinen", plapperte Frau Schneider weiter. Ihr Puddingkinn wabbelte, ihre Froschaugen sprühten Verachtung. „Keine einzige."
Irina ließ sich auf die Fußmatte hinab. Sie musste jetzt sitzen, egal wie. Frau Schneiders selbstgefällige Miene verursachte ihr Übelkeit. Den Anblick der unförmigen Waden in den Stützstrümpfen, die jetzt auf ihrer Augenhöhe waren, konnte sie besser ertragen.
„Wer hat das getan?"
„Könnte ein Waldarbeiter gewesen sein. Ich tippe aber auf die Ehefrau. Verstehen kann man es ja."
Hasis Frau? Die hatte es also herausbekommen. Und die wusste, dass er die Stelle im Wald liebte wie keine andere, sie war ihm gefolgt. Obwohl Irina der Waldarbeiter lieber gewesen wäre. Vor dem hätte sie keine Angst haben müssen. Aber die Ehefrau konnte ihr heute oder morgen auflauern. Was wurde dann aus Kevin?

„Am besten räumen Sie jetzt die Wohnung auf, gleich kommt die Polizei. Ich habe schon Bescheid gesagt." Frau Schneider drehte sich um und ging die Treppe hinunter.
Polizei. Auch das noch.
Irina rappelte sich auf, schloss die Tür und wankte ins Wohnzimmer. Ihre Beine knickten ein, sie sank aufs Sofa, als wäre sie aus Pappe. Wie hatte Hasis Frau von ihr erfahren? Die würde mit Leichtigkeit herausfinden, wo sie wohnte. Irina schluchzte auf. Wäre sie bloß nie zu den Eisensteinen gegangen! Hätte sie ihm nie ihre Handynummer gegeben, nicht so bescheuerte Wünsche gehabt und nicht zu allem Ja und Amen gesagt! Sie hatte es verkackt.
Es klingelte erneut.
„Wir sind nicht da!", krähte Kevin.
Sie schlich zur Wohnungstür und blickte durch den Spion. Ach, du Schreck. Ein Mann und eine Frau. Die Kriminalpolizei. Irinas Herz pochte wie wild. Aber Hasis Tod … Sie konnte nichts dafür!
Oh, doch, sie konnte. In einem abgelegenen Winkel ihres Gehirns hatte sich schon lange eine Ahnung bemerkbar gemacht. Sie hätte sich denken können, worauf alles hinauslaufen würde. Scheuklappen hatte sie aufgehabt. Tomaten auf den Augen. Aus so zweifelhaftem Stoff wie Liebe. Sie hatte den Falschen gewarnt.

Pilar

Sie überlegte, wie sie den Mann, den sie nicht gesehen hatte, mit María Josés Wortschatz beschreiben könnte, ohne einen Fehler zu begehen. Gleichzeitig schwirrte ihr der Kopf vor Informationen. Offenbar hatte Gudrun in der Brandnacht jemanden in Curds Haus gehen oder von dort kommen gesehen und war nervös, weil sie zu wissen glaubte, wer es war. Zudem ging sie davon aus, dass es sich um denselben handelte, den Curd am Freitag zuvor beschimpft hatte, wovon sie ein paar Worte aufgeschnappt hatte. Und womöglich, fügte Pilar ihren Schlussfolgerungen hinzu, ist dieser Mann zugleich derjenige, den Clemens gestern im Gartenhaus heruntergeputzt hat – Irinas Lover. *Stefan.*

Aus dem Souterrain kamen leichte Schritte herauf. Gudrun richtete sich im Sessel auf. Mit großen Augen blickte sie durch die offene Wohnzimmertür zur Einmündung der Treppe. Dort erschien der dunkelhaarige junge Mann mit der Stupsnase, den Pilar vom Vortag kannte. Auf schmalen Schuhen aus Veloursleder trat er in den Raum, schlank, gepflegt, in Markenjeans und tailliertem Hemd mit zarten Streifen. Pilar fand sein Äußeres umwerfend. Doch der Geruch von Zigarettenrauch, der ihn umgab, erfüllte sie mit Ekel, woran das Herrenparfum, das sie zugleich erschnupperte, auch nicht viel änderte.

„Oh, Pascal, du bist schon zurück ...“ Gudruns Stimme schwankte, als wäre ein Wind hineingefahren. Ihre Augenlieder zuckten, ihre Lippen vollführten lautlose Bewegungen.

Sie meint, dass er es war!, durchfuhr es Pilar.

Der Gesichtsausdruck, mit dem der junge Mann ins Zimmer getreten war, blieb unverändert gleichmütig. Pascal schien Gudruns Unruhe keine besondere Bedeutung beizumessen und sie nicht auf sich zu beziehen. Er begrüßte seine Vermieterin und wandte sich Pilar zu. Seine Mundwinkel kräuselten sich.

„Na, so was! Die spanische Küchenhilfe! Wollen Sie den Rüttelfalks wieder ein paar Tapas servieren? Wie wär's mal mit Paella?“

Pilar nahm den Spott kaum wahr. Sie war fürchterlich irritiert. Mit einem Schlag war nichts mehr so harmlos wie erwartet. Wenn er derjenige war, der in jener Nacht im Haus des

Architekten war, musste er der Brandstifter sein – was sollte er sonst dort gemacht haben? Dann war er auch der, den Curd zuvor angemeckert hatte. Als Irinas Lover war er ohnehin gut vorstellbar, wenngleich man sich fragen musste, warum er gestern so freimütig zugegeben hatte, er sei *Stefan;* eine unüberlegte Reaktion vielleicht. Durch die spätere Szene im Gartenhaus in die Enge getrieben, konnte er sich entschlossen haben, auch Clemens zu ermorden. Dann war da noch der Brand bei Beerlauch, Freddys Unfall … Pilar wurde ganz elend. Sie hatte nicht damit gerechnet, dem mutmaßlichen Täter plötzlich gegenüberzusitzen.

„Ich möchte María José stundenweise für den Haushalt engagieren", erklärte Gudrun. Ihre Stimme klang wieder normal.

„Ich helfe dir auch gern. Du musst mir nur sagen, was zu tun ist." Lächelnd legte Pascal ihr eine kleine Schachtel Pralinen, die er an seiner Seite gehalten hatte, in den Schoß. „Für dich."

„Ach, du Guter! Wie lieb!" Mit zitternder Hand schob sie die Schachtel auf den niedrigen Tisch. „Du scheinst nicht halb so aufgewühlt zu sein wie ich. Hat die Polizei dich auch befragt?"

„Ja, heute Morgen."

„Ich meine nicht den Brand bei Peter, sondern …"

„War noch was?"

„Hast du die Polizeiwagen nicht gesehen?"

„Schon wieder Polizei?" Er zog ein erschrockenes Gesicht.

„Im Wald und im ganzen Ort! Vielleicht sind sie schon fertig. Wir wissen ja alle nichts."

„Was ist denn passiert?"

„Clemens ist tot!"

„Oh, nein …"

„Peter hat ihn an den Eisensteinen gefunden. Mit viel Blut am Kopf."

Pascal stöhnte. „Das ist ja furchtbar."

Er ließ sich neben Gudruns Sessel auf den Boden nieder, ergriff ihre fleckige Hand und hielt sie in der seinen. „An den Eisensteinen? Die mochte er so gern."
Seine Betroffenheit hörte sich echt an. Weder übertrieben noch zu kühl. Ein exzellenter Schauspieler. Wie mancher andere skrupellose Täter. Pilar konnte die zärtlichen Blicke, mit denen Gudrun ihn bedachte, kaum ertragen. Selbstverständlich brachte die alte Dame es nicht übers Herz, ihn zu verraten, sie hielt dicht, sie liebte den schneidigen Kerl.
Pilar wurde immer mulmiger zumute. Sie war nicht cool genug, um einem Mörder so nahe zu sein, sie wäre am liebsten aus dem Zimmer gerannt. Er schien über eine Raffinesse zu verfügen, der sie nicht gewachsen war. Sie musste mit Freddy reden. Oder gleich mit der Mordkommission. Es musste was geschehen, so schnell wie möglich. Aber erst einmal galt es, von hier wegzukommen.
Mit abenteuerlichem Akzent und falscher Grammatik erklärte sie, sie müsse nach Hause fahren, ihre fünf Kinder bräuchten Abendessen. Das sah Gudrun ein. Sie bestellte sie für den nächsten Montag. Pascal trat währenddessen ans Fenster und blickte auf die Straße. Als Pilar das Zimmer verließ, hob er die Hand zu einem lässigen Gruß.
Mit weichen Knien ging Pilar auf ihr Auto zu und hoffte verzweifelt, dass er sie für nichts anderes als eine spanische Küchenhilfe mit fünf Kindern hielt. Ein Mörder, der glaubte, man sei ihm auf der Spur, konnte gefährlich werden. Dem hatte sie nichts entgegenzusetzen, weder Kraft noch Körpergröße, weder Pfefferspray noch Tränengas, und die Teilnahme am Selbstverteidigungskurs hatte sie immer aufgeschoben.
Sie stieg in ihren Fiesta. Direkt vor dem Haus wollte sie nicht telefonieren, vielleicht beobachtete er sie vom Fenster aus. Allzu lange sollte ich es aber nicht aufschieben, dachte sie, als sie den

Pappelweg verließ und hinter der Ecke Gas gab, wer weiß, was der Kerl vorhat. Bei dem Tempo, in dem er seine Taten begeht, kann es eng werden.
Rechterhand tauchte die neugotische Backsteinkapelle mit dem zierlichen Dachtürmchen auf, davor der kleine Parkplatz, wo Pilar ihre letzte Wanderung gestartet hatte. Im Rückspiegel war niemand zu sehen. Sie fuhr in die Lücke zwischen zwei Geländewagen, stellte den Motor aus und wählte Freddys Mobilnummer. Das hieß erst mal warten. Anscheinend musste er Kunden bedienen und war nicht in der Lage, sofort dran zu gehen.
Die Luft im Wagen war warm und stickig. Der Fiesta hatte lange in der Sonne gestanden. Pilar ließ die Fensterscheibe herunter. Und gleich darauf wieder hoch. Bei offenem Fenster zu telefonieren, wäre Wahnsinn. Vom Sitz aus konnte sie nicht kontrollieren, ob sich jemand unbemerkt heranschlich, und genau das sähe dem Brandstifter und Eisenstein-Mörder ähnlich. Sie musste mehr Rundumsicht haben. Prüfend blickte sie zum leicht erhöhten Areal der Kapelle, wo hohe Steinkreuze im Schatten großer Bäume standen. Dort sähe sie frühzeitig jeden, der die Straße herunterkäme, ohne auf Anhieb selbst gesehen zu werden.
Mit dem Handy am Ohr verließ sie den Wagen und schaute sich sorgfältig um. Die Stimme des Freundes meldete sich vom Anrufbeantworter. Pilar legte auf. In ein paar Minuten konnte sie Freddy bestimmt persönlich erreichen.
Sie stieg die steinernen Stufen zu den beiden Kreuzen hinauf. Sie waren den in den Weltkriegen gefallenen Männern des Dorfes gewidmet. Die Inschrift des vorderen zeigte die Namen der Soldaten, die zwischen 1939 bis 1945 gestorben waren, das hintere erinnerte an diejenigen, die zwischen 1914 und 1918 ihr Leben gelassen hatten. Weißer Kies umgab die Sockel, Grab-

laternen und Schalen mit Stiefmütterchen und Heidekraut standen davor. Obwohl ihr solche Gedenkstätten seit früher Kindheit vertraut waren, weil ihre Mutter nie achtlos daran vorüberging, traf es Pilar jedes Mal ins Herz, dass junge Menschen im Alter ihrer Söhne sinnlos dahingemäht wurden, als wäre ihr Leben nichts wert.

Es dämmerte bereits. Sie blickte noch einmal in jede Richtung, aus der sich jemand nähern konnte. Kein Mensch war unterwegs. Der Platz und die einmündenden Straßen boten ein Bild dörflichen Friedens. Die Fenster der umstehenden Häuser waren geschlossen. Hier und da leuchtete eine Lampe hinter einer Gardine. Die einzigen Geräusche kamen aus einer halb geöffneten Balkontür schräg gegenüber: Tröten, Grölen, Pfiffe. Die Übertragung eines Fußballspiels.

Der Gedanke, Pascal könnte ihr gefolgt sein, kam Pilar plötzlich abwegig vor. Zugleich entfuhr ihr ein Stöhnen – nicht wegen der unklaren Lage, sondern wegen ihres Zahnwehs, das einen neuen Höhepunkt erreichte. Wie sollte sie folgerichtig denken können?

Ihr Blick fiel auf die schmale Tür der Kapelle. Dahinter befand sich der Wirkungskreis der Heiligen Apollonia, Schutzpatronin aller Zahnweh-Opfer. Sie drückte die Klinke herunter. In ihrer Not war sie bereit, jede Art von Wunder anzunehmen.

Der helle Innenraum der Kapelle war durch ein Gitter versperrt. Sie presste ihre heiße Wange gegen die kühlen Eisenstäbe. Ihre Augen suchten die Wände nach der Figur der Apollonia ab, fanden erst den Heiligen Hubertus und entdeckten sie dann gegenüber auf der linken Seite. Kleiner als erwartet, aber auch hübscher, stand sie erhöht auf einem Wandpodest. In der zarten Hand hielt sie eine Zange samt Backenzahn, dessen Anblick Pilar erschauern ließ. Und seltsam: Auf einmal fühlte sie sich besser. Oder jedenfalls gestärkt, wie es den früheren Pilgern

ergangen sein mochte. Die Pilger hatten allerdings jede Menge Zeit, während sie jetzt unverzüglich Freddy anrufen musste! Aber in der Kapelle telefonieren? Das war dem geweihten Ort nicht angemessen.
Sie stieß die Tür auf und trat ins Freie. Ringsum feierabendliche Ruhe, bis auf die entfernten Geräusche des nunmehr aufgewühlten Fußballpublikums aus dem Fernseher an der offenen Balkontür. Irgendwo wurde ein Rollladen heruntergelassen, etwas weiter schnatterten Gänse.
Pilar wählte Freddys Nummer. Er war sofort dran.
„Freddy", begann sie sehr leise, während sie sich noch einmal umblickte. „Gudrun schützt Pascal, sie meint, dass er in der Brandnacht in Curds Haus war und der Architekt ihn am Freitag davor heftig beschimpft hat, was sie nicht gesehen, aber gehört hat, es ging um ein Mädchen und ihr Haus. Der hübsche Junge kann Irinas nächtlicher Lover und Curds Mörder sein, ebenso der von Clemens, der ihn als Dreckskerl bezeichnet und von ihm verlangt hat, dass er verschwindet, sonst würde er ihn vernichten. Das hat Renate im Garten gehört, ohne zu wissen, um wen es geht. Als Clemens heute über die Eisensteine kletterte, hat der junge Mann ihm aufgelauert und zugeschlagen."
Gegen Ende waren ihre Erklärungen recht laut ausgefallen. Sie hatte sich darauf konzentriert, sich kurz zu fassen, und nicht auf die Lautstärke geachtet. Jetzt vernahm sie in der Nähe ein Rascheln. Sie hielt die Luft an. Und sah eine Amsel durch das trockene Laub am Boden hüpfen.
Sie atmete auf. Zugleich wurde ihr bewusst, dass der Ort keineswegs ideal war. Pascal konnte sich auf der Rückseite der Kapelle anschleichen und hinter einem der Mauervorsprünge verbergen. War er vielleicht schon da? In dem kurzen Moment gekommen, als sie im Innern war? Bestimmt nicht, beruhigte sie sich, der stinkt dermaßen nach Zigarettenrauch, ich hätte ihn

bemerkt. Dennoch schien es besser, zum Auto zurückzugehen. Sie setzte sich langsam in Bewegung.
„Pascal?“, ertönte Freddys Stimme unscharf aus dem Handy, doch deutlich genug, um seine Zweifel erkennen zu lassen. „Gudrun ist sich aber nicht ganz sicher, wen sie in der Nacht gesehen und mit wem Curd geschimpft hat? Und Renate weiß überhaupt nicht, wen Clemens zur Schnecke gemacht hat?“
Pilar blieb stehen. War sie mit ihrer Schlussfolgerung zu voreilig gewesen, weil alles so gut passte? Die Erinnerung an einzelne Worte schien nicht mehr so klar wie vor ein paar Minuten. Und da war wieder so ein Rascheln. Diesmal sah sie keine Amsel.
„Es war einseitiges Schimpfen?“, hakte Freddy nach. „Der Beschimpfte jung, der Schimpfende Jahrzehnte älter? Bei wem Curd aus der Haut fahren konnte, ist schwer zu sagen. Was Clemens angeht, denke ich, dass er so mit seinem Sohn umspringt.“
„Sein Sohn!“, entfuhr es Pilar.
Wie erstarrt stand sie vor dem Kreuz für die Jungs aus dem Ersten Weltkrieg. War Roland der Täter? Roland, von dem es hieß, er werde bevormundet und stecke das gut weg? Hatte er stillgehalten und Mordpläne geschmiedet? Roland, der verschwand, als Jenny erschien. Befürchtete er, dass sie sich verplapperte, verriet er sich durch sein Verschwinden selbst? Quatsch! Nicht Roland, der Student im Alter ihrer Söhne, behütet aufgewachsen, mit Eltern, die das Beste für ihn wollten, höhere Schulbildung, die Zukunft noch vor sich. Pascal war kaum älter, aber durch den mörderischen Vater möglicherweise geprägt, und bestimmt fähiger, einen Plan in die Tat umzusetzen. Wie gekonnt er Gudrun um den Finger wickelte!
Ein scharrendes Geräusch ließ Pilar aufhorchen. Es wurde verschluckt vom brandenden Jubel aus der Balkontür schräg gegenüber.

„Tooor! Tooor!“
Schritte hinter ihr. Blitzschnell. Ein Mensch sprang sie an. Warf sie zu Boden. Ihre Stirn schrappte am Sockel des Kreuzes entlang, die Schläfe stieß gegen die Schale, das Gesicht knallte in den Kies. Ihr Handy flog davon.
Der Länge nach war er auf ihr. Presste sie in die Steine. Ihr Mund füllte sich mit Blut. Schreien unmöglich. Sie hustete, würgte, rang nach Atem, strampelte, wand sich wie ein Wurm. Mit der Nase im Kies keine Chance. Nur eine winzige Drehung gelang.

Freddy
„Pilar? He, Pilar! Was ist los?“
Er horchte angestrengt. Eben war da ein Krachen und Geraschel gewesen, das er nicht einzuordnen vermochte. Jetzt nichts mehr. Oder doch, etwas weit Entferntes, Gedämpftes. Nicht auszumachen, was es war. An seinem Stand brummte der Bus vorbei. Vor der Auslage deutete eine ältere Frau zum wiederholten Mal auf die letzten beiden Grünkernfrikadellen. „Die zwei und ein Kilo Tomaten, bitte.“
Freddy legte das Handy neben die Geldkassette. Fahrig wog er die Tomaten ab, füllte sie in eine Tüte, schlug die Grünkernküchlein in Papier ein und kassierte.
Was hatte Pilar zuletzt gesagt? *Sein Sohn.* War Roland in der Nähe gewesen, hatte er das gehört? Wenn er der zweifache Mörder war, musste er extrem angespannt sein. Und zu jeder Kurzschlusshandlung fähig.
Freddy wurde abwechselnd heiß und kalt. Vermutlich hatte Roland ihn am Sonntag beobachtet, den richtigen Schluss gezogen und versucht, ihn durch Manipulation am Fahrrad auszuschalten. Gestern konnte er an Beerlauchs Schiebetür

gehorcht haben. Als Pilar heute auftauchte, war er aufs Höchste alarmiert, hatte sie beobachtet und beim Telefonieren belauscht. Jetzt drehte er womöglich durch.
„Auch schon in Gedanken beim Länderspiel?", fragte die Kundin lächelnd und nahm das Wechselgeld entgegen. „Mein Mann sitzt seit einer Stunde vorm Fernseher und wartet auf den Anpfiff."
„Das Spiel ist im Gang", gab Freddy düster von sich und griff nach seinem Handy.
Noch volle zehn Minuten musste er hier ausharren, bis Neles Mann mit dem Lieferwagen kam, um die restliche Ware einzuladen. Er wusste nicht mal, wo Pilar sich aufhielt. Irgendwo oben im Dorf wahrscheinlich, aber wo?
„Ich wünsche Ihnen einen spannenden Abend", sagte die Kundin.
Freddy entfuhr ein Stöhnen. Die Frau, die sich bereits entfernte, wandte sich um.
„Mögen Sie es nicht spannend?"
„Ganz und gar nicht", erwiderte Freddy und wählte den Notruf der Polizei. Sie kommen zu spät, dachte er verzweifelt, natürlich ist es zu spät.

Pilar

Ein Auge erspähte was am Fuß des Steinsockels. Rostbraun. Hundert Jahre alt. Eine Eisenschippe. Scharfe Kanten. Spitz zulaufend. Sie reckte den Arm, der unterm Ellbogen frei war. Dehnte die Finger. Es ging nicht. Eine Handbreit fehlte.
Nachlassender Druck, aber kein Raum. Er war zu schwer. Wurstelte am Bund seiner Hose herum. Recken, sie musste sich recken! Drei Zentimeter bis zum Griff. Jetzt zwei. Da schob sich schlangengleich ein Gürtel um ihre Kehle.

Die Schippe! Sie bäumte sich auf. Ihre Finger berührten den Griff. Umschlossen das Ende. Jetzt los. Letzte Kraft. Sie stemmte Füße, Knie, Ellenbogen, Kinn, alles was ging, in den Kies. Ihre Finger rutschten ab.

Sie würgte. Nein! Er hantierte an ihrem Hals. Zwischen dem Kragen und dem Kreuz, das sich querstellte. Ein Schub nach vorn. Sie hatte den Griff. KRAFT! Ihr Arm schwang nach hinten hoch. Das Eisen stieß auf Widerstand. Stöhnend fiel er zur Seite.

Der Gürtel lockerte sich und glitt herab. Sie richtete sich auf. Die Schippe traf noch einmal. Und nochmal! Nochmal, nochmal, nochmal! Ihre Wut war grenzenlos, die Waffe perfekt.

Der Geruch von Blut. Klebriges Rot an ihrer Hand. Pilar hielt inne. Einmal hätte gereicht. Oder zweimal. Sie hatte fünfmal zugeschlagen. Oder sechsmal. Mit seltsamer Befriedigung. Er lag neben ihr, das Gesicht im Kies, so wie sie zuvor. Im Kies, der sich rot färbte. Rot das dunkelblonde Haar. Tiefrot. Roland, der Student.

Um sie herum war es kalt und still. Die Balkontür schräg gegenüber war zu. Die Einsamkeit des Todes schien aus den Steinen emporzusteigen. Aus der Erde, die so viel Schlimmes kannte. Auch Schuld machte einsam. Es war keine Notwehr. Nur der erste Schlag. Der zweite gerade noch, der dritte und alle weiteren auf keinen Fall.

Jeder kann zum Mörder werden. So war das also. Jeder. Auch Pilar Álvarez-Scholz.

Die Schippe fiel ihr aus der Hand. Tränen quollen aus ihren Augen. Sie hatte ein Leben ausgelöscht, das noch ein gutes hätte werden können. Aus blanker Wut. Was für ein Wahnsinn. Welche Schuld. Sie hatte einer Mutter den Sohn genommen. Sie war ein Monster.

Peter

Die Polizeisirenen dröhnten in seinen Ohren, er hielt es kaum aus. Nicht schon wieder. Bitte. Trotz eines Spaziergangs durch die Dämmerung lagen seine Nerven blank. Die Sirenen verstummten an der Kapelle, der er schon ganz nah war.

Die Unglücksstelle war oberhalb der Treppe bei den Kreuzen. Zwischen den Polizeiautos, Rettungs- und Notarztwagen leuchtete die signalrote Kleidung von Sanitätern, die sich zum Boden hinabbeugten. Beklommen blieb er stehen. Zwei Männer hoben eine Trage hoch. Wer darauf lag, konnte er nicht erkennen. Sie gingen damit zu einem der beiden Rettungswagen. Eine Sanitäterin schritt nebenher und hielt eine Infusionsflasche hoch. Die Hecktüren schlossen sich geräuschvoll. Mit Blaulicht und Martinshorn fuhr der Wagen ab.

Nun hatte Peter den Bereich vor der Kapelle im Blick. Bolli, der angeleint neben ihm stand, schwänzelte, als hätte er dort jemanden erkannt. Und dann sah Peter sie: Pilar, die Mitarbeiterin des Detektivs. Sie saß auf der Erde und heulte. Eine Sanitäterin tupfte ihr mit einem Mullläppchen Blut vom Gesicht.

„Ich hab ihn umgebracht! Mich hatte der Zorn gepackt! Ich wollte ihn kaltmachen!"

„So beruhigen Sie sich doch", murmelte die Sanitäterin.

Ein Mann in Zivil trat hinzu und sagte, wenn Pilar sich gut genug fühle, würde er gern mit ihr zum Polizeipräsidium aufbrechen, um ihre Aussage aufzunehmen.

Steif und mühsam erhob sich Pilar. Ihre Haut war wächsern bleich, ihr Mund blutverschmiert. „Wenn ich erst meinem Mann Bescheid sagen könnte …" Durch eine Lücke zwischen den Menschen trafen ihre Augen auf Peters. „Oh, Peter … Ich war so furchtbar im Irrtum. Er preschte aus einer Mauernische. Ich hab Bärenkräfte bekommen."

Peter stieg die Stufen hinauf, bis ein uniformierter Polizist ihn zurückhielt.
„Also nicht Mörike?"
„Irina hatte einen heimlichen zweiten Lover. Das war Roland. Er wollte mit ihr in das Luxushaus ziehen, aber Curd spielte nicht mit, woraufhin Roland sich rächte, vielleicht auch hoffte, dadurch bessere Chancen auf das Haus zu haben. Clemens bekam alles heraus und drohte, ihn zu vernichten, wenn er nicht aus der Gegend verschwände. Er hat Roland unterschätzt: Der sorgte dafür, dass Clemens verschwand."
Peter sah, dass der Kriminalbeamte ungeduldig wurde. Offenbar hatte er das Gespräch nur gestattet, weil er Peter für den Ehemann hielt. „Und der Brand bei uns?"
Auch Pilar fing anscheinend den Blick des Kommissars auf, sie sprach nun sehr schnell. „Nach dem Zusammenstoß mit dem Vater dürfte er arg durch den Wind gewesen sein. Als er sich euren Schlüssel holte, muss sein Plan fertig gewesen sein – nachts Feuer legen, morgens Vater töten und mit den Indizien zum Brandstifter stempeln. Dann ein hübsches Leben mit Irina im neuen Haus."
Pilar folgte dem Kommissar, und beide stiegen in einen Wagen, der sofort abfuhr. Auch die übrigen Polizeibeamten und die Besatzung des zweiten Rettungswagens setzten sich in ihre Fahrzeuge und verließen nach und nach den Platz.
Erschüttert blieb Peter auf der Treppe stehen und starrte auf die Kirchentür. Also nicht der angeschlagene Mörike, sondern ein junger Mann, der sich verrannt und seine Zukunft zerschlagen hatte. Schrecklich war das. War er außerstande gewesen, zurückzustecken und die Mühsale zu bewältigen, die sein Vater ihm auferlegte? War alles, auch die Beziehung zu Irina, ein Machtkampf mit dem Vater? Fühlte der Sohn sich den Ansprüchen nicht gewachsen, hegte er andere Wünsche, zu schwach, sich offen dafür einzusetzen oder einfach abzuhauen? *Versager*

haben wir genug in diesem Land. Jede mäßige Schulnote konnte ein Drama gewesen sein, und sicher wurde von Anfang an Druck ausgeübt, eingeengt, gestraft und gedemütigt. Bis seine Seele verkrümmt war. Was für eine heftige Angriffslust musste unter Rolands glatter Schale gekocht haben, um auf derart katastrophale Weise hervorzubrechen.

Peter konnte nicht anders – er zog sein Handy heraus und wählte die Nummer seines eigenen Sohnes. War mit Max alles in Ordnung? Was hatten sie als Eltern in Gang gesetzt, was aufblühen lassen und was zertreten? War er selbstsüchtig, rücksichtslos und brutal geworden, ohne dass sie es ahnten? Brütete er Unfassbares aus, während sie glaubten, er studiere unter lauter netten jungen Menschen in der Hauptstadt? Das dicke Ende konnte noch kommen.

„Max?"

„Äh, ich kann gerade nicht. Bin an der Konzertkasse."

„Was willst du dir anhören?"

„Ich verkaufe Karten, das ist ein Job, Papa. Bis später mal."

So schlecht klang das nicht, auch wenn Peter sich bei der Überlegung ertappte, ob der Job den Sohn nicht vom Studium ablenkte. Und wieso brauchte er Geld, bekam er nicht genug von zu Hause?

Peters nächster Anruf galt Birte. Von Clemens' Tod hatte er sie bereits unterrichtet. Nun erzählte er ihr, was am Nachmittag vorgefallen war.

„Renate hat so viel verloren", sagte sie. „Wir müssen ihr helfen, sich zurechtzufinden. *Auf gute Nachbarschaft*, das darf keine bloße Redensart sein. Ich bin unterwegs."

„Heißt das: Wir bleiben im Pappelweg?"

Am liebsten hätte er sie sofort umarmt.

Ausklang

Roland war trotz der Verletzungen bald vernehmungsfähig und wurde mit den Ermittlungsergebnissen konfrontiert. Beweiserhebliche Fingerabdrücke fehlten zwar, aber dem blauen Legostein von Lemons Hausschlüssel hafteten Krümel und Textilfasern an, die mit denen in Rolands Hosentasche übereinstimmten. Die Rußantragungen auf seinen Turnschuhen mussten nicht zwangsläufig von Brandstiftung herrühren, doch fanden sich daran auch Fasern des Treppenbelags der „Pappelburg". Im Wohnzimmer von Haus Nummer 4 wurde ein Teilabdruck des Sohlenprofils eines anderen Schuhs von Roland auf einem Klecks Dosenfutter gesichert, das Peter vor dem Zubettgehen nicht sorgfältig in den Katzennapf gefüllt hatte.

Was Clemens Müllenbach betraf, gab das Gutachten des Instituts für Rechtsmedizin der Universität Bonn als Todesursache die Fraktur des zweiten Halswirbels an. Nicht sturzbedingte Hauteinblutungen im Schulterbereich legten die Vermutung nahe, dass der Absturz in Ausnutzung eines Überraschungseffekts durch einen Stoß von fremder Hand mit einem stumpfen Werkzeug von hinten ausgelöst wurde. Die Drehung des Kopfes ließ vermuten, dass Müllenbach sich umgeblickt hatte und in dieser Haltung mit dem Schädel seitlich auf den harten Untergrund aufschlug. Die dem Opfer zugefügten Kopfverletzungen durch Auftreffen eines kantigen schweren Steins wären ebenfalls geeignet gewesen, seinen Tod herbeizuführen, waren aber entsprechend der Rekonstruktion des Tathergangs nicht todesursächlich.

Bereits vor der Obduktion war in der Nähe des Tatorts ein Stein in der Größe eines Ziegels mit Blutantragungen des Opfers sichergestellt worden, außerdem ein Knüppel, dem Fasern von

Clemens' Sakko sowie Hautpartikel von Roland anhafteten, die zu einer Abschürfung an seinem Unterarm passten.

Die Indizien und der tätliche Angriff auf Pilar brachten Roland in Erklärungsnotstand. Curd habe ihn zur Weißglut gebracht, gestand er schließlich, weil er die Schlüssel zu Irinas Haus nicht hergeben und dem Vater alles verraten wollte. Als der Architekt durch sein Telefon abgelenkt war, nahm er den Hausschlüssel der Pappelburg vom Brett, in der Vorstellung, später irgendwas zu klauen oder zu zerstören, um sich zu rächen. Am nächsten Tag stellte er fest, dass Curd allein war und früh zu Bett ging, und da er von Gudrun erneut etwas über Brandleichen gehört hatte, kam ihm die Idee, Feuer zu legen. Mit Einmalhandschuhen und Spiritus, den er sich in Jaspers Schuppen abfüllte, zog er „das Ding einfach durch". Vom Garten der noch unbewohnten Nummer 4 beobachtete er die Pappelburg, und als das Licht längere Zeit aus war, ging er auf der Gartenseite entlang und trat vom Vordach der Nummer 8 an Curds Tür, um zufällige Beobachter zu täuschen. Auf dem Rückweg hielt er es ebenso. Eine Woche später merkte er, dass jemand einen Detektiv engagiert hatte, der sich als Jasper verkleidet hatte und auf dem Fahrrad seinem Vater folgte. Er gab vor, joggen zu wollen, rannte los und sah an der Kapelle den Polo abfahren und das Rad dort stehen. Er fürchtete, der Detektiv sei bald auf der richtigen Spur, und hoffte, der Schnüffler würde später mit dem Rad, das er entsprechend präparierte, verunglücken und erst mal aus dem Weg sein. Als ihn sein Vater nach der Party zur Sau machte und behauptete, er habe Curd ermordet, sah Roland rot und bestrafte die Beerlauchs für ihr scheinheiliges Fest. Den Schlüssel hatte er aus Birtes Jacke gefischt, „selber schuld, wenn sie mit zwei Detektiven kooperieren und nicht die Tür schließen". Am Morgen lauerte er dem Vater an den Eisensteinen auf, stieß ihn hinterrücks von einer Kuppe und warf, als er am Boden lag, mehrmals einen Stein auf dessen Kopf – eine Abrechnung in einem befreienden Rausch und dem Gefühl tief empfundener Macht. Den toten Vater durch Indizien als Brandstifter dastehen zu lassen, verschaffte ihm zusätzliche Genugtuung – den blauen Legostein hatte er zufällig noch im Besitz, da er sich in seiner Tasche gelöst hatte.

Für Renate war das alles schwer zu verkraften, auch wenn die Nachbarn ihr halfen, mit der Situation klarzukommen. Zudem plagen sie heute heftige Schuldgefühle. Immerhin führt der Sohn sich gut in der Justizvollzugsanstalt und betreibt ein pädagogisches Fernstudium.

Die Pappelburg ist saniert und wird ab und zu von Lisa bewohnt. Birte hat ihr Haus sonnengelb streichen lassen, besitzt nun Wanderschuhe und erkundet mit Peter und Bolli die Eifel. Gudrun freut sich auf die Hochzeit ihrer Patentochter mit Pascal, der im Dorf ein Bistro eröffnen will, woran auch Konrad Gefallen findet. Ella hat sich wegen ihrer Verdächtigungen bei Gudrun entschuldigt, sie sind wieder Freundinnen. Mattes hat sich damit abgefunden, dass sein Garten sich nicht verlängert. Auf dem Grundstück steht jetzt das Fertighaus von Jaspers Großmutter, die sich entschlossen hat, „da draußen“ zu leben, nachdem der rollende Eifeler Frischdienst und der Inhaber des Brotwagens zugesagt hatten, sie regelmäßig mit allem Gewünschten zu versorgen. Nur von Irina ist nichts bekannt. Man munkelt, sie sei nach Bonn gezogen und habe das *Schlösschen* verkauft.

Und Pilar?
Das Überschreiten der erforderlichen Notwehr wurde als Notwehrexzess nach § 33 Strafgesetzbuch eingestuft und nicht bestraft. Aber ihr Verhalten hat sie mehr geschockt als die vorangegangene Gefahr. Nie wieder will sie ihre Nase in einen ungeklärten Fall stecken, nie wieder einem Detektiv zur Seite stehen. Kein Problem für Freddy: Er sieht seine Zukunft beim Bio-Gemüse. Was sonst könnte friedvoller sein?

Anmerkungen der Autorin

Das Dorf, in dem die Geschichte spielt, werden Ortskundige erkennen. Dass der Name nicht genannt wird, entspringt meinem Wunsch, mir das Dorf des Romans als fiktives vorzustellen. Nur die besondere Lage in der nördlichen Eifel und herausragende Details wie die Hubertuskapelle und die Eisensteine sollte es von seinem real existierenden Vorbild übernehmen.

Alle Privathäuser, der Bio-Stand auf dem Bonner Venusberg und alle in dem Roman vorkommenden Figuren sind in jeder Hinsicht erfunden. Ähnlichkeiten mit lebenden oder toten Personen sind zufällig und nicht gewollt.

Mein herzlicher Dank gilt …

… wieder einmal Reinhard, der mich klaglos zu allen Handlungsorten durch Wald und Feld begleitet und sich mit Kritik nicht zurückgehalten hat, ferner unserer Tochter Steffi für die Beratung in medizinischen Fragen, auch meiner Freundin Nana Landvogt für eine treffliche kleine Idee, Herrn Dr. Reinhard Ganten, Ortsvorsteher von Rheinbach-Todenfeld, und meiner Kollegin Heidi Möhker für Einblicke in das Leben am Tor zur Eifel sowie Herrn Georg Prüfling, Erster Kriminalhauptkommissar a. D., der so freundlich war, mich über wichtige Aspekte der zumeist schwierigen Brandermittlungen zu informieren.

Weitere Krimis in der Edition Lempertz

Exitus Venusberg

Softcover
Format: 125 x 190 mm
272 Seiten
ISBN: 978-3-96058-988-4
9,99 €

Endstation Brühler Landstraße

Softcover
Format: 125 x 190 mm
184 Seiten
ISBN: 978-3-96058-986-0
9,99 €

Aszendent Holzlar

Softcover
Format: 125 x 190 mm
248 Seiten
ISBN: 978-3-96058-987-7
9,99 €

Alle Krimis auch als E-Books!

Weitere Krimis in der Edition Lempertz

WOLFsMORD
Softcover
Format: 125 x 190 mm
232 Seiten
ISBN: 978-3-945152-36-2
9,99 €

Stille Vergeltung
Softcover
Format: 125 x 190 mm
216 Seiten
ISBN: 978-3-945152-35-5
9,99 €

Der Glücksbringer von Porz
Softcover
Format: 125 x 190 mm
200 Seiten
ISBN: 978-3-945152-34-8
9,99 €

Alle Krimis auch als E-Books!